于心安处

白东梅 著

陕西新华出版
太白文艺出版社·西安

图书在版编目（CIP）数据

于心安处 / 白东梅著. -- 西安 : 太白文艺出版社,
2023.2（2023.6重印）
ISBN 978-7-5513-2285-0

Ⅰ.①于… Ⅱ.①白… Ⅲ.①散文集－中国－当代
Ⅳ.①I267

中国国家版本馆CIP数据核字(2023)第000584号

于心安处
YU XIN AN CHU

作　　者　白东梅
责任编辑　曹　甜
封面设计　花　下
版式设计　建明文化
出版发行　太白文艺出版社
经　　销　新华书店
印　　刷　三河市同力彩印有限公司
开　　本　889mm×1194mm　1/32
字　　数　180千字
印　　张　10.375
版　　次　2023年2月第1版
印　　次　2023年6月第2次印刷
书　　号　ISBN 978-7-5513-2285-0
定　　价　52.00元

敲下这些散乱的文字时

忽而感觉那属于秋的独特的凉

似乎是从心底出发，继而在唇齿在肢体在灶台在屋顶

四处弥散……

自序

幸好，有文字

四十五岁了。

处于这介于不惑与知天命正中的年龄，似乎对待万物早就该持"无可无不可"之态度，也应懂得顺应天命之章法和规律，凡事"不困于心，不乱于情"。

可四十五岁的我，却还是那个容易发呆犯傻，容易被一些新生或是败落的景象扰乱思绪，容易执着于某一件事、某一个人，容易在某个岔路口忽而就不知何去何从的女子。

成熟，是何其厚重，又何其沉重的字眼啊。当我一路闲散悠然、一路孤寂寥落、一路漫不经心地走进这生命之浅秋时，往前看，是桃之夭夭，灼灼其华；往后看，却是蒹葭苍苍，白露为霜。那曾安放在时光深处，携一支瘦笔，展一纸流年，不动声色地歌季节之变换、舞人间之冷暖的内心里，忽而就有惊涛骇浪呼啸而过……

幸好，有文字。为我留下春草、夏花，飞鸟、走兽，和那些稚嫩的脸庞、澄澈的眼眸、如窖藏老酒般醇厚的情谊，以及一路走来那深深浅浅的印痕、那时浓时淡的情愫、那或亲密或疏离的关系，让我在无数次的经意与不经意间回首时，依然能辨认那来时的路，那曾拥有过的风、花和雪、月……

幸好，有文字。为我打造一座固若金汤的城池，让我能独居一隅，兀自任性、兀自沉沦，亦兀自惊艳、兀自繁茂……

幸好，有文字。让我在这起起伏伏明明暗暗的一生中，在这你拥我挤喧嚣嘈杂的尘世里，能不断地去发现、纠正、激励，并一次次地寻找回最初的自己……

余生，还长。幸好，有文字。让我在一次次"阅己，越己，悦己"的过程中，深深地感受到这炫彩缤纷的人间值得竭尽一生去热爱……

我愿意努力，不断地向着自己喜欢的样子靠近。我会一如从前般负责地、热烈而执着地把这一生走完……

若是你恰巧遇见这些文字，恰巧"翻开书页，就像打开一扇窗，能听到鸟鸣，看到阳光，闻到生活气息的芬芳"。

如此，甚好。

白东梅

辛丑霜月于小城黄陵

CONTENTS | 目录

1

后记

第一辑

时光正好

时光正好

　　起初，是倚着一片颜色尽失的叶，或是一层玲珑剔透的雪，抑或是一块坚不可摧的冰入梦的。也只是在季节的深处打了一个盹，耳边竟有了潺潺的水声和啾啾的鸟鸣……

　　忙不迭，望向窗外的世界，不禁懊恼，没有足够多的眼睛，看山的青翠、水的通透、花的娇柔；没有足够多的耳朵，听泥土的解冻声、嫩笋的拔节声、燕雀的呢喃声；没有足够多的手，绘春耕、草盛、香满衣……

　　春，暖；花，开。周而复始。有时会感觉春天如生命中的绝大多数事物一样，渐渐蹉跎成某种可有可无的存在，可当窗外的景致突然更换了妆容，心里还是禁不住生出满满的欢喜。

　　在时光之内，在时光之外，想象与春天有关的过往。我的村庄和那些遥远的日子正轰轰烈烈地经过，并浓墨重彩地在我温润潮湿的目光中，落地，开花……

生命，若是一场又一场的邂逅，那么所有经意与不经意的遇见，便是最美的盛放。春暖花开的日子，站在一条两边铺满繁星般碎花的小路上，突然渴望那个"能让我的心静下来，从此不再剑拔弩张、左右奔突"的人也正好经过……

丁酉初春于沮水之滨

半暖时光

时令已至清明，可小城并没有一日日暖起来，甚至有时会让人恍惚觉着冬天还未离开。但毕竟是春天了，日子开始一寸寸地变得有意思起来。

最先感知春天的，当属窗外那不知名的鸟儿了。记得，就在某个春寒料峭的周日的早晨，我尚在半梦半醒中时，三五声清脆的鸟鸣蓦然惊扰一室薄凉。待睡眼惺忪的我侧耳细听时，窗外却陷入了久久的沉寂。就在我又一次悠然入梦之际，窗外又有几声鸟鸣，那么欢快，那么清脆，又感觉是那么近。于是，我赶紧披衣下床，拉开窗帘，就看到一只灰褐色的小鸟轻巧地停落在我家窗户外面的铁丝上。我以为我的出现会惊吓到它，谁知它却侧过身子歪着脑袋安静地注视着我，一双小小的眼睛里写着几分调皮几分亲昵。我四下张望，企图找到小鸟的同伴，却发现窗外那偌大的世界里只有这一只鸟儿。我不能确

定这只鸟儿会不会是旧相识，或许它只是路过，路过春天，路过我……但我知道，春天是真的来了，花儿就要开了。

你可能想不到，小城最先绽放的并不是迎春花，而是我上班途中必经的那栋办公大楼阳面墙角的水泥地夹缝中，生长出的一簇簇有着小而圆的叶子的植物。我留意到，每年早春这些纤弱的植物就团聚力量奋力生长，在长出四五片叶子时，就努力地绽放出一朵朵小小的蓝紫色的花儿。乍暖还寒的日子里，每每看到那一团团嫩嫩的绿和那一汪汪盈盈的蓝紫，心里就感觉万分欢喜。许是受了这些花儿的蛊惑，紧邻这栋大楼的花园里的几棵风景树在还没有长出叶子时也会悄悄地绽放出几朵颜色淡淡的、似粉色又像白色的花儿，它们不争、不谄、不俗、不艳，煞是好看。接着，沮水河畔和印池周边的迎春花就郑重亮相了，起初也只是三五朵，没几日便是铺天盖地的金灿灿的黄。黄帝陵周边和桥山上的各色花卉也争相绽放了，淡淡的清香慢慢地弥散开来……这个时节的小城就如旧时那着旗袍的曼妙女子，一柄花伞，一方素帕，一段最美的时光……

当然，不是所有的草木都会在春天欣欣然地醒来。在经历了冷秋和寒冬之后，湖滨公园石径两边和小城中那几个大型花园里栽植的各种花卉、风景树、小灌木，甚至矮个儿松柏每年都会死去一些。所以，每年清明前夕，小城会有运送树苗的车辆和园艺工人忙忙碌碌，不几日，那些枯萎的颓败的树木便被蓊郁的生机盎然的树木替换了。小城里还有一些树木要醒来得晚一些，譬如我办公室窗外那棵老树，每年开始吐绿的时候差不多已是春末夏初了。但就在几日前的某个残阳如血的午后，我无意间站在窗前张望时，忽而看到一群小鸟在院中快活地飞来飞去，片刻间，它们就像听到命令的士兵一样齐齐地落在老树上，齐齐地亮开嗓子叽叽喳喳地叫着。那时，老树还没有长出一片叶子，可谁又能说那棵树不美呢？

春天了，小城里早晚出来散步的人多了。吃过晚饭后，我和丈夫也喜欢去公园转转。有意思的是，某个微风习习的晚上，我们偶遇了一个上了年纪却打扮新潮的大婶，她一直走在前面，腰间的随身听里有曲子不高不低地放着，就在我和丈夫企图赶超她时，她突然放开嗓子脆生生地唱了句"九儿我送你去远方"，吓得我愣怔了半天，等回过神来准备迎接下一句时，她却噤声了。我们转过一个弯时，大婶又抛出这一句，然后又静静地没了声息。那夜，在那段曲曲折折的石子小路上，我捂着嘴直笑得肚子疼。更有意思的是，那个平日里温文儒雅的男子，在某个落雨的春日的午后，喝了点小酒，拎了把缺失了一根弦的破提琴，硬是把那首凄美的《梁祝》拉出了喜庆的味道。还有个不相识的醉酒女子，在某个天气晴好的正午，对着满大街的人，哀哀地诉说了一段剪不断理还乱的感情，又茫茫然地询问是人负她还是她负人。春天了，小城里有换窗纱的骑着三轮车来来去去，有养蜂人在城边安营扎寨，有陌生的旅人在一朵花或是一片叶前沉醉，更有年轻的眸子期待一场花前月下的遇见……小城就这样在春日里空前地喧嚣热闹起来，生活也忽而生动鲜活起来。

当然，春天不只有遇见，还有别离。小城春天的天气是最难揣摩的，几日的晴好之后，会忽然间冷起来，会有挟尘裹沙的猎猎的风，会有突如其来急急的雨，还会有硕大的冰雹砸得窗外刚刚长起来的植物七零八落。有时，即便是四月天，小城也会有纷纷扬扬的雪花漫天飞舞。所以，春天里，小城会有落红默默飘零；会有嫩嫩的叶子寂寂地落下；会有一两个鸟巢忽地从树杈上坠落下来，引得流离失所的鸟儿一阵惊叫；会有脆弱的小树或是花枝被拦腰折断，还会有一些适应不了极端气候的老人猝然撒手人寰。但不管天气怎样阴晴不定，不管花落人亡怎样让人感伤凄迷，小城和小城的儿女们总在一日日努力地向着温暖、向着阳光靠近。就如我家楼上那个清水芙蓉般恬淡的女子，总会在春夜里弹奏那曲雅到极致的《春江花月夜》，又如我的儿子会在写家庭作业的间隙信手画出蝶恋花或是鱼戏水的简笔画，而他们这些看似漫不经心的举动，却常常让我在这半暖的时光中感觉心里有万千花朵在盛放、盛放……

乙未初春于小城黄陵

黄陵桃花

进入三月，黄陵就迎来了真正意义上的春天。

侧耳细听，花开声、嫩笋的拔节声、鸟雀的啼啭声，以及风过时柔软细碎的声响……放眼望去，鹅黄、雪白、莹蓝、淡紫、桃红，各色花卉尽情开放。

而所有的花里，最任性最纯粹最肆无忌惮的当数桃花了。

黄陵的桃花，因为生长的地域不同，花开和花落的情形也略微有些不同。黄帝陵上的桃花是安静的，伴着袅袅娜娜的香火和悠悠扬扬的钟声，伴着南来北往的朝圣者的脚步声，一朵一朵安静地吐蕾，一瓣一瓣安静地绽放，一树一树安静地绘就一个别样的春天。桃花上飞舞的蝴蝶、蜜蜂是安静的，安静地读着红的、粉的花的心事，安静地在枝头小憩、观望，安静地飞舞、逗留。桃树下往来的游客，不管是心中装着江河日月，还是惯看万千繁华，或者简单地自由行走，在转身回眸的

那一刻也是安静的，安静地行注目礼，安静地颔首揖拜。桃花败落时，也是安静的，在柔和的阳光中，在微微的风中，慢慢地枯萎，慢慢地零落，有时地上已经躺了许多粉白、嫣红的花瓣，可抬头仰望，枝头依然有繁茂娇艳的花儿柔软地绽放、摇曳……

印池和龙尾桥周边的桃花是热烈的。三三两两的桃树散栽在松、柏和万年青之间，似一场蓄谋已久的计划。春来时，所有的桃树都岿然不动，任你千百次地眺望，千百次地凑上去细瞅，它们皆是一副冰冷固执的冬的模样；可就在一次不经意的转身之际，千朵万朵的桃花忽而就缀满枝头，每一树、每一枝都欲铺天盖地，每一朵、每一瓣都想空前绝后。若是有幸在桃花盛开的时节来黄陵，一定会陶醉在这浓烈的、奔放的花海之中。拍照、写生、拈花微笑，在一朵朵粉嫩的桃花前沉醉，或是在某树桃红里想起那年、那花、那人……你也许会感慨，这场遇见，是久别重逢！这里的桃花凋零时，也是轰轰烈烈的。似赴一场约会，在一阵风中，花瓣妖娆地飞舞、飞舞，继而跌落在草坪上、树丛里、水流中，千瓣万瓣落红相依相伴，仿佛应了那句：时光不老，我们不散。

万安禅院的桃花是寂寥的。沿着禅院的石阶一步一步走上去，就见一树一树粉的、红的繁花渐次闪现。站在禅院的瞭望台上，转身回望，一片深邃而粉白的花海尽现眼底。这里地处川道，虽说游客也络绎不绝，但桃树大都生长在山洼里，或是在石阶护栏的另一边。远距离赏花，加上禅院的幽深和大山的苍茫，乍一看，会感觉那些桃花有着"养在深闺人不识"的寂寥。在和暖的阳光或是微熏的春风里，再看桃花，又会感觉那份寂寥里透着淡然、透着大彻大悟、透着无欲无求。花落也是寂寥的，在某个午后或是薄暮，大朵大朵的桃花约好了一般齐刷刷地跌落在树下。就算此后岁月如金，可她们不羡春光、不染凄凉，犹如佛家所言"勘破、放下、自在"。是啊，这一生到头来，终是尘归尘，土归土。花开的时候，若不负春光、不负自己，花落的时候，就可不忧不惧、不悲不喜……

森林公园里的桃花是霸道的。散落在几千公顷的林海里，太容易被忽略、被错过了，所以，那里的桃花都有一种急于表现自己的渴望。春日里，在曲折的石阶或是幽深的林间行走，蓦地就会有三两棵桃树扑面而来，那斜伸过来的枝丫上缀满了桃花，朵朵风情万种，瓣瓣含情脉脉，顿时让你迈不开步子、挪不开目光。更有悬崖峭壁上遗世而独立的桃花，就那样烈艳地、决绝地、奋不顾身地绽放，让你突然有种想要拥她入怀的冲动。这里的花落得也是霸道的，忽而就全部隐没，任你千万次追寻，可就是觅不到一点踪迹，连念想似乎也不想留给你，像极了年少时的爱情：爱，一个回眸，就天翻地覆，干柴烈火；不爱，一个转身，已是水远山长，沧海桑田。

　　山洼、路边、地头的桃花是随意的。春尚早，向阳的地方就会有一两枝耐不住性子的桃花悄悄地探出头来张望，翌日也许会被忽然而至的寒冷摧残，也许会逗引得周边的桃花呼啦啦地都绽放了。这些桃树长势也都随意随性，花开得更是各具特色：有邻家妹妹般清纯可人的，有知性女子般温文尔雅的，有后宫妃嫔般满腹心事的，有幽会少女般羞羞答答的，有弃妇般幽幽怨怨的，有花魁般风情万种的，还有三叔家二丫般大大咧咧的……花落也是随意的。若某日厌了倦了，就会有桃树早早地褪下粉嫩的衣衫，换上满树翠绿。也有一些桃树似乎承载着几个春天，周边万物已是夏的模样，它们却依然高擎着朵朵娇艳妖娆的花儿。这些地方的桃花从不在意是否有人来赏，你来或者不来，它们都浓烈着、奔放着，也孤独着、寂寥着……

　　农家院子里的桃花是隐忍的。土墙、砖墙或是栅栏旁斜伸出来的枝丫上几簇桃红或是粉白，也有着千娇百媚，也有着柔情绕指，只是桃树下牙牙学语的孩童终究是要离开的，因为"生活不止眼前的苟且，还有诗和远方"。在桃花的开落间，村庄的孩子们一个又一个地相继走出了村庄，走向了远方，那些曾略显逼仄的热热闹闹的院子慢慢就空旷了、安静了。好在那满树的桃花还如旧时一样，年年会在浩荡而至的春风中、在荒草渐生的老院子里巧笑嫣然，年年会在淅淅沥沥的春雨中、在渐行渐远的时光中安然败落。而那些在外漂泊的人儿也会在辗转难眠的深夜里，读出故乡桃花开落间的几许期待、几许盼望——那是母亲写在眼里的眷恋和不舍，那是父亲的欲言又止……

这个春天，父母也追随儿女来城里生活了。不知老家院子的桃花，会不会在这繁花似锦的日子里寂寞如雪？

丙申暮春于沮水之滨

又见槐花开

时间好不经用，稍不留神，已在尘世行走了四十年。

细细想来，这一去不复返的一万四千多个日出日落，似乎变成了习惯。习惯了冬去春来，习惯了草枯草荣，习惯了繁花败落，习惯了按部就班，习惯了熟视无睹，也习惯了去留无意……

忽一日，在习惯地低头漠然而行时，被风中一缕隐约的、熟悉的清香所吸引。抬头四望，却并未在葱茏苍翠和姹紫嫣红中看到那淳朴素雅的洋槐花。翻看手机日历，节气刚好至谷雨，不禁哑然：春天虽在渐走渐远，可于槐花来说，时光还早……

继续前行，却总是感觉有淡淡的清香挥之不去。想来，周边一定有耐不住性子的洋槐树开花了。若是沿着眼前的小路一直走下去，也许能遇到一棵开白色花朵的树，可还是在小路的某个转弯处习惯性地折回来。夜里，依然被冗长繁杂的梦所叨扰，不同的是，半睡半醒间，总有素洁清香的槐花忽隐忽现。

翌日，公公打来电话，说对面山洼的那棵洋槐树向阳的枝丫上冒出一些嫩嫩的花苞了，不多，却足够犒劳孙子。某年，公公突发奇想，将洗净的洋槐花拌上蛋液、面粉和盐，在烧滚的油中轻炸后食用。当时，只有三岁的儿子边吃边吧唧着嘴巴说吃起来和可比克一样。得此殊荣，十几年来，公公每年在槐花初开时就会给儿子张罗一道别样的洋槐花美食。只是，如今在省城求学的十六岁的儿子的味蕾已被可乐鸡翅、虾仁汉堡、牛排蟹黄等俘获。好在，这个风华正茂的少年偶尔也会想起爷爷家对面那片山洼和那几棵高大的洋槐树……

再出门时，目光开始刻意探寻。可印池周边那三五成林的洋槐树却始终岿然不动，对面山上那郁郁葱葱的深绿与浅绿中，也始终不见洋槐花的身影。当然，风过时，依然有洋槐花的清香远远地飘过来，并且一天比一天浓郁。想来这个时节，相对和暖些的故乡一定会有洋槐树吐蕊绽蕾吧。不知故乡村口那棵有着几百年历史的老洋槐树还会再发新芽吗？不知村前村后那些曾缀满洋槐花的树下是否还有母亲举目张望？不知通往乡里的那条弯弯曲曲的小路上是否还有背着书包的孩子将成串的洋槐花挂在衣襟、别在发间？不知那个清爽和善的养蜂人是否又携了妻儿在洋槐树林里安营扎寨？

那些年，村庄最不缺的就是洋槐树。山洼、地头、崖畔、沟渠、路口以及农家院子里外，到处都是朴实如农家汉子的洋槐树。每到洋槐花开时，整个村子如沐浴在一汪素白的湖泊中，又如徜徉在层层叠叠的云海中。在洋槐树下行走，总有柔软的花瓣轻轻地跌落在发际、肩头。那花香漫衣的日子，要多甜蜜有多甜蜜，要多欢喜有多欢喜。

　　小时候，喜欢和伙伴们在淡淡的槐花的清香中"搭戏台"，《铡美案》《赵氏孤儿》《周仁回府》《屠夫状元》，一场接一场，乐此不疲。最让人捧腹的莫属振的独角戏——《花子仁义》了。一张破篾席、一顶破草帽、一嘟噜槐花、一把把草禾，再将裤腿挽得长短不一，趿拉着鞋子，有时干脆光着膀子，一瘸一拐地走上台的振，还不曾开口，我们已经乐得前仰后合。某年六一，振饰演的花子仁义还登上了乡里的舞台。这事可是我们村的骄傲，记得那天村里的大人们也都赶去乡里捧场子了，唯一遗憾的是那曾用来打扮振的槐花已经凋谢了。那时候，也喜欢在密匝匝的、如云似雾的槐花林中疯玩，跑马城、跳方格、捉迷藏，偶尔会一口气跑到林子的最高处，痴愣愣地看风过时，一串串、一朵朵的槐花在枝头慵懒地晃动，看纷纷扬扬的花瓣如雪如蝶般漫天飞舞……常常是在昏天黑地的玩耍中，猛地抬头看到湛蓝的天空下那一缕缕袅袅娜娜的炊烟，才想起出门时母亲再三叮嘱早点回家，这一想，不打紧，肚子就开始咕咕叫了。槐花开的日子，家家户户都会做槐花饭的，洗净的花瓣和面粉拌起来，屉子上蒸熟，调上蒜泥、辣椒汁或是西红柿汁，美食美味，回味无穷……

从村庄通往乡里的小路两边，除了密植的端端正正的杨树，还有成片成片的洋槐树。那些年，时常和小伙伴们背着书本和馒头慢悠悠地行走在这条求学必经的石子小路上。槐花盛开的日子，小路因一家养蜂人的入住而变得鲜活明丽起来。某个早晨，突然发现一顶深绿色的帐篷被安置在一棵老槐树的旁边，一根铁丝斜斜地拉在两棵洋槐树之间，两三个白色的装满水的大塑料桶放在帐篷旁边，上百个蜂箱一字码开……此后，但凡阳光晴好的日子，就见养蜂人戴着面罩和手套，一个蜂箱一个蜂箱地刮蜂蜜。养蜂人的妻子看起来非常年轻，她喜欢在阳光下边唱歌边洗衣做饭，喜欢将孩子抱在怀里挠得他咯咯直笑，或是教孩子认识田埂上的野花。若是阴雨天气，养蜂人一家就窝在帐篷里煮饭吃，那时感觉他们一定在做山珍海味，有时走出老远，还忍不住一次次地回头，深嗅……

槐花开的日子，总是感觉小路好像忽然变短了。好不容易等来的三天一次的放假回家背馒头的路上，喜欢将一嘟噜的槐花采来别在头发上、挂在衣襟上和书包上；喜欢蹑手蹑脚地靠近一朵朵落有蜜蜂的槐花，看腿上沾满花粉的蜜蜂笨笨地携带花粉飞舞；喜欢看养蜂人娴熟地在蜜蜂群中穿梭；喜欢听养蜂人的妻子唱歌，或是逗逗他们的孩子……若是忽遇风雨，会有细细密密的花瓣雨漫天飞舞。有时，望着枝头和地上那满眼的素白，会有小小的忧伤和惆怅在心头一晃而过……就这么悠然闲散地玩着、闹着往家里走，老远就看到村口那棵缀满花儿的老槐树下，母亲在左顾右盼。吃过饭，背着馒头，挥别洋槐树下笑盈盈的母亲，和伙伴们一路往学校走，自然又是一番采花观蜂，又是一阵逗引孩子或是花前的小磨蹭、小发呆、小感伤，时常会在上课的铃声已响过好一会儿了，才匆匆忙忙地踏进教室，引得班主任一顿斥责……

后来，去了一座四季繁花似锦的城市上学。在那偌大的略显沧桑的校园里散栽着法国梧桐、玉兰、合欢、紫荆等，唯独不见洋槐树……班里的姑娘也有和我一样怀揣槐花情结的，于是，一个阳光如碎金般的初夏的午后，三五个姐妹相约翘课去街头寻找洋槐树。槐，未曾找到。但是那个午后，我们的内心都有浓浓的乡愁如一列脱轨的火车，呼啦啦地倾轧而来……

再后来，工作，结婚，生子，渐渐习惯了小城的一切。每年初夏时节，这个北方小城就会有满树满树的槐花热烈而浓郁地绽放，但故乡的洋槐树，从我踏向远方的那天起，就相继被砍伐了。公路拓宽了，村庄变亮了，小径硬化了，巷道栽上更好看的风景树了，院子里安装上自来水和太阳能了……村庄美了、现代化了，但少了洋槐树的故乡却时常让我感觉陌生。庆幸的是，老家村口那棵洋槐树因为生长年代久远而幸免于难。可是每次仰望那棵孤零零的树，我内心总有一抹隐隐的疼痛……

静待花开的日子，自然而然地习惯了边走边回忆。夏日的某个早晨，在一次下意识地抬头之时，欣然发现身边一棵洋槐树繁花如星。赶忙放眼四望，原来小城早已置身于一片纯白素洁的花的海洋了。那一树树、一枝枝、一串串的槐花，乍看，热热烈烈闹闹哄哄，一副铺天盖地不管不顾的样子，犹如那无忧无虑的孩童，给点阳光，就可以描绘出一片艳阳天。细看，温温润润白白净净，一副雅致淡泊清爽干净的样子，又如女人四十，一些事经历了，一些人离开了，心境在分分合合中渐渐趋于平静趋于淡然……

花开的日子，行走和回忆也有了诗意。某个午后，刻意拐进沮水旁边那个窄窄的巷子，只为看看那行让人内心柔软的字：遇见你，很高兴。当然，窄巷的一切还是原来的样子：几棵老槐树从隔壁院子里伸出长长的枝丫，鲜嫩如在牛奶中洗过一般的槐花缀满枝头。风，轻轻吹起，几瓣花儿和几片叶子在风中缓缓地舞动，清香四处弥散。那一刻，恍惚觉着自己正处在故乡的某个巷道，而童年、伙伴和洋槐树下的戏台，也都在那个阳光明媚的日子，无比清晰地在眼前一一浮现……

花开，遇见。在万千相同的似水流年的日子里，渴望能有人站在某棵开花的洋槐树下，对我笑着说一句：哦，原来你也在这里！

丙申初夏于桥山之麓

清欢

初秋的午后。

阳光穿过老树的枝丫，洒落在楼道上，恬淡而安然。几朵浮云，不浓不淡、不高不低地斜嵌在老树的枝丫间。

窗前屋后，有鸟儿清清爽爽地叫着。不经意间望向窗外时，视线会捕捉到老树上三两只鸟儿上上下下地跳跃，或者忽而飞离老树，去了不知名的远方，再或者在对面的楼顶上来来回回地挪移、嬉戏。

有风，时而轻浅地掠过，时而卖力地拨弄老树的枝丫。也只是片刻工夫，那含蓄的、矜持的或是调皮的、蓄意的风就没了踪影。再来时，又是一番轻柔或一番蛮横，又忽而抽身离去。

风来时，偶有细碎的叶子飘飞着、旋转着从敞开的窗子跳进来，停落在窗台上、地板上，甚至办公桌上。叶子不多，也就七八片的样子，却似乎每一片都承载着满满的故事。不知这些窗外某棵植物上的微黄的、尚绿的，完整的、破损的，或者远道而来的叶子想要告诉我一些什么故事，会是关于春还是关于夏？关于遇见还是关于别离？落叶，不语。可我分明从那片片柔软中读到了一些什么，只是待我仔细琢磨时，却又感觉什么也不曾有过。就如这段日子里，我总是感觉自己头脑中时而繁华如烟，时而寥落难忆……

风来时，窗台上的几盆花草欣欣然舞动着枝叶，发出窸窸窣窣的声响；档案柜最上面那本杂志开开合合地翻动着书页；门帘轻柔地上下飘飞；窗外老树的枝丫也微微地晃动着摇碎窗台上的几缕阳光；还有我的衣摆和发梢，也在这初秋的风中愉悦着、欢欣着。蓦然感觉心里也似有一株植物，或者自己就是一株植物，在初秋的一晌清浅中葳蕤着、繁茂着，或是寂静着、零落着。当然，这一刻，于一株植物来说，无论繁茂还是零落，都让人感觉那么空灵、那么不忍惊扰。而这一刻，于我来说，又是那么曼妙、那么不容错过。

老树有一幅画，画中一白衣男子扛一肩红艳艳的花临水而立，旁边题字：待到春风吹起，我扛花去看你。遇到这幅画时，是冬天，窗外飘着雪花，凛冽的风穿帘而过。但那天，因为那幅画，我心中却是春天，是万千花朵盛放的季节。我是怕冷的女子，总是觉得从冬到春有着很长的距离，于是一直在低头赶路。可似乎只是一个转身，那花满枝丫的春就走了，那铄石流金的夏也走了，如今，万物萧瑟的秋已姗然而来……惶然回首，方觉这一年里自己似路人甲，每天都在别人安排的剧本里马不停蹄地错过，错过花开，错过叶茂，错过一个又一个阳光明媚、风轻云淡或是雨叩窗棂的日子。有时，真的害怕自己就这么匆匆地低头赶路，而忘记了当初为什么出发。还好，这个有风的万物尚且明媚的初秋的午后，我终于可以放慢脚步，去寻找或是等待我遗落在路上的灵魂。

　　而这个下午，也明显异于往日。同事们都各忙各的去了，单位就剩我一人。楼道鲜有人往来，电话也好久不曾响起，甚至整个院子都安安静静的。这栋老旧的办公楼好像还未从午睡中醒来，或者它就是朴素寻常的长者，此刻正同我一样，在安享这份悠然、这份恬淡……

　　起身，给自己沏一杯淡淡的茶，看茶叶在杯中起起伏伏。陌说，世间万物都是有故事的。而我杯中的茶叶也恰好有一个好听的名字：雀舌。这个名字，总是让我想起聒噪中独自低眉浅坐时，那似莲似禅的薄凉而惊艳的光阴，想起繁华落尽，想起夜深人静时突然的不能自己……

　　时间一点一点地挪移，窗台上已觅不到秋阳的影子，楼道也被大片大片的树荫侵占。唯有楼下那方小小的院子里依然有明媚的阳光在树叶上、草尖上、车顶上、花园里、老树旁，欢快地闪烁着、跳跃着。虽说是秋天了，但院子里的植物却依然浓郁葱茏。风，缓缓地拂过，老树上有一两片叶子静静地落下……有幸，与这绸缎一般绵密柔滑的风景相遇，心里满是欢喜。此刻，只想放低自己，如一粒尘般，不惊不惧、不惶不恐地看时间一点一点地走远……

快下班时，院子里的鸟儿忽而多了起来，它们成群结队地在空中飞起，落下，追逐，嬉戏。那一声声急促的、舒缓的、清丽的、苍凉的鸟鸣让这方院落空前地喧嚣热闹起来。无意间望向窗外时，蓦然看到一只灰褐色的鸟儿远远地停落在老树的枯枝上，它不飞也不叫，看上去那么孤寂、那么落寞，又那么独特、那么与众不同。院子中，也有这样一位老人，他拒绝热闹、拒绝繁华，孤独而决绝地伫立在时光深处。我时常会在工作的繁杂和琐碎中抽出身，倚窗看他在老树下一味地枯坐或是拿了扫帚一下一下地清扫院子。一直觉得一生中所遇到的熟悉的或是陌生的，静默寡言的或是温暖和顺的老人都似一本本厚重的史书，容我在走走停停间，在忙里偷闲时，一读再读。我也终是明白了，在与时光的博弈中，我们从来都是败者，不同的是，有些人选择雕刻时光，一生优雅诗意；有些人却被时光雕刻，一生疲惫不堪……

八月，未央。窗外的植物，盛开的依旧盛开，繁茂的依旧繁茂，枯萎的依旧枯萎，凋零的依旧凋零。而就在这些盛开的、繁茂的、枯萎的、凋零的过程中，曾有人披荆斩棘地靠近，也有人风轻云淡地离开。在这个寂静安然的午后，我的内心始终萦绕着一抹淡淡的牵念。若是落日西沉时，能有人不畏秋的凉薄，向我奔赴而来，与我闲敲棋子，煮酒言欢，就再好不过了……

乙未清秋于小城黄陵

八月未央

一

秋天了。

路边蔷薇持续了一夏的蓬勃开始慢慢地往回收,纤细的枝叶间多了些沉稳和颓废。窗前老树的叶脉里有了微微的黄,风过时,偶有一两片叶子静静地落下……

和所有的秋天一样,这个秋天在不知不觉间就来了,也将在不知不觉间就去了。但,这个八月与往年相比却有些不太一样。

八月初,和两名同志一起被组织抽调去信访大厅锻炼。初去的那天,组织和信访部门的领导在信访大厅的会议室送迎了我们。虽说都在小城,单位也离得不远,我甚至曾经和信访局在同一栋大楼工作过多年,但我对信访工作却知之甚少,对信访局的领导更是素昧平生。在那"一送一迎"中,我们算是彼此认识了,并将共事一个月。

这一个月，说长也长，说短也短。其间，因家里琐事，有过告假，再除去周末，真正在信访大厅上班的时间不到二十天。而这些天里的绝大多数时间都被哭哭啼啼的、怒发冲冠的、低声下气的、理直气壮的、言语生硬的、无理取闹的个体或群体上访者侵占。所以，对信访大厅的领导和同事熟悉也陌生。不承想，在我们锻炼结束时，信访局那位迎接我们的，我刚刚认识的领导没有出现在欢送我们的会议上，事实上在我们的锻炼时间还未过去一半时，他就永远地离开了……

记得他年纪尚轻，记得他寸头方脸，记得他不苟言笑，记得那天他在信访大厅和他的同事笑说自己的身体只是有一点小毛病，家人却当真了，记得他离开时在阳光下向着信访大厅挥手说车子马上就来，他走了……谁知，这一走，竟是天人永隔……

也许是因为这个突发事件，这个八月，我总是感觉心里堵得慌，便常常在晨昏间逮了空闲，去四处走走。再次在沮河旁边那个窄长的巷子里看到那句"遇见你，很高兴"时，忽然有种想落泪的冲动……遇见，别离。这一生会有多少个擦肩而过的遇见？又会有多少个始料不及的别离？曾经以为在千千万万的人中，刚好遇见了，就可以风轻云淡，可以长长久久，不承想到最后却渐走渐远渐无声……

八月，虽说风里有了薄薄的凉，但小城秋正好。沮水河

畔仍有红的黄的花儿灿然盛放。桥山周边田地里的植物更是饱满得让人心生艳羡。站在一株高出我一截的茁壮的玉米旁边，我在想：若是这世间所有的生命都能如季节一般，该明媚时明媚，该苍凉时苍凉，循环往复，不住不休，那会有多好……

二

八月，虽是初秋，但越往北，秋就越发浓郁了。

八月里，和家人驱车一路向北，就见车窗外的秋在慢慢地流动，从起初的深绿、浅绿、黄绿，逐渐变成嫩黄、深黄、枯黄。田间、路边的落叶也渐渐多了起来，风里更是多了一层层的寒凉。

倒是我们落脚的那个陕北最北边的小山村，因为蜗居山里，秋要比沿途路过的地方稍微浅一些。那几日，喜欢站在亲戚家窄小的院子里，眺望对面山崖下那为数不多却生机勃勃的树木；喜欢那从山顶上仓促而来的风胡乱地拨弄我的头发；喜欢远远地听熟悉的陌生的人那浓浓的乡音……只是，这个本是我籍贯栏中反复出现的地方，在三十多年后的这个八月，依然让我感觉遥远——就算我不远万里地奔赴而来，可它于我来说，只是一个小小的驿站。当然，我于它来说，也不是归人。

这里是父亲的家乡。现在，这里的沟沟畔畔上还生活着与父亲血脉相连的亲人，这里的山腰地头也长眠着父亲的长辈们。推开那个败落的积满灰尘的院落，似乎还能触到年幼的父亲那故事一般跌宕起伏的生活……但是，父亲早在几十年前就成了这里的过客。

当年，十几岁的父亲被迫离开这里是因为一个人；这次，花甲之年的父亲携我们回去，也是因为这个人。她是父亲的继母，这个八月她去世了。我们回去是奔丧的，老家讲究合殡，要将已逝去好多年的父亲的父母和继母埋葬在一起。所以，这个八月，父亲那七十多口人的大家族有了一次难得的团聚。其实，早在我七八岁时，父亲曾带我们全家回来过，过世的这位奶奶也是见过的。只是那时年龄太小，对这方土地和这里的亲人记忆不深。一直都知道，还得回来，却没想过会以这种方式踏上这曾让父亲爱恨不能的地方……

如今风风雨雨几十年都过去了，那曾属于年幼的父亲的伤痛，早已变成了尘世的轻。这个八月，无论是跪在孝子孝孙的行列里，还是坐在亲奶奶的坟头边，我都在想，年龄永远定格在二十四岁的亲奶奶会是什么样子的？她暴病而亡时，父亲不到一岁，她会有多么的心疼和不舍？若是她能一直安然无恙地活到寿终正寝，我们全家是不是就不会生活在别处？

故事的某个环节一旦被篡改，就会有不一样的结局。

在我们心中，陕北最南边那个容父亲哭、容父亲笑、容父亲舔舐伤口、容父亲挥汗如雨的村子，才是我们全家生命中最温暖的地方，是我们永远的家……

三

八月的省城，却是一副火急火燎的夏的模样。

太阳始终精神抖擞地挂在头顶，街上的行人和楼下花园里的植物都被晒得蔫蔫的，没有一点精气神。偶有一两场薄雨，可不待转身，已消失得无影无踪。唯有夜里窗下那低低的秋虫的鸣叫声，才会让身在异乡的人品出点秋的况味。

一直都不是个善于挑战的女子，一直都按部就班，一直都安于现状，日子也一直过得如白开水一般寡淡。但也是喜欢这种生活的，喜欢小城的恬淡安静，喜欢小城慢悠悠的生活节奏，对于现代快节奏的繁华省城，始终敬而远之。可是这个八月，因为儿子，我不得不一次次地去接近、熟识并试图融入省城……

起初，儿子只是去省城补课。就要上初三的儿子要求进步，作为母亲，自是万分欢喜，就简单打点行囊一头扎进蒸笼一样的省城。虽然每天都疲于地铁、公交、摩的之间的几番辗转，疲于教室外几个小时的等待，疲于与各科老师之间的微信交流，但想想只有半个月时间，也就感觉不那么煎熬了。

　　不承想，补课还未结束，儿子却突然要求留在省城上学。顾虑、纠结，思量再三，终是同意了儿子的决定。自此，每周末从小城到省城的奔波便成了生活的主旋律。要命的是从把儿子送进学校转身离开的那一刻起，我似乎就把心丢在了省城。一周五天的工作日，真的是魂不守舍。家也懒得打理，饭也不想做，枕边的书更是好久不曾翻动过……

　　其实，儿子也不小了，十五岁的少年有自己的主张和见解，懂得善恶，也有较强的自理能力。只是，他很少离开家、离开我，所以这个八月，我的内心时时充盈着对儿子深深的牵念和无边无际的失落感。我也明白，终是要放手的，但就在放手的那一刻，还是忍不住心里泛起酸楚……

　　儿子很快就适应了省城的生活。我却在来来回回的奔波中，弄不清楚家该在哪里。说来惭愧，以前还能保证每周回一次父母的家，现在，父母只能拖了大包小包来小城看我。那天，当他们晃入我眼帘时，我惊然发现秋霜又一次染了母亲的鬓角，而一直在病中的父亲更是沧桑憔悴了好多。可我却如使命在肩的战士，不能也不敢为父母做太多的停留。因为这一年，于儿子来说，太重要了……

　　八月八日，立秋。八月二十三日，处暑。在不停的往返间，无论是小城，还是省城，秋都在慢慢地变深。我却始终觉得，往省城走，是一路苍翠遒劲，一路年华正好；而往小城走，却是一路秋风落叶，一路萧瑟苍凉……

因为儿子，我愿意将陌生的城市当作家……

乙未清秋于古城西安

秋末碎语

十月的城池在疏风骤雨的处心积虑中兵荒马乱，颓败的秋色着一纸浅浅的暗伤颠沛流离。草衰，山寒。岁月，忽向晚。

择一枚枯叶打坐，沿着叶脉清晰的纹理，我认真雕刻时光，不悲、不喜……

一

隔壁院子的梧桐，一夜之间便落光了叶子。每天必经的小径上全是零零散散的落叶，俯身，能清晰地看到叶片上残留的露珠或是雨滴。

在这栋楼里住了十多年，季节轮回了十多年。从春之萌芽到秋之离殇，对每个季节的景致皆是了如指掌的熟稔和发自内心的喜欢。某些人，也如窗外的风景，读过多次，再读，依然

感觉入眼入心，譬如三毛。

这个秋日里，我拥有大把大把属于自己的时间。于是翻出那本略微泛黄的《三毛作品集》，搬来木椅，端坐在暖暖的秋阳里，认真温读坦荡真实、善感敏锐、聪慧决绝、为爱而生的传奇女子三毛。

"重逢无意中，相对心如麻。对面问安好，不提回头路。提起当年事，泪眼笑荒唐……""假如我选择自己结束生命这条路，你们也要想得明白，因为这对于我，将是一种幸福。"……

想起年少时读三毛，除了向往撒哈拉，梦想走遍万水千山，就是沉寂在《梦里花落知多少》中无法自拔，心情也多半是阴霾密布的。经风历雨之后，再读《梦里花落知多少》，有一种清冽的感觉，是薄薄的凉和浅浅的疼，犹如窗外的秋天，风起叶落，清凉淡泊……

二

午后的阳光透过窗户照进屋子，淡淡的，不耀眼却很明媚。微风中，某些植物混杂的清香，还有烤红薯和烤饼子的味道弥散开来……

几分恬淡、几分惬意、几分慵懒，蓦然蹿上心头。枕着《雨季不再来》，恍惚入梦。那个意气风发的白衣少年再次闯进梦中，还有那繁盛的雏菊，那空旷的球场，那孤冷的风声……

那是旧时光里的老故事了。如今，一切早已尘埃落定。但某个秋风萧瑟的晨间，某个雨敲窗棂的夜晚，某个无所事事的白昼，我还是会想起才情斐然的老班长和那场流传校园的恋情。

我一直在想当年那个在黑板上奋笔疾书"左手家国天下，右手儿女柔情，肥马轻裘，翩翩少年"的老班长在相恋三年的女友嫁作他人妇时，如何持一颗飘雨的心毅然守住时光的渡口。我终是不能明白用情至深的老班长是如何不动声色地埋葬那场倾城的爱恋，又是如何心无旁骛地守护大山深处那一群群待哺的雏鹰……

也许世事皆有定数，该聚时相聚，该散时离开。聚有聚的理由，散有散的道理。

这个秋日，很想很想站在老班长面前，对他笑说一句，好久不见……

三

"一叶落知天下秋。"

可我并不明白，今秋的第一片落叶是在什么时候坠落的。我也不曾知道田间的野菊是何时探出脑袋欣欣然张望这个世界的。

当我从三毛的《送你一匹马》中抬起头，望向窗外时，就看见秋风萧瑟中，满树曾经蓊郁的叶片都安静地铺在地上。而那篱落疏疏的菊虽说依然高擎着一两朵像模像样的花儿，但用不了几天，它们就会瘦成一窗一窗的霜花……

秋，就这样在我的漠视中，一天天老去了。和秋天一起老去的，还有我的父母。

我一直弄不明白是一天比一天紧的秋风染了父母的鬓角，还是父母强行摘走了枝头丰腴的秋色。我只知道在那几亩园子里、几十株果树间，我的父母硬是弄丢了自己丰沛的精力和健壮的体魄。他们是真的老了，就如那满园的落叶一样黯然失色。好在，他们还在与时光赛跑，坚强如昨，倔强如昨。

从来不敢想象如果弟弟工作稳妥了，有房了，成家了，我的父母还能不能硬撑着拖住生命的步伐。父母越来越怕冷了，我很害怕某日他们毫无征兆就步入生命的冬天，害怕他们会变成墙角那些寻觅阳光的眼神空洞、步履迟缓的老人，害怕在熟悉的地方觅不到熟悉的身影……

四

天气预报说，明日立冬。

合上手中的书，起身，安静地趴在窗棂上，我忽然对窗外的秋天眷恋不已。

虽说眼前的秋大势已去，但这几日并未降温。此刻，毛茸茸的太阳懒洋洋地挂在碧蓝的天宇间，几朵浮云安然踱步。一切似乎都美好如初，秋天却要走了。不知下一个季节里，秋天又会去了哪里？

有时觉着日子长得望不到头，有风有雨有雪有霜，苍苍茫茫寥寥落落，挨过一站又是一程，始终不见终点；有时又觉着日子如此短暂，不过眨眼之间，已是秋将尽，冬将至，一年也将匆匆走向尽头。

突然有些想念那些曾经共同生活的人们，想念曾经肝胆相照、嬉笑打闹的她们。她们还是老样子吗？她们过得好不好？

望着风中孤零零的老树无精打采地晃动着光秃秃的枝干，飘来朴树沙哑的歌声：

她们都老了吧？
她们在哪里呀？

我们就这样，

各自奔天涯……

辛卯暮秋于沮水之滨

半季秋香，半季冬凉

进入十月，陕北就一天天冷起来了。

小城的早晚，常有薄雾缭绕，加之雨水多发，时常感觉有厚重的湿气和浓浓的挥之不去的霉味。人，也似乎霉变了，几分懒散，几分懈怠，又偶感风寒。这个十月，我终是放慢了脚步，看秋一天天走向深处。

十月里，无论是天气晴好，还是阴雨绵绵，窗外老树上都有叶子不停地落下，也就三四天时间，曾经的枝繁叶茂便凋零成稀稀落落。尽管有人打扫，楼下那条每天必经的窄窄长长的水泥路上还是散落着许多叶子。对面墙上那片爬山虎虽然依旧保持着向上的姿势，但绝大部分茎叶已经干枯了。楼下花园里那曾妖娆过妩媚过的雏菊已瘦成了一朵朵泛黄的小令，远远望去，一大片的孤独与惆怅。而拐角处那堵很少能见到阳光的石墙上则长满了绿汪汪的青苔……这个十月，透过一窗玻璃，目之所及皆是光阴的苍凉和斑驳。

倒是院子里一只棕白相间的小猫让我在这薄凉的日子里，时常想起两个字：幸福。这只在小狗多多离世后，又独自晃荡到单元楼院子里的小生命有着和多多一样的安静、乖巧，也有着和多多一样干净清澈的眼神。它就那样闲散地在院子里晃来晃去，阳光晴好的日子，它晒晒太阳、伸伸懒腰，或是酣酣地睡一觉，再或者追着落叶、纸屑玩耍；冷风袭人，或是阴雨绵绵的日子，小猫要么围着楼一圈一圈地转悠，要么在汽车下、饭店的屋檐下和管道旁，饶有兴趣地望着进进出出的人和车……这个十月，我偶尔在想：人如果能像小动物一样活得简单点单纯点，是不是就能得到想要的幸福？

十月里，沉寂多日的故乡开始鲜活热闹起来。满园红彤彤的苹果似女子初长成，俊俏的模样映衬得故乡的天空年轻了许多、靓丽了许多，也召唤着那些平日里在外奔波的游子都呼啦啦地拥回来，同他们一起回来的还有果商和经纪人。一时间，故乡的田间地头、山峁院落人声鼎沸，朗朗的谈笑声逗引得好奇的鸟雀在树丛间停留、扑棱棱地飞起落下。隔壁大叔趁苹果着色的空闲时间抢收回来的金灿灿的玉米摆满了院子。母亲的辣椒成串地挂在老屋的窑面上。父亲的谷子也丰收了，沉甸甸的谷穗谦和地站在田间，只等闲了的父母前来收割归仓。有意思的是母亲提早收回的花生，在十月末引来几只小松鼠偷偷摸摸地搬运，等母亲发现时，半笼花生已了无踪影，就在母亲懊恼本就不多的花生被这些小东西祸害了时，不承想隔日竟在柜子顶上发现了丢失的完好无损的花生……呵，故乡的十月是忙碌的、充盈的，也是馨香的、纯粹的，更是柔软的、幸福的。这个十月，和所有的游子一样，我也勤于归乡，出了小城，一路向北，是家的方向……

十月，终是暮秋了，早晚的风里，忽然就有了冬的寒凉。身体羸弱的老人一时经不起季节的变换，十月里，会时不时地在市场上面的布告栏里看到有讣告贴出，一片刺眼的黑白。所以，这个秋冬交替的时候，我是不太喜欢去市场的。只是，这个十月，一向视万物为云烟的公公突然决定要给他和婆婆做棺材，这多少让我有些愕然。虽然已人到中年，也参加过无数次的葬礼，但我依然害怕直面那置于庭中的棺材，我总是无法将活生生的人和冷冰冰的棺材联系在一起。记得很小的时候，老屋那间太奶奶居住的窑洞正中央就放着一副棺材，那时每到黄昏，我一个人断然不敢出入那个窑洞，即便后来那棺材已随太奶奶走了好几年，我依然不敢独自在那个窑洞里逗留……十月的某个阳光明媚的日子，应公公的要求，我和夫、妹妹、妹夫陪公公在公公家对面村子的场畔上挖甘草，我们不说生死，不说别离，只说那少见的中指粗的带着泥土气息的甘草，说不远处那棵枝叶稀疏的老树，说一只路过的模样可人的猫咪……愿此后，若是说起那日，物是，人也是。

十月里，我常常仰头看天，看变幻莫测的云，看璀璨无比的星，看湛蓝高远的天空中偶尔飞过的鸟雀，看连日的雨后初晴时那暖融融的太阳，还有那让人忧愁、让人厌倦的秋雨……我想，这个十月，我的样子一定有些落寞、有些感伤，也许眼中还有微微的泪光。安妮说，当一个女子在看天空的时候，她并不想寻找什么，她只是寂寞。寂寞吗？也许是吧。可我真的需要一些相对安静的时间，来梳理这大半年里纠缠、阻挠自己的一些繁杂的、琐碎的甚至疼痛的思绪。终究是女子，善感也敏感，这一路走来，总有一些伤痛不为人知，总有一些委屈无处诉说，总有一些泪水只能流在心里。好在，伤过、痛过、心碎过之后，我也渐渐明白有些事不必执着，有些人只是过客。于是，风起时，我开始学着自己给自己温暖。一杯冒着热气的红茶、一床新缝制的松软的被褥、一个充电的暖袋、一双马丁靴、一条豹纹丝巾，还有晚上那杯温热的牛奶、早上那杯现磨的豆浆……偶有阳光明朗朗地挂在头顶，心情便如孩童瞅见棉花糖一样喜悦起来。有阳光的日子，喜欢打开窗户，让缕缕阳光大大方方地照进房子；喜欢把床上铺的、柜子里放的被褥、衣物安置在阳光中；也喜欢将自己妥妥地置于阳光之下；更喜欢夜里那床满是暖暖的阳光的味道的被子……不知，这算不算传说中的幸福？

"想念你的笑/想念你的外套/想念你白色袜子/和你身上的味道/我想念你的吻/和手指淡淡烟草味道/记忆中曾被爱的味道……"十月的最后一个午后，我一直在听辛晓琪的《味道》。阳光从老树稀疏的枝叶间落下来，在我心头投下淡淡的阴影，让我蓦地想起一些寂寥落寞的旧时光。我想念那些可以随心所欲地发呆、写字、看日出和蒙头酣睡的日子，想念那些曾肝胆相照的人儿和那些泛黄的杂志、那些老歌与老照片，还有那渐渐淡出生活的速溶咖啡……烟儿说，人生如茶，该醇厚时醇厚，该恬淡时恬淡。那么，走过十月，这一年就该进入恬淡的时候了吧。忽然很想对即将远去的秋，笑说一声：谢谢你，亲爱的时光……

甲午暮秋于桥山之麓

风一直吹

这个春天是在新桃换旧符之时翩然而至的，较之往年，自是多了些许热烈、些许喜庆，当然也多了些许繁杂、些许聒噪。

对于年，早已没了感觉。对于春天，却还有着几分期盼、几分欢喜。在凡事都讲求仪式感的当下，自觉地拍了拍衣襟的尘，仰头对窗外曈曈的太阳轻言一句：你好，春天。而后，清水洗面、清水拖地、清水擦拭陈设、清水浇灌花草……无意间看到镜子里自己平淡的神情，不禁暗笑：一切都是旧的，除了这个春天，而它也终将成为旧的。呵，迎新的日子说旧，显然不合时宜，可我就是这样一个喜欢在时光里画地为牢的女子。

有风，侧着身子从开了缝隙的窗户挤进来，在窗台上的几盆花草间轻舞、飞扬，淡淡的植物的气息弥散开来，恍惚间竟似故人来。索性搬来木椅，与这些花草浅坐。两天前，去了趟单位，看到楼道尽头的木柜子上那盆燕子掌肉肉的叶片被冻得软塌塌地挂在枝干上，手轻轻一碰就跌落了。办公室地板上那盆多叶植物的叶子也快落光了，枯黄的叶子和纤细的枝丫散落在花盆里、地板上，致使我从远处捡回来放在花盆里的两颗松果都快要被埋没了。想起玲姐前些日子还问起它们，不禁连连自责。浇水、擦拭叶片，将地板上的叶子和花枝捡拾到花盆里，再将松果摆出好看的样子……至于燕子掌是不是还活着，我不太确定，想了想还是决定让它继续留在外面。冬天已经快挨过去了，不如就在这里等待春天吧……离开时，心里泛起隐隐的痛。这两盆绿植陪玲姐和我走过好几个春秋了，仔细想想，我俩好像都不精通花卉种养，也都不是细心之人，但它们却长得郁郁葱葱，很是讨人喜欢。其间，每过完周末再去办公室时，也曾感觉它们一副委屈巴巴的样子，但不待打扫完卫生，它们又在欣欣然舒枝展叶。冬日里，那盆多叶植物也在不停地掉叶子，但它始终都是一副努力向上的样子。而今它们这般情形，是出于幽怨或是想念吗？——玲姐已好长时间不曾来了，没有了她的谈笑风生感觉日子寂寥又惆怅，慢慢地我也不太想去办公室了。也好，终是要散的，唯愿各奔东西的日子，彼此都好……

　　几日的晴好天气之后，一场雪从夜里出发，早晨起来就见窗外的世界粉妆玉砌甚是可爱。可就在开窗的瞬间，料峭的风裹挟着雪粒鱼贯而入，顿时被呛得咳嗽不已。脑海里刚刚冒出的踏雪的念头也消失殆尽，又不想看书写字，不如煲汤——用一锅透亮亮、热腾腾的菌汤喂养这山尚寒、水且瘦的日子再合适不过了。于是，清洗菌菇并切成喜欢的样子、铁锅里热油爆姜蒜、菌菇拌炒片刻，准备倒进汤锅里慢煮时，不小心将陶质汤锅碰在了墙壁上，但并未发现裂痕，也就继续煮汤了，谁知没过几分钟汤锅就开始漏汤，由缓到急，硬是浇熄了灶火，也终于看见了那道裂痕。手机百度后，用三秒胶认真修补了一番，再上火时真的不漏水了，但是原本漆黑透亮的陶锅却多了几道极其难看且凹凸不平的白色疤痕，顿时煲汤的兴致大打折扣，想来此后这锅只能束之高阁了。人生，也大抵如此。曾经那么努力地想要回到从前，到头来却发现一切再也不是原来的样子……

关门闭窗，依然能听到猎猎的风呼啸着来了又去了，反反复复。怕冷，也慵懒，足不出户已好几天了。是夜，一袭薄毯、一本线装书，蜷在沙发上，边看孔孟之道边和玲姐有一搭没一搭地聊着。玲姐忽然说，梁殁了，已下葬。怔怔然道：不是说没事了吗？那些年，梁是农业部门分管材料的领导，我也从事农村工作，我们就认识了。后来，因为报刊上我那些零零散散的文章，我们走得近些。梁是个性情和善的男子，有着如水的笑容和干净通透的神情。那时每次遇见，他都会笑说一句好好写。若有时间，他还会聊起某些文章的内容。这期间，梁曾患过重病，两三年之后再次见到，他瘦了许多，但看起来康复得很不错。后来的这些年，梁依然在农业战线工作并且很快升了职；我却转行，把爱好变成了工作。后来呵，梁也还是那个留意我文章，给予我鼓励和温暖的男子，他也一直都是那个见面后不太爱笑不太爱说话的梁。也就几天不见，梁却去了另一个世界……起身，望向窗外。都说，地上一个人，天上一颗星。不知才刚刚知天命的梁会是哪颗星？那夜，半梦半醒间，总是感觉风里有落花声，柔若无骨却声声入耳……

去厨房时，望见对面那栋办公楼顶上在风中不停抖动的红旗，饶有兴趣地推测室外的风力大概几级。转身时，却想不起我去厨房是要做什么。近段时间总是忘东忘西，那么这个春天拒绝出门遛弯的说辞，是否可以更改为怕忘记回家的路呢？呵。刚刚过去的那个冬天，我以一个冠冕堂皇的理由堂而皇之地在家里蛰伏了整整一个季节，怕冷、怕黑、怕滑、怕人稀少，被我轮番用来推脱夫晚上遛弯的要求。他常常恨得牙痒痒地说，再不出去就自闭了。没错，我就是要"闭关修行"。只是，那些日子里的很多时候，我还是那个心里装着江湖的女子。譬如，建立了一些微信群，也加入了一些微信群，常常热火朝天、不分昼夜地聊起来；譬如，下载了一些软件，这个刷完刷那个，几毛几分地抢红包；譬如，电子书架收藏了十来本

小说，一旦打开哪本就废寝忘食不看完决不罢休……一个冬天，不但没有静下来，反而如经历了春播秋收的农人，身心累到不能自己。这个春水初生、春林初盛的日子，我依然在修行的路上踯躅。不同的是，某日我终于下定决心，把手机清理了一番：卸载、解散、退出、删除……此后，若无所事事，就喝茶、听歌、发呆，看风起云涌。一朵一果说，人生的安宁，归根结底还是内心的平静。她又说，在这之前，你必须去经历。想想，自己的经历也许远远不够，但我会努力去做一个眼神清澈、内心安静的女子……

惊蛰之后，春攻城略地，眨眼间就春深似海了。放眼望去，那些绿的红的黄的粉的花卉，好似年华正好的曼妙女子，要多明艳有多明艳，要多妖娆有多妖娆。那扬起发梢的风也柔软了、温润了，细细品来，好似年少时那欲语还休的爱恋。有风的日子，时常站在窗前看绿意浓浓的老树上那些在风中晃来荡去的叶子，心里却愈发惦念早春时节那池七零八落的荷。我是个喜欢与自己为敌的女子，有着温良纯真的性情，却自小就喜欢零落的、破碎的、泛黄的、枯萎的一切，也一直固执地认定这一生终将是一个人的沧海桑田，所以多年来常常一个人看满月渐亏、看一树繁华渐渐褪成喜欢的颜色、看雪落下来干净坦荡的样子、看镜子里自己的眉间渐渐染上风霜……但就如宫崎骏所言，世界这么大，人生这么长，总会有这么一个人，让你想要温柔以待。承蒙你的出现，这个春天，我忽然想去喜欢那些葱郁的、繁盛的、明艳的、茁壮的存在。虽然不敢断定你是否会一直在，但至少知道，你是我愿意在这个薄情的世界里认真地生活着的理由。夏荷亭亭之时，倘若你还在，就一起去看荷。站在喧嚣的荷池边，看风过时众荷挨挨挤挤、嘈嘈杂杂，而我就做那朵"挨你最近最静，最最温婉"的荷，可好？

己亥初春于小城黄陵

第二辑　父亲是个诗人

父亲是个诗人

父亲坐在阳光里，一本一本地翻看我放在沙发上、茶几上的书。

看书的父亲恬淡而安然。我想，如果父亲再戴上一副眼镜，会不会就像书中所讲的老先生呢？

父亲有两副眼镜，一副是老花镜，我从没见他戴过，倒是母亲时常戴了这副眼镜玩手机斗地主；另一副是石头镜，爷爷的爷爷留下来的，算是古董了，因镜腿有点问题，父亲便去街上换了新式的镜腿，我们都笑父亲将古董弄得不伦不类。

父亲是个农民，翻、种、锄、收，样样都是好手。忙里偷闲时，父亲会戴着他那"不伦不类"的镜子，仰起头，透过透亮的镜片看瓦蓝的天空和炎炎的烈日……

一直觉得低头看书和仰头看天的父亲像个诗人，在他低头和仰头之间，艰辛和劳苦便遁了影踪。后来才明白，父亲一生都在作诗——选种、点播、施肥、除草，就有了秋日那一行行的诗句：土豆、萝卜、白菜、谷子……当然，父亲的诗亦如父亲的人一样，静默、内敛、谦和，却足以让经年的我每每读起就泪湿双眼……

乙未暮春于小城黄陵

雨落陕北

陕北的春天越来越没了样子。

四月初，我曾安静地站在窗前看一场春雨优雅地从云端落下，谁知四月末了，雨依然风情万种地在窗外妖娆。其间偶有放晴，可不待开窗晾晒，老天又变了脸色。路边花坛里的各色花卉倒是一天天饱满，成就了满园繁华，只是，这淅淅沥沥的雨硬是凉了那些粉的红的黄的白的花儿的明媚，低头抬头间，就见落红无数……

因为落雨，便懒散了些许，不再逼着自己去看书写字，甚至手头的工作也想着推一推。因为落雨，便可以独坐一隅，喝茶、发呆，听雨打花伤，或是蒙头酣睡，把所有欠下的瞌睡都补回来。只是，这些春雨潇潇的日子里，我总是在做同一个梦。梦中，陕北的山突兀而倔强，风总是从山顶呼啸而来，卷起千丈万丈的沙尘。一个顶着红盖头的女子晃晃悠悠地行走在漫天风沙中，谁知她走着走着，竟走出了我花甲之年的母亲的背影。待她掀开盖头时，我却发现那是一张陌生的如春花般明净年轻的面孔，可她胸前那条乌黑的辫子又似曾相识。我不知道梦中这个新娘打扮的女子为什么孤身一人，我也不知道这个女子是否和母亲有什么瓜葛，或者她就是我年轻的母亲？这个多雨的季节，我总是在梦醒后的怅然中，一遍遍地想象母亲年轻时的样子，想象她曾按捺着怎样的不舍和难过，挥别双亲后跟着同样年轻的父亲一步一步地走向不可预知的未来……

　　雨，跌落在玻璃窗上，划出一道一道的水痕。夜里，或是薄暮时分，有猎猎的风狠狠地拍打着门窗。这种天气，总是让我产生"秋风秋雨愁煞人"的感觉，甚至个别日子里，我能清楚地触摸到冬的萧瑟和苍凉。好在，无论是雨天，还是短暂放晴，窗外都会有婉转的鸟鸣有意无意地扰乱一室凉薄。在风声、雨声、鸟鸣声中，我拨了母亲的电话，电话中，母亲忧心忡忡地说，这雨下的，苹果本就没有多少花芽，这下大都霉坏了、落掉了……我笑着对电话那端还在絮叨的母亲说，没了就没了吧，没了就不用那么累了。母亲这大半生可谓风雨交加、磨难重重，早该歇歇了。放下电话后，我隔着六十余年的光阴，极力回望母亲走过的路，却感觉年轻时的母亲如窗外的雨，时远时近，时而清晰时而模糊。是的，那时的母亲，于我来说，遥不可及。

　　外公家的相框里有唯一一张母亲年轻时的照片，那是母亲和她村子里姐妹们的合影。在那张泛黄的黑白照片里，十多岁的母亲穿着一件偏襟布衣，扎着一条粗壮的辫子，抿着嘴，眉宇之间似有一抹淡淡的清愁。可是，这张照片并不能将我带回到母亲那青春年少的日子里，陕北的沟沟壑壑、陕北的黄沙大风、陕北的信天游山丹丹，甚至外公家门前那棵老树那个石碾，都未能让我觅到一丁点母亲年轻时的影子。关于过去，我只能从母亲断断续续的讲述中知道一点，所以有时候，我会感觉那些逝去的曾属于母亲的日子就如这个暮春，从未走远却又缥缈得似乎不曾存在过……

　　雨渐渐变小时，楼下有一辆辆婚车缓缓而过，那些装点婚车的花卉在细雨的浸润下愈发娇艳了，倚窗而立的我似乎嗅到了香槟和糖果的味道。想来，那婚车里的新娘一定是个如雨后阳光般明媚的女子。母亲也曾说起过自己出嫁时的情景，我一直固执地认为那天应该是个落雨的日子，因为那是一场隔山隔水的别离，是一场没有归期的远行。可是母亲只说，她出嫁那天跳下炕时，正好在外公家刚洒过水的地上印下一个清晰无比的脚印，后来，外公每每说起那个脚印，就会泪湿衣衫……

　　就算母亲结婚那天是个艳阳高照的日子，母亲这一生也与雨有着不解之缘。有时我想母亲前世或许就是那坐在云端哭泣的女子，这么想，是因为母亲有过几次与雨有关的凄凉的经历。第一次，是在她十六七岁的时候。母亲说，那年缺雨的陕北突发洪灾，山体滑坡，房屋倒塌，生灵涂炭。在大雨瓢泼中，母亲亲眼看到村子里那个十三四岁的灵巧女子在拾野菜归来的途中，被大雨冲下崾畔，在泥石流中几个翻滚之后，直挺挺地跌落在沟渠深处。后来的这些年，母亲的记忆中一直有那个在大雨中不断翻滚下坠的竹笼，有那个孩子的家人抱在一起痛哭的场面，还有一摊被雨水冲刷去又漫出来的殷红的血迹……第二次，大概是在我一岁多的时候。那年，背井离乡的父母曾一心想要在那个给过他们短暂温暖的地方撑起为之努力了四年多的家，可最终还是被三番五次的猜疑、排挤和不待见彻底损毁了。在一场滂沱的大雨中，我年轻的父母拖儿带女，心灰意冷地流落在村头。我想，当时我的父母一定眼里心里都飘飞着冰冷的苦雨吧！好在，我坚强倔强的父母终是没有向命运低头，虽说明天依然不可预知，但雨终究会过去的，不是吗？

母亲所经历的第三场大雨，应是五六岁的哥哥走丢的那次。小时候的哥哥聪明伶俐却顽劣十足，动不动就给母亲惹出乱子来。那天雨来之前，哥哥已不在母亲的视线范围了，可是母亲只顾着抢夺粮食，全然不知哥哥的去向，等暴雨瞬间落下时，母亲才想起宝贝儿子没了影踪。这个"事故"惊动了全村人，沟沟峁峁、水井、小河、涝池，能想到的地方大家都冒雨寻找了，可就是不见哥哥。母亲的后悔、害怕、悲痛、绝望，比初夏的那场暴雨还要强烈。雨停后，才有人捎来消息，说哥哥去了十几里之外的亲戚家。原来，哥哥为了坐自行车，骗一个在乡里工作的亲戚，说是父母让带他去另一个亲戚家玩。有了这次"劫"，母亲更是时时处处留意哥哥了。如今哥哥已是不惑之年，母亲却依然希望拽哥哥在手中，所以这娘儿俩之间小纠结、小矛盾时有发生，我只能笑叹可怜天下父母心！

而陪护身患绝症，最终英年早逝的大舅期间的那一场场连绵的秋雨，让母亲在离自己故乡最近的地方一次又一次地感觉到无助和绝望。母亲家兄妹六人，大舅是母亲最喜欢且自小带大的弟弟。至今记得，大舅生病是在我刚走上工作岗位不久的时候。那时还没有手机，因为记挂着我，远在陕北最北边的母亲每隔几日就打电话到我的单位，每次的电话里我都能听到嘈杂的雨声和母亲尽力克制的悲泣声。大舅去世的时候，下了多日的雨终是停了，但帮大舅换衣服的母亲却在心里落了一场瓢泼的大雨。那一年的秋天，母亲似乎流尽了眼泪。以至于后来，每每说起生前遭受各种罹难突然去世，躺在棺木中脸上有一道道刀痕的外婆时，母亲平静得如同在说一个与自己毫不相干的人。母亲的平静让我心生恐惧，我知道那些日子看似强大的母亲，其实脆弱得不堪一击，我害怕某天母亲毫无征兆就突然倒下去。好在，母亲终是一步一步地走出来了。外公去世时，我陪因车祸而腿部刚做了手术的母亲回去奔丧，那次母亲同样平静，只是在将外公的遗体从冰棺挪到木棺时，我留意到母亲有那么一刻神情有些恍惚、有些凄然……

雨，还在下着。窗外，偶有嫩绿的叶子从树上旋转着飘飞下来。眼看夏天就要来了，室内却冷森森的，靠北的办公室早晚要开空调驱逐寒气，我甚至感觉自己眼里心里都生了冰凉的青苔。不知患有风湿的母亲还要煎熬多久，才能等到似火的骄阳。其实，关于雨，母亲也有快乐的记忆。譬如，那年母亲带着不到一岁的哥哥回到外公家。母亲说外公家坡下有一棵杏树，杏花繁茂的时候，每天早晨的微雨或是薄雾中，会有一朵一朵的花儿轻轻落下。刚刚学会走路的哥哥喜欢一步一晃地走去捡拾落花，有时他的小手里还会捏着几条螺丝一样的小虫子。树上缀满小青杏时，脚步已经稳当的哥哥会在每次的大雨之后，跑着去捡回那一颗颗被雨水打落的酸杏儿。母亲温柔地看着那个小小的人儿在自己眼前晃来晃去，这一晃，时间就从春到秋，再到来年的春秋了。一年多的轮回中，母亲差点忘记和她一起经历风雨的父亲，母亲说，那时她就想至亲的人儿都在身边，陕北最南边的那个家自己再也不想回去了。当然，后来母亲还是回了。据说，母亲带哥哥回去的那天，也刚好下过一场雨。雨停后，准备去地里的父亲被告知妻儿回来了，一年多没见他们的父亲就一路向村口疯跑，而刚刚学会叫爸爸却不知道爸爸长什么样子的哥哥也是一边喊爸爸一边跌跌撞撞地乱跑。想来，那个场面一定热烈得让人想要落泪吧。至于我们兄妹先后拿到录取通知书、踏上工作岗位，再到结婚、生子，其间都有过或大或小的落雨，具体情况母亲大概已不大记得了，她只说高兴啊……

华灯初上时，雨忽而大了起来，一副空前绝后的样子。原本缺雨的陕北，就这样，在2014年的春天雨水多到惹人生烦。好在，不管雨怎么肆虐，沮水岸边的花儿都一拨一拨壮烈而浓郁地开着、谢着，把这个不同寻常的春天开成了每个季节的回忆。在我心中，母亲也是个不同寻常的女人。她一生要强，凡事力求最好。弟弟出生在腊月十七，那年的冬天异常寒冷。临近年关，天空竟飘起了丝丝冬雨。父亲说家里的窗户纸都好好的，就不换新的了。母亲却不同意，她说家里本就没怎么打扫，再不换窗户纸，没个过年的样子。那时，家里是那种小格子的木窗户。腊月廿九，母亲早早就翻出了自己剪好的窗花和备好的纸张，再将自己和弟弟裹严实后坐在炕角，指挥我和妹妹糊窗子。按说当时十多岁的我俩完全能够将窗子糊严实，可是母亲要的不仅是糊严实，她还要求窗格子上下、左右、斜对角，线条明晰，窗花不偏不斜刚好在正中间。结果，在母亲的"偏了、压得太多了、糨糊没刮净"的责备声中，我和妹妹乱了方寸。母亲只得亲自上阵，十几天前刚刚生完弟弟的她在刺骨的寒风和冷雨中一个窗格子一个窗格子地糊了下来。这些年，母亲个个手指头的关节都有不同程度的病变，我想也许和那次糊窗子有关。母亲心中的世界很大，她是我们村第一个引进烤烟种植和粉条制作的人，她也是我们村第一个在自家院子学着种植棚栽蔬菜的人，她还是我们村第一个设计制作出卸苹果袋时需要的斜挎包的人。她会用藤条编制漂亮的笼子、囤子、仓子，她会泥炉子、盘灶火，她是我们村茶饭做得最好的，她做的女红也绝对一流。只是，这般凛凛的母亲，常常在追求完美的过程中，将家弄得鸡飞狗跳，也将自己伤得体无完肤……

将手伸出窗外，立刻有雨滴欢快地跳进手心，可亲可爱如同我的母亲。那些年，母亲如一只勇猛的大鸟，惊得日子扑棱棱地飞去，再回首时，她已双鬓飞霜。闲暇时，喜欢和母亲说笑，喜欢逗她开心。母亲说，小时候的我非常害怕她，我也依稀记得那时生病了、磕伤了，或是衣衫划破了、纽扣掉了，从来都是先找父亲的，虽然最后都是母亲打理的。当然，在我儿时的记忆中，母亲也有温柔的时候。记得某个夏夜，屋子里闷热异常。父亲便拿出席子、床单，让全家人睡在院子里，挨着哥哥睡的父亲给我们讲《苏武牧羊》，挨着我睡的母亲不太说话，她就那么安静地守着月色、守着我们。试穿新衣服新鞋子时，母亲蹲着，一脸慈祥地帮我们拉拉这儿拽拽那儿……

如今，上了年纪的母亲不再那么棱角分明了，她开始学着柔软地生活。凡事母亲不再自作主张了，她会第一时间打电话征求我们兄妹的意见，她开始关心父亲的身体和嗜好，虽然他们之间仍有争吵，但母亲不再那么强势，很多时候，她开始选择沉默和妥协……有时，看着母亲一副小心翼翼的样子，我倒是情愿我的母亲如窗外的雨一样随心所欲地行走……

"连雨不知春去，一晴方觉夏深。"当我伴着一帘帘的雨，断断续续地写完这篇文字时，窗外已是阳光明媚的一天，是初夏的日子了。打开窗户，看阳光金子一样洒在台案上，恍惚觉着母亲就站在阳光下，朝着我温柔地微笑。母亲似一本珍藏多年的书，在无声的岁月里，容我一读再读，而那些我年少时曾忽略了的属于母亲的美好和疼痛，在这些落雨的日子里，都一一回来，让我在淡然中明白，那是一个怎样回不去的曾经……

甲午初夏于小城黄陵

你若安好，便是晴天

周日早晨六时许，母亲打来电话，说你很不好，要我带你去外面看看。母亲说，你依然不怎么吃饭，胃胀、恶心、乏力……电话里传来正在院子里刷牙的你的一阵干呕声，迷迷糊糊的我瞬间被惊醒，傻呆呆地立在房间，不知该干点什么。

你又病了？半个多月前，你才刚刚痊愈出院，怎么又病了？是上次没有治愈吗？可是，上次是症状完全消失，病确实好了，医生才让出院的呀。难道是上次根本就没有查清病情？如果真是这样，又会是什么病症呢？

六月末的风穿过窗子在我周围稍事停留，转眼便了无痕迹，我却感觉到十二月一般彻骨的寒席卷整个房间。惶惶然环抱起双臂，却空虚得近乎缥缈。各种能想到的病症在头脑中恍惚而过，恐惧排山倒海般压下来，钝钝的痛重重地撞击着身心，仓皇地开门，下楼，家是一刻也待不住了。

　　凌晨时分飘过一些细雨，空气中泛起薄凉，还有青草和泥土的味道。这天虽是周末，但却是中考的日子。铆足了劲的出租车一路鸣笛，绝尘而过。三三两两的路人神情严肃，行色匆匆，应该都是考生和考生的父母吧。你会从哪个方向走向我？从村庄到小城的那趟班车到站需要近一个小时，我却感觉像一个世纪一样漫长。街道对面的邮政储蓄银行还未营业，自动取款机里也没钱了。我感觉更加烦躁更加焦虑，不知所措地蹲下、站起，呆立、踱步……

　　你生病有些日子了，起初只是轻微的感冒，你吃了一两次药，就懒得搭理了；后来有些咳嗽，你也是这顿吃药，那顿就索性不管了。你的咳嗽持续了一个月，或者更长点吧，直到感觉确实撑不下去了，母亲才打电话给我们。

　　上次带你看病正逢六一，阳光纯净鲜活，孩子们载歌载舞，到处都是一派热闹祥和、生机盎然的景象。你却像一个孤独无助的孩子，怯生生地跟着我们在医院各科室辗转。化验、拍片、做B超后，医生说你是间质性肺炎，需住院治疗。在我的记忆中你一直清瘦但身体硬朗，偶尔有点感冒，吃点药就没事了。倒是母亲多病多灾，一年里总有一些时间是陪着母亲在医院里穿梭的。你突然病了，并且需要住院，我们有些措手不及，你更是胆怯。虽年近花甲，但你从未打过吊针，你是真的怕呢。

　　陪你住院的那些日子，喜欢听你絮絮叨叨地说村里的人和事，喜欢逼着你喝水吃水果。住院部楼下有一个小小的花园，一墙的爬山虎装点出满园葱茏，深红、浅红的蔷薇开得活色生香。你安静地躺在病床上，看一滴滴药水慢慢地流入自己的身体。那些日子，你很配合医生，你相信自己马上就可以精神十足地站在那块已结满小青果的园子里了。的确，十多天以后，你又在果园里忙碌了。只是，你从来没有说过你的胃还有点不舒服。

　　八点多了，你还没有来。邮政储蓄银行终于开门了，但营业员说周末九点钟才开始办理业务。等待，漫长的等待，从未有过的煎熬就这么一分一秒地折磨着我。从色彩缤纷的广告牌到墨绿深沉的邮筒之间大约是十二步的距离，此刻这两个家伙都冷漠地看我茫然无措地徘徊。妹妹打来电话说千万别慌，医院已经联系好了。妹妹在乡镇卫生院工作，以前是护士，现在从事B超工作。哥哥常常笑说妹妹是庸医，我却觉得关键时刻她比我冷静、从容。

　　八点五十分，你终于来了。你就在街道对面望着我，我却不准备走过去，我要你走过来，我等你走过来。看着一步步走向我的你脸色蜡黄，手、胳膊、腿，所有裸露的皮肤都皱巴巴的，我的心揪得很紧，这段日子，你又消瘦了许多。

　　取钱、备车、上路，司机师傅给足了油直奔铜川市医院。

天空再次飘起零星的雨滴，窗口妖娆的绿急速地闪现、后退，几只鸟雀仓皇地掠过，划出一道道落寞的弧线。一路上你沉默寡言，偶尔发出一声声沉重的叹息。哥不让给你做胃镜，哥说你一直在村子里生活，接触有害食物几率小，胃应该没问题。哥心疼你受不了。哥却忘记了你一直吃饭狼吞虎咽，时不时就会被馒头噎住，你还常常嗳气、胃胀……我越想越害怕。这次，我坚决要给你做胃镜。你自己也可能做了最坏的考虑吧，不然，怎么看起来那么心事重重？

天空灰蒙蒙的，几片浮云时而聚集，时而分散。一辆大货车不紧不慢地行驶在前方，转弯处，一辆黑色的越野车飞一样地飙过。你脱掉鞋子盘腿而坐，我也学着你的样子盘起双腿与你并排坐在后座上。我祈祷你只是有点小恙，我希望你还是那棵生机勃勃的大树，但我也明白你真的老了，再也不会像从前那样枝繁叶茂了。

端午节回家，你和母亲早早就在家里等候我们了。母亲的病腿有点浮肿，她边揉捏腿，边和我们说笑。你默默地坐在屋角，微笑着看那几个调皮捣蛋的孙子疯玩，看我们兄妹出出进进。只是，我老感觉你似乎有气无力。你说，干活了，有些累。我不相信。平时知道我们要回来，你提早就忙活开了。等我们回家后，就会看到家里、院子里收拾好、洗好的能直接拿来享用的水果蔬菜排着队迎候我们。那天院子里的草莓硕大鲜

红，樱桃虽零零星星，但也红透了。可是家里却没有随手就能
掂来吃的东西。你苍白地笑着说，你们自己摘吧。那一刻，我
心里涌起满满的酸楚。但我还是任性地要你给我拔油麦菜，我
说我要嫩点的，我要你给我择好装好，我真的不愿看到曾经闲
不住的你突然就安静地、疲惫地独坐一隅。一直以来，你和母
亲都宠溺着、娇惯着我们兄妹。小时候，家里人多地多却收入
拮据，你们再苦再累也没有耽搁过我们的学业；如今，我们长
大了成家了，你们依然说孩子们忙不能给添乱。你曾将一袋子
土豆扛到我五楼的家；你曾在炎夏的晌午被孙子们缠着在花红
柳绿的野外捕蝴蝶捉知了；你和母亲经营的果园、菜园繁茂葱
茏；家里住的窑洞是你和母亲从砖坯、和泥到运料、成型，一
点一点修砌的……

　　这些你都还记得吗？我知道，这些年你开始变得健忘，时
不时地丢三落四，这让一向干净利索的你苦恼不已。其实没事
的，你不是常说你有一帮好儿女么。小时候，你是我们的天，
我们一步一步地踩着你的脚印无忧无虑地长大了，此后，就让
我们做你的天，我们会亦步亦趋地跟在你的身后，并随时准备
张开双臂呵护你。你只管朝前走，一如当年，好吗？

　　六月的天，孩子的脸。我们到达医院时，已是艳阳高照，
那点薄雨瞬间被蒸发，空气黏湿得让人感觉很不舒服。你躺在
胃镜室蓝色的床单上，像一艘搁浅的船，瘦小而孤独。看着医

生拿起长长的黑色橡胶管子时，我突然感觉好害怕。我不知道自己该有怎样的方式和姿态，才不会让那一刻的你感到孤单无助，我也不知道我的紧张和害怕，会不会影响到你，我只是紧紧地抓住你的双手，希望能传递一些力量给你。我想我一定弄疼了你，因为我的双手不停地发抖、出汗……你确实承受了巨大的疼痛，做完胃镜的你满头满身都是汗水。我扶你在医院走廊的椅子上坐下，再折回去看检查结果。医生说是萎缩性胃炎，胃底部还有个小小的隆起物，疑似脂肪瘤，建议去其他医院确诊。因为比想象的情况好一些，回家的路上我就将检查结果告诉了你。你长长地舒了口气，眉里眼里全都有了笑意，接着你就心疼起钱了，你念念叨叨地说，还要去其他医院？这么折腾，不知要花多少钱。辛苦一生、操劳一生的你，就这么让我感觉心疼！

六月未央。红的、粉的、紫的、白的花依然在张罗着奔赴着一场又一场盛大的花事。你终是放心不下你的瓜果蔬菜，携着大包小包的药品回家了。你就那样一边守着一院子的花开花落，一边吞服大把大把的药片……一星期后，哥带你去省城复查并很快返回。那天刚下过一场阵雨，天空被洗得碧蓝碧蓝的。你坐在沙发上，像孩子一样开心。你说，省城那家医院好大，设备也好，没感觉到难受。你说，那个隆起物不见了，所有的症状也都消失了。你说钟楼附近那家饭店的大盘鸡可好吃了。你说雨一阵一阵的，医院路边的小水洼里能看到阳光的影子……我笑着听你开心地诉说，笑着看一片一片的阳光在你的脸上、眉间绽放成绚烂的夏花……

这是一个生动鲜活、色彩缤纷的世界，它让我们疼、哭、笑、恨、爱。很多时候，我愿意忽略尘世的肮脏和猥琐，因为这个漫天尘埃的地方，有你和母亲在！虽然这人世间的一些风雨，我们逃不脱、躲不过，但是在我眼里，你若安好，便是晴天！

辛卯荷月于沮水之滨

娘视你为生命

对于做饭，我的原则是：按时按点，尽量保证下班的、放学的进屋就有饭吃；至于质量么，马马虎虎，不饿着就是了。这么多年，"大王"是习惯了，只要有饭，能吃，就好；"小王"却偶尔有些牢骚，甚至有时会反抗，当然最后都在我的"威压"下，偃旗息鼓了。

为人妻，这种慵懒应付的态度我没觉得不妥。想如今，还有几个女子整天围着锅台转？有首歌也这样唱：我负责赚钱养家，你负责貌美如花。我觉着这就是赤裸裸地纵容女子饭来张口、衣来伸手。最主要的是，有意无意间聊起时，方知我周边的朋友同学同事甚至一些不相干的人，家中几乎都是男人掌管着一家子的吃饭大事。于是，我小小的心就不那么畅快、不那么平衡了。结婚这么多年，我家"大王"虽说还没有沦落到油瓶子倒了也不扶的地步，但也相当养尊处优。结婚头几年，他大都是饭菜上桌了，打电话催过几次了，才觍着脸回来了。后来，经过多次说教、训话，终于能踏着饭菜出锅的点儿回家了。当然，这些年"大王"同志也长进了不少，譬如承担了我家的炒菜大任，譬如偶尔帮我洗次锅，虽然炒什么菜、怎么搭配，甚至盛菜的碟子、碗，都得我打理到位，虽然每次他洗完锅我还得再仔细收拾一番，但"大王"的这点进步，我已是相当满足了。日子也就在我和"大王"的相互应付与相安无事中过着。

但为人母，我偶尔也会深深地自责一下。往大里说"小王"是祖国的花朵，往小里说"小王"是我终老的依靠。想当年，初为人母，我也尽自己所能地折腾过，什么翡翠饺子、虾仁鸡蛋包子、胡萝卜青菜末饼子、炸鸡腿、炖鱼汤、鸡蛋羹……只是，不管我怎么折腾，"小王"都是一如既往地固执着不肯多长一丁点肉。每每望着"小王"那纤细的胳膊、腿，那肋骨分明的小身板，我就感觉我家"小王"好似难民窟逃出来的孩童。后来，"小王"那没心没肝不长身体的样子让我彻底没了脾气，初为人母的新鲜劲儿也过了，我就不再折腾着给他吃小灶了。好在，这孩子的个头没让我失望，尤其上初中后，更是疯长了一大截，现在的"小王"已是高出我很多、虽单薄却朝气蓬勃的少年了。只是，如今这个自称有一些美食基础还有些小叛逆的"小王"不再如以前那般好对付了，他常常会百般挑剔饭菜，甚至"声泪俱下"地质问我们是不是亲爹娘……有"小王"这么搅和，我家饭桌上的场面那叫一个精彩纷呈。当然关于饭菜，我偶尔也会变点花样，以满足"小王"并不过分的要求，也顺便梳理一下自己长期以来关于"'小王'正在长身体长个子的关键时期，但为娘我实在不怎么精通厨艺也确实懒得可以"的纠结。

虽然我在做饭上应付了事，但每天早上给"小王"打一碗热气腾腾的豆浆还是坚持了好多年。某日，放学回家的"小王"急急地说同学的娘给同学做了豆渣饼，据说好吃得没法说，还说，他大致问了做法，要传授于我，并声明：豆渣饼，非做不可，至于是否"好吃得没法说"，就不强求了。有了"小王"这番话，我只能硬着头皮去做了，当然我也是放开了手脚尽情地发挥。从一开始的豆渣加鸡蛋加糖，到加胡萝卜末加芝麻粒加盐，再到加土豆泥加青菜丝，一个小小的饼子，我硬是给整出了好几种味道。"小王"这一路品尝过后，说了句感慨万分的话：娘啊，你说你这般玲珑，完全可以在厨艺上闯出一番天地。我先是乐得频频点头，后来发现似乎是个圈套，赶紧补了句：你娘我本是云端抚琴赋诗的仙子，不想误入凡间，这一天天地在烟火中磨砺……小王自然是听不得我的"胡言乱语"，他帅帅地甩了甩头发，一个华丽丽的转身，倏忽一下就离我十几步之遥了。

　　初冬某个风清月明的夜，枕着一室寒凉，一时难以入眠的我蓦地想起"小王"送我的"玲珑"一词，仔细想想，其实那些被"小王"冠以"甜心小点"的吃食充其量也只是小有卖相，若是跟朋友圈里晒出的那些千奇百怪的吃食比较，相差甚远。但是，"小王"独树一帜的夸赞，我却很受用。记得在"小王"很小的时候，我带他参加同学聚会，饭店早餐供应的豆浆，"小王"硬是说没他娘打的好喝，于是，这么多年，这杯"甜心豆浆"一直坚持到现在。"小王"还说同事烹饪的包菜，比他娘做的差老远了，就连为治疗他的咳嗽，我给熬制的那碗冰糖梨水，"小王"都直夸自己的娘好有创意，"甜心雪梨"远胜于"康师傅冰糖雪梨"……这小子，就是典型的给点阳光就灿烂的主儿，而他的夸赞和他喜爱的"甜心"系列，时常让我感觉心里温软。可是，作为娘亲，我却做得不如"小王"好。都说好孩子是夸出来的，但我却疏于夸赞"小王"。十几年里，我一直持一副生怕自己的夸赞惊飞了原本的美好的固执样子。小时候，"小王"和所有的孩童一样渴望来自娘亲的表扬，可我的"惜字如金"让"小王"的眸一次次地黯淡；"小王"进入小学再到初中后，我更是吝啬，有时他闪闪发光的优点已经晃晕了我的眼睛，我却依旧如大山般静默不语。后来，"小王"就不再渴求什么了，他开始在自己的世界里恣意生长。当他那些"坏"惊到我时，我慌乱到手足无措，要命的是我却随口来了句：别人家的孩子怎么怎么，显然"小王"是极不喜欢这个"别人家的孩子"的。就这样，我们娘儿俩之间的距离不断地拉大、拉大……如今，"小王"有了自己的世界，那似乎是一个强大到可以藐视任何夸赞的世界，那是一个波涛翻涌得我进不去的世界，当然依"小王"目前辨别是非的能力来看，那还是一个良莠不分的世界……

我亲爱的"小王"，娘想说：这一生，娘是第一次或许也是唯一一次做娘，那些因娘而让你失落、失望的日子，娘都看在眼里、记在心里了，此后的日子，娘也许还是那个百般固执的娘，但你要知道，不管你好，还是不好，娘都视你胜过自己的生命……

　　　　　　　　　　　　　　　　甲午初冬于古城西安

洋槐花开

一

暮春。洋槐花开。

站在小时候常去的山峁上，放眼望去，黄土高原上这个小小的村子似一汪素白的湖泊。一朵朵、一串串、一枝枝、一树树的洋槐花，开得那么奔放、那么任性，那么气势磅礴、那么大彻大悟。只是，置身在这清透的、纯粹的、浓郁的、独特的花香中时，我总是会想起姨婆那双空洞的眼睛，和她那张了几次却终是无语的干瘪的嘴巴，想起姨婆那曾如洋槐花般纯美的年华，以及她后来说了再说的"遭罪啊"……

姨婆如世间草木，在经历了严秋寒冬之后的早春的某个正午，又一次缓缓地睁开了双眼，慢慢地开始张开嘴巴探寻水米，她的脸上、身上，以及她居住的窑洞有了温热的气息，她又能坐起来了，她一次次地张望窗外的世界……终于，姨婆觅到了空气中那缕缕洋槐花的味道，我想，一定有灿若云霞的笑容在姨婆饱经沧桑的脸上呈现过，只是，已风烛残年的她估计再也不能出现在洋槐树下了。

长命又醒过来了。长命确实命长啊，鬼门关里走了几趟了，这回又醒过来了。说这些话的女人们脸上有种心照不宣的暧昧，还有点幸灾乐祸。长命是姨婆的名字，以前村子里的人都称呼姨婆为"李家的"，李是姨公的姓氏。后来，因为姨婆几番起死回生，她这个差不多失传的名字又被翻了出来。

醒过来的姨婆越发安静了，她常常一语不发地枯坐着。我不知道九十四岁高龄的姨婆会不会偶尔想起那些曾带给她伤痛和甜蜜的人和事，不知道姨婆还记不记得那些受苦受难心里却晴朗朗的日子，我只知道，洋槐树下那个曾力大如牛的女人如今已是一盏枯灯了，指不定什么时候就会真的离开这个让她"遭罪"的世界。

其实，说"遭罪"也确实很遭罪的姨婆是非常害怕死亡的，尤其这几年，生命力日渐枯竭的姨婆求生的欲望却愈加强烈。

二

姨婆年幼时就经历过一次濒临死亡。

据说，在姨婆一岁多时，姨婆的母亲因天花而亡。那时，姨婆也染上了天花，又突然没了奶吃，家里人都认定这个本就骨瘦如柴的孩子肯定是活不了了。姨婆的父亲就用篾席裹了姨婆，将她送到村子里一个空置的洞穴中。过了几日，家人再去看姨婆时，却发现她还活着，而且天花也好了。于是，姨婆就有了长命这个名字。

姨婆四岁多时没了父亲，有点"憨"的爷爷抚养着她。姨婆五岁的时候，婶娘们张罗着给她裹小脚，却终因她受不了疼，爷爷又万般呵护而放弃了。于是，姨婆便成了那时村子里唯一一个大脚女子。又因为得过天花，姨婆的脸上留下了一些大大小小的疤痕，所以姨婆还是个愁坏了人的丑女子。

不过，十二岁时姨婆就有了婆家，她成了邻村一户有着两个儿子的贫穷家庭的童养媳。姨婆说去小丈夫家的那天，沟沟岔岔的洋槐花都开了，白生生的，好看极了。姨婆说小丈夫家门前就有一棵高大的洋槐树，密密匝匝的洋槐花逗引得蜜蜂嗡嗡嗡嗡地乱飞。姨婆还说在小丈夫家吃的第一顿饭是槐花麦饭，自此，洋槐花的清香就留在了姨婆的心间。

姨婆的小丈夫长姨婆一岁。小丈夫的弟弟和姨婆同龄。第二年，婆家又给弟弟领回来个小他两岁的媳妇。四个有着花儿一样年华的孩子，即使生活困顿，也照样撑起了一个属于他们的金色世界。姨婆说，那时就她不记得自己的生日，于是每年洋槐花开之时，他们就给她过生日，在她的头上、身上挂满了洋槐花，还有蝴蝶围着她飞舞呢。说这番话的时候，姨婆脸上泛着红晕，她时而快活如孩童，时而又腼腆如少女。只是，这些年姨婆不再说这段往事了，我想，也许大半生都在经历苦难的姨婆已经不太确定自己是否拥有过这么幸福的时光。

姨婆的小丈夫在十六岁时，捅了个大乱子——把村子里一个孩子打得半死不活，吓傻了的他撒腿就跑出了村子，这一去就没了音讯。小丈夫不见了，婆婆急瞎了眼，又跌坏了腿，这一家子的日子更是举步维艰了。姨婆说，那时候她和弟弟、弟媳上山、下地、做饭、喂猪、养鸡，还伺候婆婆，每天都累得身子骨快散架了，但她每天都要去村口的一棵老槐树下张望，想着没准哪一天自己的小丈夫就回来了。可，日复一日，年复一年，姨婆痴心等待的那个人却一直不曾出现。

二十一岁，姨婆改嫁。她说，为人和善的婆婆一直视自己和弟媳如同女儿，离开婆家那天也正好是洋槐花开放的时日。那天早上天空飘了点小雨，地上落了很多洋槐花，婆婆一家子都哭了，她却一直沉默着，走出村口后，才放声大哭。姨婆说，那天她感觉地上落的和枝头结的洋槐花是那么悲戚、那么让人伤心欲绝……

但是那个给过姨婆温暖，也差不多影响了她小半生的村子，姨婆却总是记不准村名。她说可能叫槐树岔，也可能叫槐尧坪。前几年，姨婆淘气的孙子常常拿着放大镜在一张世界地图上晃，再扭过头对奶奶说哪儿有，根本就没有这么个村子。姨婆就讪笑着说，有，有，肯定有。后来，姨婆再回忆起那个村子时，也显得有些费劲，就如她不太确定是否有过四个人一起笑一起哭的日子一样。但姨婆一直记得沟岔上的洋槐树和婆家门前的洋槐树，她说，总是梦见那些洋槐树浮在空中，如自己一样，没有了安放身心的地儿……

三

对于一个女人来说，二十一岁，依然青涩、稚嫩。

但是，二十一岁的姨婆却是历经风雨的人了。她改嫁给四十岁的姨公，并且成为一个四岁的小女孩的继母。姨公是个沉默的男人，妻子早逝，日子过得一团糟。姨婆说，那时她就想着将就着过吧。这一将就，就是几十年。

起初，姨婆以为凭着自己的善良和她小时候对母爱的渴望，融入这个家庭是很容易的事。但是，不管她怎么努力，小丫头都是一副敌视的态度，姨公也如门神一样，不吭一声也就算了，要命的是这个男人浑身都透着股威严，让人有种坐卧不安的感觉。当然，姨公偶尔也笑笑，那笑浅得像牛蹄窝里的雨水。好在，这个村子里也有着漫山遍野的洋槐树。姨婆说，成了"李家的"后，她常常一个人去沟口看洋槐树。姨婆还说，望着那满树满山的洋槐花，她总是感觉自己似乎苍老了几个世纪……

　　来李家后，姨婆生过两个孩子，都长到几个月就夭折了。姨婆便有了死的念头，她来到沟口的洋槐树下，一仰头，半瓶农药就进了肚子。可几天后，她却在自家的炕头上醒了。醒了的姨婆看见姨公正在灶火前笨手笨脚地拌洋槐花麦饭，小丫头立在姨公身边抓起一把把的洋槐花直往姨婆嘴里塞。姨婆的心一下子温软得如同灶台上跌落的洋槐花。

　　姨婆说，当她再次下定决心要融入这个家庭时，感觉也没那么难。姨婆，这个陕北的大脚女人不仅有着陕北人的倔强和刚强，还有着男人一样的体力和韧性。洋槐花开落间，李家的日子就慢慢地有了些样子。

　　儿子的出生，更是让姨婆死心塌地地想要过上好日子。这个叫槐生的叔叔幼时没少折腾姨婆。刚出生时，他就患上黄疸，后来又患上中毒性痢疾、肝炎、贫血，小病小灾就没断过。姨婆说那时她累死累活都要抱着儿子，不敢往炕上放，生怕她一放手，儿子就被鬼接走了。姨婆说，儿子小的时候，她老是感觉洋槐花开得越来越迟，那一年年的特别难熬。儿子三岁的那年春天，女儿出生了。那年秋天，儿子突然发高烧，他一哭鼻子口里都是血，医生说是得了天花，姨婆一下子慌了手脚。儿子再哭时，她就给儿子吃自己的奶。结果，儿子一吃上奶就不松口了，半岁的女儿自是断了口粮，姨公只好和了面糊喂起这个名叫槐花的女儿。

对于儿子，姨婆是宠着惯着，尽自己所能地满足着。对于女儿，姨婆感觉自己有所亏欠，也就没原则地娇惯着纵容着。有了这两个宝贝，姨婆的日子不遭罪才怪呢。

这里还要说的是，在槐生叔刚出生没多久时，姨婆那个小丈夫曾不远千里地来找过姨婆。据说那年他逃出去后就跟了队伍，后来返乡的他还混了个一官半职，而且此前他一直单身，可能是放不下那段金色的日子，也可能是惦念姨婆曾端屎端尿地伺候过自己的老母亲吧，他找姨婆就是想要带她走的……姨婆曾像祥林嫂一样一遍遍地问过村里人：如果当年她能再多等几年，如果没有生下儿子，或是自己能撇下儿子，那她的人生会不会就是另一番景象？问完这些话的姨婆不待人家回答，就转头望向窗外，不再言语的她神情落寞而感伤。

四

槐生叔自小就调皮捣蛋，打架、翘课、偷鸡摸狗，什么精都想成一番。实在没办法了，姨婆就张罗着给19岁的儿子娶了媳妇。但是家没能束缚住槐生叔那颗放荡不羁的心，加之槐生婶也不是省油的灯，在给姨婆家生下个孙子后，三天两头就没了踪影。姨婆要经管孙子，要操心儿子，日子过得水深火热。

　　槐花姨也很难管教，但她好歹上完了学，还凭着绘画的天赋在县里的小学谋得了职位。但在成家并且有了孩子后的几年里，槐花姨突然玩起了网恋，从陕北跑到安徽，又和网友组建了一个家。亲家公隔几日就领着哭哭啼啼要妈妈的孙子来硌硬姨婆，姨婆是又恨又想女儿，又心疼又感觉对不起外孙，她只会也只能一遍遍地说遭罪啊。

　　其实，真正遭罪的还在后面。槐生叔的顽劣程度相较于他儿子来说只是小菜一碟，这小子简直就是混世魔王，传销、赌博、吸毒、借高利贷、加入黑社会。家被折腾得快见底了，自己还差点在帮派斗争中送了性命。后来，姨公将孙子绑在村里一间废弃的窑洞里，给送吃送喝，但几个月都不让见太阳，他的毒瘾竟然过去了，也和黑社会断了联系。那就娶妻生子吧，不折腾了，就该过正常日子了。

　　孙子小两口的日子还算顺当，就是喜欢吵架，动不动就大打出手。某年中秋，从亲戚家赶回来过节的姨婆两口子正好遇上孙子两口子打架。劝架时，姨婆冷不防就被孙子扔过来的一块砖头击中了头部。几天几夜的抢救，几次的病危通知，几小时的开颅，几十天的昏迷不醒，当然姨婆最终还是醒过来了。姨婆说，值！因为这次变故，姨婆的浪子儿子回来了，并且此后他都安安心心地待在家里，安安心心地务农。姨婆好多年没

见的女儿也回来了，虽然她只是回来看望母亲的。当然家里有槐生叔镇着，姨婆的孙子孙媳也乖巧多了。唯一遗憾的是槐生姊还在外面晃荡着。

姨婆说值，还有另一层意思。她躺在医院里昏迷不醒时，姨公是最着急的那一个。这个老男人几天不吃不喝不睡，逢人就哭得不能自已，当姨婆终于睁开眼睛的时候，姨公就像个孩子一样又哭又笑。姨婆说，那么多年都过去了，她早已习惯了姨公那冰一样焐不热的性子。姨婆根本没有想到自己还能在木头人一样的姨公心里占据位置。说这些话时，姨婆脸上泛着一阵阵的红晕，像个新娘一样娇羞地扭捏着……

这之后，姨婆还经历过一次生死之劫。她肾上出了毛病，加之那次头部手术的并发症，医院也下过病危通知。此次好起来后，姨婆身上多了个尿袋，而且她一睡过去就不知道醒来。已经年迈的姨公全权包揽了姨婆的生活起居，他寸步不离地守着姨婆，这一守，就是三年多。姨公是突发脑出血而撒手人寰的，据说他离世时眼睛一直盯着姨婆，嘴巴也一直张着……我想，姨公那是有多么的不舍、多么的放心不下啊。

五

姨公死后，姨婆还过了几年安然日子。

　　槐生婶回来后，姨婆又度日如年了。槐生婶在外面晃荡惯了，回来后，什么都看不顺眼，她尤其感觉窝火的是婆婆还活着。而且这个当年上山背洋芋、扶犁耕地、烧砖箍窑、打墙夯基、买卖猪娃、折槐米打槐籽卖钱无所不能的老婆子而今还需要人一碗一碗地给端着吃。于是，槐生婶不干了，她三天一闹两天一号，硬是逼着槐生叔赶走了自己的老母亲。

　　槐生叔将姨婆背到自家果园的庵子里，背着媳妇一碗碗地给母亲送饭吃。当然，这期间最主要的救济人是姨婆的继女——当年那个抓洋槐花往姨婆嘴里塞的小丫头。这些年，只有这个孩子最省心，她有殷实幸福的家庭，丈夫知冷知热，孩子乖巧懂事。她能在姨婆最需要的时候出现，她能尽自己所能帮助姨婆。所以，姨婆被赶出来的日子也不那么难活。只是，固执的姨婆从来都不愿去继女家生活，她说她就要待在村子里，她要时刻罩着儿子一家。

　　姨婆毕竟上了年纪。虽然最后槐生婶迫于各方压力，还是将姨婆接回了家，但姨婆并没有好过到哪儿去。这几年一到深秋，姨婆就几乎只有出的气没有进的气了，奇怪的是，每到初春，姨婆却又慢慢地缓过来、醒过来了。村里人都笑说，长命越来越神奇了，每年还冬眠一次。槐生婶更是恨得咬牙切齿地说，自己咋就没有死婆婆的命！

　　也是，姨婆真的是长命啊。村子里那些和姨婆同时代的小脚老太太早就去世好多年了，小姨婆一轮的人也去世了不少。据说姨婆的那个小丈夫、弟弟、弟媳也都去世好多年了。方圆几十里，几乎没有像姨婆这么高龄的老人。

前两年，某地媒体采写专题片《寻访黄土高原的高龄老人》，他们一路打听到姨婆家，当看到姨婆那双大脚时，竟有些惊讶，说这么高龄的老人怎么会有一双大脚？那一刻，我似乎感觉到耳不聋眼不花的姨婆为自己的活着而尴尬……

但尴尬归尴尬，活着就该有一些事干。姨婆说，就算槐生不需要照看，村里那些洋槐树总需要照看吧。姨婆说当年栽洋槐树的几代人都殁了，那些树好孤单。村里人都说姨婆越老越憨了，树还需要照看？我却觉着姨婆说得有道理。村里的那些洋槐树和村里的人们一起见证过贫穷，见证过灾难，见证过绝望；也见证过丰收；见证过欢颜，见证过幸福。如今一棵棵的洋槐树都老了，老得安静，老得祥和，老得心安理得。但是那些洋槐花还在年年绽放，那么热烈，那么奔放，又那么落寞，那么寂寥，就如姨婆一样。小时候，我喜欢盯着姨婆那如潭水一样幽深的眼睛看，后来我才渐渐明白姨婆那双眼睛里写满了落寞，那种无尽的、近乎绝望的落寞……

乙未暮春于小城黄陵

我的父亲

一

父亲是个孤儿。

这么说，可能不大妥当。老家里，新祖母还健在，叔伯们也都三世同堂了，可我却固执地认为父亲是个孤儿。

父亲出生在地主家庭，曾祖父只有祖父一个儿子。虽然祖父头脑有些混沌，但祖母知书达理，是料理家事的好手。加之曾祖父精明能干，父亲幼时的家不仅殷实而且幸福。

父亲不到一岁时，祖母暴病而亡。祖父无视父亲和长父亲三岁的伯父的饥饱，也疏于农活。屋里屋外，全靠曾祖父一人打理。家，不怎么温暖了，但也并不凄凉。

后来，曾祖父张罗着给祖父续弦。新祖母一时半会儿掌握不了家里的大权，与父亲倒也相安无事。在曾祖父的庇护下，父亲和伯父还上过几年学。那段日子，可能是幼年的父亲最快乐的时日。

只是，父亲的快乐犹如窗外的烟花，转瞬即逝。而且，在烟花的明灭之间，父亲的家经历了一场可怕的变故——一向身体硬朗、性情和善的曾祖父猝然而亡（据说是新祖母毒死了曾祖父）。一切都太突然了。关于家里财宝的埋藏地，关于子孙今后的生活，曾祖父不曾留下只言片语，或者他根本什么也不想说。

曾祖父死后，这个曾显赫一时的家族很快没落。祖父也在和新祖母又有了四个儿子一个女儿后离世了。新祖母带着一帮儿女艰难度日。学是没得上了，吃穿也不能保证。家，于父亲来说，彻底进入了严寒冷酷的冬月。但父亲一直心存侥幸，想通过自己的努力，让家稍微暖和点。

那时候，十来岁的伯父强势且暴戾，家是留不住他的。而父亲生性乖巧又很善良，他主动担起了照看弟弟妹妹的担子。我时常想象老家的木格子窗后面，那一溜小小的脑袋，想象我依然年幼的父亲像大人一样抚慰一帮孩子，想象身子一直单薄的父亲却背大了五个弟妹……

就如余秋雨在《门孔》中写的谢晋的儿子阿三、阿四一样，父亲十年如一日用自己的努力、隐忍和执着，守望一份亲情、一点关爱、一丝温暖。只是，父亲的努力并没有换回新祖母哪怕一次"能把雪山融化的神情"。慢慢地，我年幼的父亲便懂了生命的卑微，卑微得只是日升日落缘起缘灭之间，一个可有可无的存在。所以我说，父亲是个孤儿，确切地说，是从曾祖父离世的那一刻起，父亲就成了孤儿。

如今，风风雨雨几十年都过去了。虽然当年新祖母的一脸冷漠让我不善言语的父亲每每想起，就会下意识地拎起酒瓶猛灌几口白酒，但幼年的疼痛和伤害，在父亲心里，已经很远很远了，远到似乎不曾发生过。只是，某个骤雨初歇的午后，我忽然很想知道，已风烛残年且孤居多年的新祖母在回顾往昔时，有没有那么一瞬间，感念过父亲的付出？

二

家，过早地在父亲心中没了概念。

十五六岁时，父亲开始风雨漂泊。瘦小单薄的父亲，在陕北苍凉的土地上漫无目的地游荡。老家在陕北的最北边，父亲最后落脚在陕北的最南边。现在看来，这段行程并不遥远，但在当时，对于年龄尚小且身无分文的父亲来说，这段路途犹如红军长征一般充满了艰难险阻和不可预知。好在，父亲拥有陕北人特有的倔强和坚强，一路走来，他痛并快乐着。

看央视那则广告：心有多大，舞台就有多大。我在想，当初迈出家门的那一刻，父亲一定踌躇满志地想要闯出一番天

地。他尝试过打铁、小本生意、泥瓦匠、揽工等活计，但最后父亲还是和土地打了交道，事实证明父亲是个合格的农民，而且在我们那个小村子里，父亲堪称农事好手。

种地，自然需要安稳的生活。漂泊在外的那些日子里，父亲每时每刻都在渴望停靠。尤其是几年的风风雨雨，几年的磕磕绊绊，让"家"这个字眼在父亲心里越发重要。父亲遇到过一些可以依靠可以给他温暖的人，譬如父亲的铁匠师傅，譬如那个在父亲离开时，拄着拐杖，含着泪水，送了父亲一程又一程的老者，譬如那对无儿无女的老夫妻……遗憾的是，这些人生活的地方最终只是父亲生命里的驿站。

父亲最后安心停靠的地方，当时周遭的人并不看好。因为这家的成员是一个七十多岁的瞎眼老妈妈和两个终身未娶的五十多岁的儿子（其中一个儿子的腿脚特别不好）。磕绊，磨合，也许有那么一刻，父亲可能还想过放弃。但最后，父亲走过来了，他稳稳当当地在这个村庄里生活了下来。

在这里，父亲一砖一坯地箍起了窑洞，圈起了院落；一犁一锨地开垦了供自己挥汗如雨，让自己且行且歌的土地。在这里，父亲养大了四个子女，送走了三位老人。这里有和父亲一起在田间地头讨论庄稼长势，陪父亲在冬日的墙根下晒太阳唠嗑的父亲的农民兄弟……

关于老家，父亲很少提及。前些年，父亲的哥们儿、晚辈、亲戚、村子以及村子周边相干不相干的人都来过我们家，也都或多或少地得到过父亲的救济。这些年，老家的生活状况一天天好起来了，伯父也一再打电话让父亲回家看看。可无论老家破败还是光鲜，于父亲来说，他只是过客。

父亲不是传奇，虽然今天我能轻描淡写地记叙他经历过的那段悲戚且苍凉的日子，但我心里明白，父亲一路走来的冷暖和凄苦，无人能知，无人能懂。父亲是我心中的英雄，他用行动告诉我，一生里，总有那么一段时光充满艰难和苦涩，除了勇敢面对，我们别无选择。

三

母亲，让父亲的家名副其实。

当年，十九岁的母亲高挑、端庄，最主要的是做得一手好针线活儿。那时外公家和祖父家相隔不远，父亲的姑妈又嫁给了母亲的远房亲戚，也就有了母亲和父亲的婚姻。其实，在父亲还没有真正安稳下来时，母亲就来到了父亲的身边。

有家了，父亲行走的脚步就稳当了，心也踏实了，但他肩上的担子也更加沉重了。那些年，父亲不敢有一丝懈怠。白天，他跟着生产队点播、收割、修渠、种树；晚上，他要饲养队里的牲口。就是农闲时候，父亲也没有停下来，他经常带领一帮年轻人在本村或外村打零工。母亲也很辛苦，白天她跟着大家一起出工，放工回来就赶紧做饭、洗涮；晚上她得熬夜给一大家子人缝补衣服、做鞋子。儿时，记忆最深的就是一觉醒来，看到如豆的青灯将母亲的身影映在窑顶上，那么高、那么大……

土地承包到户后，父母更是铆足了劲儿地劳作。那些年，家里高的矮的粮仓都囤满了粮食，吃是不用愁了，时不时地还接济三邻四舍。但是家中经济依然拮据，为了我们兄妹那不到百元的学费，父母常常东挪西借。好在我年轻的父母对待生活的态度永远都是乐观而积极向上的。

那些年，父亲喜欢在夏夜里给我们讲《薛平贵征西》、讲《苏武牧羊》，喜欢在大年初一早早起床去沟底挑第一桶水，喜欢给哥哥削一把木头小手枪……母亲更是个有情趣的女人，她用碎布片给我们缝制的书包总是最抢眼的，她用旧布头给我们做的衣服鞋子总是针脚最匀称、样子最好看的，她剪的窗花栩栩如生……

只是，生活磨难，命运多舛，让父亲的性格犹如《平凡的世界》中的孙玉厚老人一样，老实本分，安于现状。母亲却是个凡事都力求最好的要强的女人，这让她精彩了大半生，也受累了大半生。如今已是花甲之年的母亲做任何事依然一丝不苟。只是，那些流血流汗的日子里，母亲透支了太多的明天，致使她的身体一直不大好。而且，母亲和父亲性格上的差异，致使他们吵了大半生，也互相容忍了大半生……

　　某个初秋的早上，母亲在电话里絮絮叨叨地告父亲的状，说熬了稀饭，父亲却喝白开水；不熬稀饭，父亲又偏要喝。父亲在一旁争辩说，那天不想喝呀，今天真的想喝了……听着父母孩子一样的争论，我忽然感觉生活是件多么有意思的事情，可以灿若桃花，也可以淡如菩提……

　　　　　　　　　　　　　　　　壬辰清秋于村庄

秋日漫忆

雨，忽而多了起来，滴滴答答地在季节的边缘晕染出深深浅浅的清愁。

闲来无事，喜欢安静地站在窗前，听雨时而有韵时而杂乱的脚步声，听窗下的秋虫一天低于一天的鸣叫声；看初秋的薄凉从老树的叶脉间弥散开来，看葱茏了一夏的花草在雨中渐渐零落……

一

一只雀儿，在午后的一场微雨中，慌乱地鸣叫着飞来又飞去。它那凌乱的羽毛和跌跌撞撞的样子，让我想起一个毫不相干的词语——温良。

《时有女子》上说，我渴望一生被人收藏好，妥善安放，细心保存。免我惊，免我苦，免我四下流离，免我无枝可依……想来，这世间所有生命，大抵都是这样：渴望一生有良人相伴，渴望被岁月温柔以待。可是，这世间总有一些生命像这只雀儿一样，有时狼狈不堪，有时忍辱负重，有时苟且偷生，有时失望绝望……

在我有关小时候的记忆里，母亲就像《阿飞正传》中那只没有脚的鸟儿一样，"一直飞啊飞，飞到累的时候就在风里睡觉"。当然，母亲不是一直飞，她累了、伤了、痛了，是要歇息的。只是，母亲所谓的歇息，让我感觉害怕。她常常独自去村庄东峁的沟畔上，或是呆呆地傻坐一晌，或是歇斯底里地痛哭几个时辰，她甚至有过一次不管不顾的出走，还有过一次忘记一切的呆傻……

那些年，老弱病残的八口之家，零乱地散落在村子各个角落的薄田和税负以及三个孩子的学杂费等，像大山一样压在父母的肩头。当然，我的父母和所有的陕北乡亲一样，有着风吹不折的脊梁和愚公移山的毅力，只是，我那有着同样的不撞南墙不回头的犟劲的父母在过日子的路上却有着太多的分歧。那时候，母亲的理念是选好籽，种好地，守护好家，过好安安稳稳的农家日子；父亲却喜欢倒腾，他打过铁、揽过工、贩卖过苹果玉米大豆和家畜等。我常常想，如果父亲和母亲生活在不同的家庭，也许他们都是各自家中高高在上的王，日子也都会过得风生水起。但是他们却被命运系在同一张犁铧上，于是我们家时而天蓝水碧春和景明，时而唇枪舌剑鸡飞狗跳……

相对来说，母亲更强势一些，每次与父亲发生矛盾时，她眼里的那层冰霜足以让人却步。那时，村里人基本都恪守"春种一粒粟，秋收万颗子"的庄稼人的日子，所以即便是前来劝和的，也绝大多数偏袒母亲。可是，每次吵架几乎都占了上风的母亲并没有好过到哪里去。那时，年轻气盛的父亲有时会在农忙时节忽然消失得无影无踪，有时会在田间地头拧着眉头梗着脖子与母亲作对。加之我们家是村子里为数不多的外来户之一，诸如排挤、诘难、诬陷等棘手之事时有发生。不难想象，母亲的岁月曾有过怎样的水深火热，怎样的痛不欲生……

我多次去过东峁，出了门左拐，先是一块块的庄稼地，然后是半人高的蒿草，再往前走就到沟畔上了。那里生长着一些稀疏杂乱的草木，依崖斜斜地生长着几棵酸枣树，结着几嘟噜玛瑙一样诱人的酸枣。想来，那些酸枣和草木都或多或少地承载过母亲的泪和痛吧。那些年，十几岁的哥哥就用自己稚嫩的肩膀分担起犁地、播种、收割等农活，哥哥还承担着平息"战争"、抚慰母亲的重任。那时，在一定程度上，父亲和母亲都听他们长子的话，而且母亲特别依赖哥哥。但有一年冬天，哥哥却没能留住母亲。那天，灰蒙蒙的天空飘着鹅毛大雪，眼神空洞的母亲顶着一身雪花决然而去……后来，每每想起母亲在雪地里越走越远的身影，我就会感觉一生的雪似乎都落在了那一天……而母亲在一次高烧后，忽然神志不清、言语混乱、不识家人、不记过往的劫难，更是让我在多年后的今天忆起时依然能清楚地感觉到锥心的疼痛……

后来，父亲和母亲都慢慢地学着适时收敛自己的锋芒，虽然他们之间的小矛盾小分歧层出不穷，但很快就偃旗息鼓、云淡风轻了；后来，曾经"水火不容"的他们似乎有了"相看两不厌"的感觉；当然，后来呵，就如秋裤大叔唱的一样，他们刚刚学会包容就老了……有句话说：女人能有多柔软，就会有多强大。这句话于母亲需要反过来说。那些年强大到近乎飞扬跋扈的母亲，这些年温润柔软似六月的水草。我时常安坐一隅，看步履不再矫健的母亲窸窸窣窣地忙碌；听有些耳背的她反反复复地絮叨同一件事；我甚至怂恿父亲和母亲时不时地吵吵架，让他们那越来越寂静的时光有些烟火的味道……

而今，在与母亲为数不多朝夕相处的日子里，我能偶尔从已是花甲之年的母亲的眼神里捕捉到一丝落寞和惆怅……小时候，虽然非常害怕那样的母亲，但我小小的心里却是满满的骄傲，因为我觉得母亲和村子里其他的女人不太一样，她凡事都力求最好也能样样做到极致。长大后，我固执地认为母亲就是那肩负重任、单打独斗、仗剑天涯的英雄。当然，是英雄就得承担一些不为人知的疼痛和无人能懂的孤独。所以我以

为那些年母亲的黯然神伤，就如苍鹰断喙，也如凤凰涅槃，是元气满满的重生。可是这些年，母亲却不得不和万千中国老太太一样，将余生几乎全都系在儿孙身上，毫无疑问，母亲此后的日子除了迎合就是将就。而那个曾经有着火暴脾气和果断性情的风风火火的年轻的母亲将会越走越远，远到一天天老去的母亲也许都不能确信自己曾经那么靠近过她这一生最想活成的样子……

如果时光可以倒流，我愿意倾尽全力，陪母亲走一趟鲜衣怒马烈火烹油的锦瑟年华，不为呵护，也不为疼惜，只为懂得……

二

绣花针般绵密的雨悄无声息地下了一天一夜，楼下花坛里的枝枝干干东倒西歪凌乱一片。对面石墙上新添了大片大片的青苔，远远望去，满眼的绿，甚是好看。

石墙与旧锅炉房之间的夹缝里生长的那棵软枣树已有十几米高了，它那深绿的时常泛着阳光的叶子几乎落光了，那繁星般缀满枝头的拇指大小的黄澄澄的软枣无遮无拦尽入眼中，加之莹莹的雨露，可爱可人一如我刚刚出生的小侄女……

几天连日的雨后，一个秋阳微暖、秋风微动的日子，弟弟

当爸爸了。近三十岁初为人父的弟弟顶着大大的黑眼圈和一脸
倦容乐滋滋地忙前忙后，看他面对娇嫩的宝宝时那瞻前顾后畏
首畏尾的样子，我蓦地想起黄庭坚的词：我欲穿花寻路，直入
白云深处，浩气展虹霓。只恐花深里，红露湿人衣。呵，这世
间能让人满心欢喜却又有些惴惴不安的，除了那"金风玉露一
相逢"的恋人，大概就是这个最初让自己的生命得以延续的小
生命了吧……

　　我说"最初"是因为于一对夫妇来说，生第二个孩子时已
经具备一些养护经验，也就不那么手足无措了，甚至喜悦也可
能稍稍减了几分。弟弟是父母的第四个孩子，生他那年三十六
岁的母亲正是爬坡过坎的关键年华，所以当年这个小生命的诞
生也曾让我们家在前行路上的步履稍微迟缓了些。而那年十一
岁的妹妹已在乡里上寄宿制小学了，弟弟的出生自是驱散了家
里的清冷，也在一定程度上缓和了父母之间的小摩擦，更主要
的是弟弟似乎是母亲的福星，他出生之后母亲的好多病症都消
失了，而且那些年村子里相信"外来户家中添男丁犹如猛虎添
翼"……所以当年，我们家因弟弟而生的欢喜就如拨云见日拂
尘见金。

　　弟弟出生在星子漫天却冷得出奇的冬夜。那时，上初三的
哥哥还在学校补课，我和妹妹在东窑的火炉上把几个冻得硬邦
邦的柿子烤着吃了之后就睡觉了。夜里被婴孩的啼哭声惊醒，

匆忙穿了衣服，开门时却发现门被从外面闩住了。隔壁的二爷听到我们的响动，应了声，父亲才帮我们开了门。回到家，就看到一脸疲惫的母亲躺在炕上，裹成粽子一样的弟弟被放在母亲的脚边，炉火上的小锅冒着热气，地上均匀地洒了水，清扫得干干净净……我们就返回东窑继续睡觉。第二天，我和妹妹才得以看到弟弟的容貌。记得那时一抹冬阳浅浅地洒在前炕，我俩小心翼翼地爬上炕，头碰头好奇地看着戴了一顶红手绢做成的帽子的弟弟，他那巴掌大的粉嫩嫩的小脸和小鼻子、小眼睛、小嘴巴，看起来是那么可爱、那么招人喜欢……

　　弟弟是伴着一茬又一茬的红薯秧、土豆蔓、玉米棒、稻谷穗、辣椒苗、茄子秆等成长的。那些年，父母在田地中挖一个小坑，他们就在小坑的周边劳作，弟弟则在小坑里吃喝、玩耍、哭闹、睡觉，他还在小坑里学会了说话、走路、数数和简单的儿歌。后来弟弟也拿一把小镢头在小坑里挖来挖去，再后来，弟弟能给自己挖出一级一级的小台阶爬出小坑来……这期间，若是母亲要回家做饭父亲还得劳作，弟弟便被家中下炕处牢牢钉进去的特制铁圈上的一根编织绳拴在炕头上；偶尔也让二爷照看弟弟，只是二爷身体十分不好，照管弟弟难免力不从心，好动的弟弟常常把自己碰得浑身是伤。若是遇上农忙时节，父母就让妹妹请假带弟弟，可是有了点小脾气的弟弟不怎么认妹妹，他连哭带闹，有时一口咬下去，妹妹的臂弯就乌青一片，他的小屁股上自然少不了挨几巴掌……所以，弟弟的童年也曾有过小小的困苦和浅浅的疼痛。

一个个周末，一个个寒暑假，叠加成长长的时空列车，弟弟从那头跌跌撞撞地走到这头时，已是步伐坚定的小学生了。日子也忽然飞快地流转起来。弟弟上小学四年级时，卫校毕业的妹妹被分配到镇卫生院工作，弟弟也就从村小学转到妹妹工作的镇上读书，至小学毕业。这三年里，弟弟将小男孩的淘气和顽劣展现得淋漓尽致，他下河、爬墙、踩水坑、蹚险滩，从西街跑到东街，疯玩起来就没了时间观念。妹妹时常提溜着一颗心，一边看护病人一边听院子里谁又喊一声，你弟去了哪里赶紧找去。这三年里，弟弟的肩头也扛起了一些责任，譬如周末负责把自己"拿"回去让父母看看，负责将家里的腌菜、馒头等运到镇里供姐弟俩吃，负责将他和妹妹的脏衣服、被罩等背到小城，我用洗衣机清洗好后他再背回去。这三年里，母亲又是那个春种夏锄秋收冬藏一刻也闲不下来的女强人，有时妹妹需要去外地考试、培训等，母亲也抽不开身，妹妹只好四处托人照看弟弟……

初中时，弟弟在我生活的小城上学。除最初和我一岁多的儿子互不适应，闹起来舅舅外甥各处一室分别哭泣和沉迷电视之外，其他方面都顺顺当当的。然后高中、大学、工作，再到买房、结婚、生子，处于二十世纪八十年代末九十年代初的弟弟似乎比同龄人幸运一些，当然他也比同龄人懂事一些、听话一些。记得弟弟结婚那天，望着婚礼仪式上眼眶微湿、语气哽咽的他，我思绪万千，想起初中时弟弟多次将生活费全部借给住校生，自己一下午都饿着肚子，晚上回来再饱餐一顿，夜里胃痛得不能自己；想起某个冬夜弟弟突然高烧不止，我和夫一个抱着沉沉睡去的儿子，一个给弟弟提着吊瓶，一起穿过黑漆漆的街道；想起我把夫家兄弟从小学到高中的书本全部卖给收破烂的，换来弟弟一周的生活费；想起某天早上下楼梯时，弟弟崴了脚却没吱声，忍着痛坚持到学校，后来的这些年那只脚还时不时地作痛；想起某个大雪漫天的日子，我一路辗转去邻县参加弟弟的高中家长会，看到学校大屏幕上他名列前茅时我的心里瞬间飘起一场热烈而缤纷的雪花；想起弟弟高考失利，在电话那头泣不成声；想起工作后的第一次聚餐，弟弟把自己喝得不省人事；想起弟弟每个月都把工资的一部分存入固定的账户，为他后来买房集了些资金；想起我和妹妹陪弟弟到处看房、买房、装修，一件一件地运回家具，布置新房……而大学那个暑期的夏夜，外出会同学的弟弟被加完晚班回家的夫误锁在门外，接近凌晨时分还徘徊在街道上的弟弟电话里那委屈的声音，让我多年来每每想起就感觉心里一阵酸痛……

结婚后，弟弟终于可以放慢脚步了。这个从小学四年级起，总是第一时间将学习、生活中得到的喜悦和荣誉，遇到的困难和伤痛诉与姐姐听的孩子；这个在成长的道路上，曾一度被父母"疏远"了的孩子，开始回头等待和寻找日益年迈的父母和不曾褪色的亲情。他把单元房里那间为父母准备的房子收拾得妥妥当当；他把公休假攒起来，带父母看山看水看远方的风景；他给父亲煮茶、泡脚、买随身听、买老年健步鞋，一部又一部地换手机，他帮母亲修剪出圆润的指甲，给母亲买猪蹄、鸡爪、鸭脖、橙汁味口香糖、玉米味水果糖以及各种味道的冰激凌……最主要的是他会时不时地带父母回老屋看看，让生活在小城的父母心里不那么空落落。而在这个多雨的季节，因为小孙女的诞生，父母更是感觉那些阴沉沉湿漉漉的日子都泛着鲜活明艳的光芒……慢慢地，父母的岁月中雨雪将多于阳光，属于他们的日子会一天天变窄变短变瘦小。而弟弟可能就是那个周身带光的孩子，他用顺和孝努力地驱散父母生活中的阴霾和瘴气，让他们尽可能地靠近阳光和温暖……

弟弟给女儿起名：悠然。清风明月，悠然自在。如此，甚好。

三

这个秋天，已是好久不曾见到星空了。

那些醒也落雨，睡也落雨的日子，时常感觉自己也泛着一股子霉味，有时梦里也撑着一柄伞。而那枚在风里雨里黄了又绿、绿了又黄的叶子反反复复地出现在梦中时，我总是想竭尽全力为它擎起一方晴空……

这个长长的雨季，让曾一度喜欢落雨的我心生倦怠。一本书翻翻合合十几天了，目光却一直在扉页徘徊，凝神发呆间总是感觉那些略微泛黄的纸张中似有薄凉如雨雾般四散而起，或是感觉那些方方正正的铅字忽而幻化成大大小小的雨花，叮叮咚咚地在眼前交织成模糊又晶莹的珠帘。在雨雾和珠帘之间，王同学似一尾通透的鱼儿，在距我不远也不近的地方，或随心所欲或黯然神伤……

宫崎骏说，成长是一笔交易，我们都是用朴素的童真与未经人事的洁白交换长大的勇气。春芽初生、春草萌动之季，王同学就开始了他"一生只有一次"的十七岁告别仪式，K歌、聚餐、游戏、电影，像大人一样喝点小酒、和不文明者据理力争、给快餐店的乞讨者买单，甚至某日还像模像样地在镜子前刮了刮唇边那抹淡淡的胡须……直至秋末，那些花样繁多的仪式才落下帷幕，不情不愿却不得不长大的王同学终是步入了成人行列，虽然十八岁的他依然懒散，依然迷恋可乐薯条动漫和游戏，依然花钱大手大脚，依然凡事漫不经心，但某些地方还是悄悄地发生了变化。譬如向来对自己的未来茫然的他开始思考该如何走好眼前的路了；譬如向来不喜欢听父母唠叨的他开始认真地倾听并尽可能地化解父母因他而生的焦虑；譬如向来自我封闭的他开始给我说起青春岁月里的那些愉悦和悸动……只是在他一步步成长的过程中，我如风中一片蜷曲着的爱而不能的枯叶，又像野草败落踩上去有轻微断裂声的荒原……

王同学出生在秋阳柔和的日子。那天，本就有着一张娃娃脸、身体一直瘦弱肚子也实在不太明显的我，在旁观同产房一个三十八岁的高龄产妇和一个个头极矮却身怀双胞胎的产妇的惊险生产过程后懵然当了母亲。现在回想起来，分娩时肯定是痛过的，但到底是不是电视里那种撕裂般痛不欲生的感觉，我真的不太清楚。二十三岁结婚，二十四岁当母亲，这个节奏让我有些吃不消，所以在最初知道自己就要当母亲了时是抗拒的，哭过闹过，医院也去过三四趟，但这个小生命终是安安全全、健健康康地躺在了我的枕边。从襁褓里丑巴巴的婴孩到意气风发的高三党，十八年似乎只是一晃神一眨眼。现在回想起来，这十八年里王同学和我都在成长，但是我的步伐明显慢了些许。

零岁，正是需要全身心呵护、用力爱的时候，王同学却遭受了从床上掉下来头上碰出鸡蛋大的疙瘩、抱在怀里头碰在卧室门框头顶瞬间起包和胳膊脱白等罪。更有一次（想起来就后怕，而且我至今也没弄明白那时我们为什么要在客厅和餐厅之间放一大塑料盆水），当时只有七个多月大的王同学在简易学步车中滑过来就一头扎进盆子里，手忙脚乱抱起时孩子已背过气，半天才缓过来。那时我还时常将孩子塞给市场里摆摊的同学的姐姐，自己则像没事人一样晃荡一天……会走路后，王同学倒是很少磕磕绊绊，记忆最深的是有次晚上回家打开门时，夫突然起了玩心，他迅速将我推进门，自己也闪身进来并随手掩了门，在猫眼里看还留在门外已经往上走了两级台阶的王同学，这时恰巧楼道的声控灯灭了，又蒙又惧的王同学慌乱中跌下来，摔得鼻子口里血流不止。这一跤跌得我心里万分疼痛，抱起孩子那一刻我发誓今后竭尽全力守护好孩子。但这一跤之后王同学却忽然乖巧得让我不知所措：发高烧了，他迷迷糊糊地对我说，妈妈对不起，是我不小心；夜里牙疼得在床上打滚，他稍微缓过来点就说，妈妈你睡吧，疼着疼着我就自己睡着了；上街去，他困得已经睁不开眼睛腿却还跟着牵着他双手的我和夫向前迈；上幼儿园了，他即使玩跳跳床也要自己背着书包；买菜时，他总要抢先将菜拎满自己的双手；过街道时，他总是拉住我左看右看，没有车了才让走……上幼儿园大班时，王同学突然要一个人睡，那夜我五分钟一趟十分钟一趟地去看他，怕他蹬开被子，怕他掉下床，怕他害怕，他却一夜安安稳稳地睡到天明。自此，王同学有了自己的世界，我慢慢地成了那个"不断地目送他的背影渐行渐远"的人……

从不知烦恼的小小少年到无处安放青春悸动的大男孩，王同学一路走来随心所欲。他常常将课堂当成兴趣班，随堂笔记上的简笔画动漫人物比比皆是；他不进网吧，但从小学用零花钱偷偷买的第一部小型游戏机到手机，网络游戏在他的成长路上从未缺席；他性情和善，却在交友方面良莠不分，被骗得红着一双眼睛却依然为别人开脱；他做事容易懈怠，小学临近毕业时，心血来潮写起科幻小说，却在近万字的人物情节刚刚铺开时就罢工了；他不喜欢学习，还理直气壮地说家里已经有两个书呆子，他万万不能再加入了；他很讨女孩子喜欢，高三正是全力以赴上刀山下火海的时候却谈起了一场不大不小的恋爱，心情自然是时而阳光满满时而阴雨连连……和所有正值青葱年华的孩子一样，王同学的青春岁月也有着甜蜜的忧伤，有着明明暗暗的相聚和离散。

　　十八岁，是告别，更是新生。于王同学来说，此后的路依然阳光与雨雪同在，唯愿他"温暖纯良，不舍爱与自由"……

　　这个秋天，就这样在一场又一场的落雨中渐走渐远。其间偶遇七八个月明星稀的夜，竟不舍得睡去，就那么痴痴地望着窗外三两颗星子和微微晃动的树影，任思绪远远近近地游走……

　　秋日的最后几天，一场雨下着下着，竟变成了雪花，在苍茫的天宇热热烈烈纷纷扬扬。秋，去。冬，来。想要一场雪，只落给自己听……

己亥暮秋于村庄

一条路，或远或近

一

早春，长风浩荡，加之大雪纷飞，小城人迹寥落。

唯有我顶着一身雪花，再次走在一条曾经走了十多年的路上。不同的是，那方小院还在这条路的另一端，而她却生活在了别处。所以这条路，让我感觉熟悉又陌生。

其实，陌生，还因为小院早已不是旧时模样。从去年冬天到今年春天，每每走在这条路上，我的心里就五味杂陈，却又禁不住沉沉地牵念……

这个落雪的春天，站在苍茫而辽远的天际，我无数次地想象小院里的两层小楼和散栽在院子里的花草、蔬菜曾一起固守过的时光；想象小院曾与她一起谱写过的风、月、雨、露、雪和霜；想象曾拥有小院的她有过怎样温润的眸光、轻快的步履和如水般明澈的笑容……

一只大鸟扑棱棱地飞来又飞去，莽撞而仓皇，犹如去年冬天，裹挟着疼痛和隐忍，在兵荒马乱中左冲右撞的她。

一直觉着，她是个孤傲的王，尽管她实在不善于经营日子，但有那方院落，一路走来，她随意随性。想栽花或种菜了，一个废弃的罐子或盆子，一捧有着落叶或残花的沃土，就给一粒花种或一颗菜籽安了家。当然，若论养花种菜，她绝对是个好手。不几日，它们就郁郁葱葱，可赏可餐。想装扮小楼了，几种涂料，几把刷子，上上下下折腾一两天，小楼就换了新颜。只是，她不是个好粉刷匠，在三番五次的折腾中，我几乎从未见过哪一次能让小楼赏心悦目。若累了倦了伤了痛了，小院、小楼和那些花草、蔬菜，一定是她最妥帖、最静默的陪伴……

她从没想过这方疆土会有沦陷的时候，我们谁都不曾想过。但是去年冬天，在几经喧闹、几经波折后，小院终是坍塌成一地凌乱，小楼、花草、蔬菜，也归尘归土……整整一个冬天，我都在不远也不近的地方，看眼底凝结着寒霜的她将那些风声鹤唳、草木皆兵的日子一点一点地揉碎，一点一点地塞进铁炉中，再慢慢地划根火柴，"哧"的一声点燃……隔着乱蹿的火苗望过去，有那么一刻，感觉她犹如失巢的鸟儿，惶恐、愤懑、悲痛，甚至绝望。那个冬天，她和我在一条路的两端，各自苍凉……

伸手，接住一片雪花，看它在手心慢慢地化成一摊清晰的水迹。想起二十年前站在自家日用门市柜台前，扎着两条辫子、看起来年轻却又有些潦草的她。那时，她和我或许都不曾想到，自此，一条无形的路便悄无声息地横亘在我们之间……

站在二月的门扉上，看漫天飞雪将凌乱的土地层层覆盖，想象微微蹙眉的她正在另一条路上手脚忙乱地整理被打乱的日子，我感觉周身温暖，内心安妥，一如从前……

二

夏，是从一声鸟鸣中开始的，还是一池新荷，抑或是一夜好眠中开始的呢？

我不太清楚，甚至有些恍惚。有时，一觉醒来，望着窗外，感受着某个阳光明媚、微风和煦的日子，竟一时不知究竟是春还是夏。

小城春瘦，似乎树静鸦寒的冬天过去了就是枝繁叶茂的夏天了。所以，在我四十年的行走历程中，关于春天的记忆少之又少。但2017年的春天，却在我心里不停地疯长，如同荒原上那遇雨之后恣意生长的蒿草……

那些渐走渐远渐无声的日子，不管是忙碌还是清闲，无论是醒着还是在梦里，总有一场缤纷的雪在脑海里飞扬、融化，接连不断；总有飒飒的风声在耳边奔跑、嬉戏，倏忽间又销声匿迹；总有一片残垣、断壁、破砖、碎瓦散落一地的原野，突兀而苍凉地匍匐在心间，硬生生地扯出满目荒愁……

有时，真的佩服她的果断和刚强。离开后，她再也没有回去过，甚至不曾提及小院、小楼和自己曾精心栽种的花草、蔬菜。倒是我，时常会穿过繁华的闹市、郁郁的柏树林和破败的巷道，去看那方院落。尽管后来我越来越不能确定，小楼曾在哪个位置安度流年，那些花花草草又曾在哪个角落活色生香，但我一直清楚地记得，她窸窸窣窣地在时光中走动的身影，记得她在那些花花草草间的低眉，记得她在廊下洗衣做饭的样子，记得袅袅炊烟在她身前身后弥漫的景象……

那时，她喜欢蒸各种麦饭，槐花的、苜蓿的、白蒿芽的、芸豆的、土豆的，锅盖一揭，满院子的清香；那时，忙完一天的活计，她偶尔会在某个午后清洗一大堆衣物，霎时廊下那根长长的铁丝上便挂满了她摇曳多姿的日常；那时，她总是很节俭，不穿的衣物鞋子，廉价的蔬菜日用品，过期的药物食品，还有随手捡回来的柴火、破罐子等，将她本就满当当的生活挤得慌乱而潦草；那时，总有一只黄白相间的猫咪来串门，低声细语地跟在她的脚旁，她总会笑盈盈地弯腰给它喂一些吃食或是亲昵地摩挲一下它的脑袋……

那时，我常常以蹭吃蹭喝的名义晃荡在通往小院的路上。我妈说，我从小就是个固执的丫头。大概四五岁时，爷爷煮了一锅猪肉，我等不及，硬是缠着爷爷吃了一小碗半熟的肉。哪

知此后的三十多年里，我差不多与猪肉绝缘。所以每逢吃饺子，家里是要备肉、素两种馅的。但是这么多年，我妈一直在"降服"我的路上，我妈会隔三岔五地在所谓的素馅里拌入猪肉，我若毫不知情地吃了，也无关紧要，若是知道实情了，那顿饺子就不会再下到我的肚子里。她不同，肉的、素的，分得明明白白。而且她不仅能将素馅整出多个花样，还能欣然满足"我突然想吃点别的"的无理要求……二十年来，她一直以这样包容甚至宠溺的方式行走在我们之间那条无形的路上，让同样行走在这条路上的固执中又平添了几分任性还有些为所欲为的我，总是骄傲地认定这世界对我不薄……

因为她，我时常感觉自己生命中那些有形的和无形的路都是明媚的、透亮的、风景优美的、鸟语花香的。因为她，我也总是感觉那方小院是透亮的，水龙头的水是透亮的，罐子里的花草是透亮的，那只路过她生命的猫咪的眼睛是透亮的，停落在栏杆上的鸟雀的叫声是透亮的，穿廊而过的风是透亮的，头顶的云是透亮的……在我尚不算漫长的人生旅途中，这种透亮，让我感到温暖和安妥，并沉醉其中，迷恋不已。

一直以为，日子会永远这样透亮地过下去。不承想，透亮忽而就蒙了尘……

夏深，草盛。风，浅浅地掠过。四处疯长的野花野草在风里晃来晃去。想起贾平凹《老生》后记里的那句：风刮风很累，花开花也疼……

三

残阳如血的午后，秋虫在半人高的结了籽的蒿草间鸣叫。几簇小野菊明艳而热烈地妖娆着、繁茂着。一两只小小的动物从荒草丛中蹿出来，在我眼前东跑西躲，慌不择路……

站在停满风、树叶和旧时光的小路的尽头，遥望那棵曾经是旧知，此刻却长着一张陌生的脸的老树，脑海里汹涌的是有人问我粥可温的小确幸。

我是村庄的女儿，也曾以寻找"诗和远方"的名义有过所谓的说走就走，当我明白了远方除了遥远一无所有时，我的村庄和那些触手可及的干净澄澈的日子也悄然远去。此后，总有一种无根的失落感，在夜深人静、微雨叩窗、午夜梦回时，无比清晰地袭击着心头的软……

她却半生都在漂泊。小时候，跟着父母四处逃难；嫁给他后，依然是从一个城辗转到另一个城。家，于前半生的她来说，只是个可以遮风避雨的小窝。一直记得，她临时居住的小窝要多潦草有多潦草，甚至她整个人都让我感觉毛毛糙糙似乎随时准备迁徙。他退休、孩子们成家后，她才拥有了那方供她养花种菜的小院。自此，她的日子总算像模像样了。自此，她不再那么慌乱、那么心无着落了……

　　于那方小院，我也有着满满的归属感。时常会在蹭吃蹭喝之后，坐在院子中那张有些破旧的躺椅上或是那个有了年代的小凳子上，看白天温暖散漫的阳光，看黄昏乱云飞渡，看夜晚触手可及的星斗银河；看繁花在风里、暮色里、月光里缓缓地晃动……每每这时，她总是恰到好处地在我凝神发呆的目光中晃来晃去，让我不由得感叹生活就若她的素衣欢颜，美得没有道理……

　　不得不承认，世间万物皆有期限。一纸政令，终结了小院的山河岁月，也宣告了她得再次如浮萍般苟且。她是个倔强的女人，一生很少服输。但她不固执，知道某个章节任自己怎么努力都翻不过去时，就会全身而退。又一个落雪的春末，她再次如春草般在客居之地欣欣然张望，于是，阳台的方寸之地开始有盆盆罐罐落脚，慢慢地，有孱弱的黄或是娇嫩的绿探头探脑，小心翼翼地沿着窗子的防护网往上爬，有淡淡的植物的味道在狭小逼仄的空间弥散开来……

　　这一年里，我依然会去她的临时居所蹭吃蹭喝，看季节在那小小的阳台上轮换，看她在我眼前走来走去。这一年里，我总是不厌其烦地行走在去看小院曾经所在的那片已是荒草丛生的原野的路上，仿佛我迟来一日，花草们就会停止生长。这一年里，她所给予的那些惹了风雨沾了烟霞的往事好像被刻意打乱的棋子，任我在脑海中反反复复地排列组合……

其实，我与她的故事不只是花香满径，我们也有着"能望见彼此，却感觉不到温热"的距离。我说她潦草是因为她是个只关心粮食和家人，却不懂得关心自己的女人。二十年来，她上过四次手术台，住过无数次院，小病小灾更是隔三岔五，甚至有一次在自家门市的门口竟被一辆倒退的车碾到双腿。她不曾生养女儿，有个脾气不怎么好也没多少耐心的丈夫，有三个儿子虽脾气还凑合但毕竟是男同志，我觉着在她住院需要陪护期间多少有些不太方便。但是几次去医院看护她的经历告诉我，在诸如输液期间上厕所、配合医生查体、清洗手术创口等方面，她依赖儿子胜于我。那天，倚着病房的门，看着长长的走廊上，他胖胖的儿子笨拙地举着输液瓶带她去上厕所，忽而感觉她和我之间的那条路上荆棘遍布……

二十年来，我也一直好奇，因为我，她是否也会心生苍凉？想起夏末的某天，吃过晚饭后，她捧出一大堆青皮核桃，一颗一颗地剥出核桃仁，我则一颗一颗地吃过去。她剥得心安理得，我也吃得心安理得，但是那天直到茶几上核桃壳堆积如山，我们也几乎无任何言语。待我起身洗手准备离开时，回头看到正在弯腰收拾核桃壳的她，想来那一刻她心里也许有苍凉涌起，但我终是什么也不曾说就推门而去。二十年来，诸如此类琐事，时有发生，有时我明明满怀感激，却终究无任何表示……

大抵就如那句：有些爱，止于唇齿，掩于岁月……

四

凛冽的风如浪荡的公子，不可一世地发出刺耳的哨声，呼啸而来又呼啸而去。窗外那棵老树上的最后一片叶子在枝头挣扎了多日之后，终是在这场风中轻飘飘地脱落，寂寂地去了不知名的远方。大山、树木、楼房，甚至整个小城，一瘦再瘦……

寒凉来袭之前，她频繁地穿梭于菜市场，成捆成堆成袋地拎回萝卜、白菜、辣椒、豆角、土豆、大葱等，将本就不大的厨房塞得无处落脚。在地下室搁置了大半年的腌菜缸、泡菜坛子和大大小小的腌菜石被搬出来，反复清洗后，放置在了过道上……

又是一年的洗、晾、切和腌。每年秋天，似乎都是在她这种繁杂的"冬藏"中，越走越远。不同的是，这个秋天，她虽在漂泊，但新家的钥匙已在这个破旧的小楼里熠熠生辉。毫无疑问，来年她又可以在自己的一隅疆土上用这种独特的方式送秋迎冬了。

这个秋天的最后一轮落日即将沉下山之前，离开她略微有些腐烂的植物气息的住所，我再次走在了看望小院的路上。一枚饱满圆润的松果毫无征兆地跌落在脚下，弯腰捡起松果，我使劲地用手掰，用脚踩，却怎么也弄不开它。不禁好奇，她是怎么弄到那么多松子的？她是个热爱生活的女人，过去的十多年来，她几乎每天都在这条路上往返，顺手带回春夏的野花、秋冬的松子。只是，这些野生松子灰溜溜的，毫无卖相可言，还壳硬仁小，最主要的是会弄得人满手满嘴的灰色。家里十多口人，别人都不怎么稀罕这些毫不起眼的小东西，唯有我似乎特别热衷于它们。所以，我每次去，她都会乐呵呵地捧出松子，有时还会匆匆忙忙地在铁炉上放置一柄小铁锅翻炒几下松子。每次吃完松子，我都有些发愁——嘴、手脏了好办，衣兜被弄脏，实在麻烦。但再去，我依旧会欣然接受她的盛情。其实，我也不是那种特好吃的女子，只是喜欢看一波一波的阳光在她脸上盛放……

那年踏进她家门市时，她脸上也有灿灿的阳光的影子。不过，那时她脸上的阳光不只是我，小店里进进出出的人只要留心都能觅到。那时，她是店主，我是顾客。那时，我还知道她是同学的妈。所以，转身离开时，我唤了声"姨"。不承想，那天的那一声"姨"，会在此后的这么多年里，让行走在同一条路上的她和我之间有了些许尴尬和窘迫……

那时，刚刚从学校毕业的我有着几分稚气、几分清傲和几

分对将要工作和生活的小城说不清道不明的胆怯和抵触情绪，至于对未来的婚姻家庭更是茫茫然无所适从。犹记上班没几天，单位女同事不无担忧地对素面朝天的我说，不化妆是对别人的不尊敬时我的无地自容；犹记和奉未来婆婆之命陪我的闺密去化妆品店购买一瓶可以在一两个月内让皮肤好到吹弹可破的化妆品时我的瞠目结舌；犹记偶遇在楼上工作的小两口忽然在办公室大打出手时我的胆战心惊；犹记在租住的单元楼里，目睹城里的婆婆训斥农村的儿媳，眼神和语言里的凌厉和不屑时我的五味杂陈……忽然和她的儿子有了婚约，竟从心里长长地舒了口气——还好还好，婆婆是她，至少不用担心自己不精妆容、不擅衣着、不喜饰品，更重要的是，她的温润和善和她脸上满满的阳光的味道让我感觉温暖，感觉安妥，感觉有枝可依。但是问题也翩然而至：从同学，到准儿媳，再到儿媳，也就两年时间，说长不长说短不短，习惯了唤她姨，忽而要改口叫妈，却怎么也改不过来。姨是万万不能叫了，妈又叫不出口，我干脆和她白搭话。谁知，这一开头，就白搭话了近二十年（除了万不得已的时候）……

　　二十年恍若长长的一生，又像短短的一个黄昏。回首，似乎看到当年，我妈和她站在小路的一端，我妈"痛心疾首"地看看小路另一端的我，然后回头"咬牙切齿"地向她历数我的各种不是，她温柔敦厚地笑着点头，再点头……

　　将手中的松果远远地抛出去，只身站在一方高高的土堆上，环抱双臂，看落日缓缓地沉入地平线，那一刻，感觉心也空，风也静……

　　秋，去。冬，来。续一杯新茶，等一场认真的雪。

　　愿时光向暖，万物皆有其所。

　　愿她一直在路的一端，或远，或近……

丁酉暮秋于桥山之麓

风吹麦浪

我的村庄不大，土地却很多。

父亲说，集体制实行那会儿，村子前面的土地全部种了小麦。麦子成熟后，满眼满眼的金黄，可壮观了。

那时候，我很小，记忆中没有蔚为壮观的麦田，没有风过时翻滚的麦浪，也没有大人们挥汗如雨的劳动场面。我只记得麦收时节，村子里只剩年迈的老人和一帮小孩子。中午的时候，阳光毒辣辣地炙烤着大地，我们一帮孩子鸟雀一样闹哄哄地扑到地头。这时，已经疲惫不堪的大人们就会笑盈盈地将自己碗底那点绿豆汤递给各自的孩子。绿豆汤是公社的大铁锅熬煮的，用铁桶挑到地头，供劳作的大人们解渴。那个年代的那点父母特意留下的，仅有几颗绿豆、几粒小米的绿豆汤是我记忆中最清甜的汤饮……

土地分到户后，村前村后都有了麦田，大片大片的麦田间还夹杂着几块玉米地。麦子成熟时，小小的村庄置身于金黄碧绿之间，犹如一幅唯美的油画。中午的时候，三三两两放工的大人牵着耕牛急急地往家赶，片刻间，袅袅炊烟四散而起，加之父母唤儿声、鸡叫声、犬吠声，整个村庄便鲜活生动起来。

　　我对耕地、施肥、播种、锄地都记忆不深，却记得冬日里，在残阳中、雪地里和疾风中，沉沉睡去的孱弱的麦苗。仿佛只是几个上学放学后，它们就呼啦啦地长高了，吐穗了。只是，麦穗青青时，父母大多忙别的作物而很少出现在麦田。倒是我经常会在上学放学的间隙，去麦田里玩。在我的认知里，从麦青到麦黄似乎是颇长的一段时间。麦黄后几日，便进入麦收时节，整个村庄就有节奏地忙碌起来。学校也是要放忙假的。一块一块金黄的麦田，因为孩子们的加入，就显得热闹快活起来，大人们干起活来也仿佛浑身是劲。

　　父亲是使用那种用竹篾编制的、周身有许多网眼，一侧有一个木质手柄，另一侧安有长长的刀刃的钐镰收割麦子的。那些年，喜欢站在正午的太阳下看父亲一下一下用力地磨拭那把镰刀的刃；喜欢跟在父亲身后，看腰间绑一张破篾席、双手紧握钐镰的他，迈步、挥钐镰，回身间，篾席上就落下一层层的麦子；也喜欢抢着帮父亲抬起篾席将麦子倒成一堆一堆利于装车的麦子堆。只是，自己并没有足够的耐心和力气，三下两下就累了、厌倦了、退却了。

而那在母亲手里轻而易举就能将父亲散落的麦子拢在一起的铁耙，在我手里却不是那么回事。我用力，它只挪动一点；再用力，它一下子就到了脚边，差点就扎伤我。母亲虎着脸说，一边去！懊恼的我只好退出麦田，找一处略高的地方坐下。当然，那一刻的我并没有让自己闲着。我会边把玩随手扯下的野花野草，边看赤白的天空射下无数条灼热的光线，看路边白杨树的叶子软塌塌地垂下；或是边揉搓麦穗里的麦粒吃，边看在微风中轻轻晃动的麦浪，看父亲身后那倏忽间就没了生命的麦穗……有时，我小小的心里会有凉凉的感触一晃而过，现在想来那可能是我对生命无常最早最直接的认识吧。

其实，那时我们是带着任务去麦田的。两个礼拜的忙假结束后，要给学校上交麦子用于勤工俭学。父母一直很宠溺我们，家里有的是麦子，捡不捡麦穗全由着我们。有时，我会很认真地捡拾麦穗，不仅完成自己的任务，还帮哥哥完成任务。有时，我却和哥哥他们上山下沟，摘野果戏水，好不快乐。哥哥甚至在家中指挥我和妹妹烧柴引火像模像样地给父母熬了一小盆绿豆汤，并送到地头上。不知，在父母眼中当年那盆只有绿豆没有小米的绿豆汤会不会也是最有味道的汤饮？

当天收割的麦子需要当天运到麦场上。装运麦子不仅是苦力活，还是技术活。那时只有架子车，装不下多少麦子，还容易中途翻倒。母亲是装麦子的好手，她装车不仅麦子拉得多，而且装得很瓷实，几乎没有发生过中途"罢工"的现象。至今记得夕阳西下时，母亲稳稳地跪在已经装了不少麦子的架子车上，她犹如一个虔诚的朝圣者，向前探着身子接住父亲用钢叉挑上去的麦子，迅速地铺在车子前后，再用双手和双膝打理按压严实了，又去接下一钢叉麦……有一次，架子车上的麦子已经装得很高了，母亲却依然伸出手来要接麦子，但车顶的她看不到地上的父亲，父亲也看不到车顶的母亲，就在一递一接间，出事了——父亲的钢叉扎进了母亲的手心，血汩汩地往外涌……那一天，等忍受着伤口剧痛的母亲和父亲一起抢收完麦子，并把所有的麦子都运到麦场后，母亲就重重地病倒了……

麦场上的麦子还要经过碾、扬、晒等工序，才可归仓。那时碾麦子要用老牛拉了碌碡在晒干的麦穗上一圈圈地反复碾轧。扬麦也叫扬场，要一木锨一木锨地将麦粒和麦糠扬起，借助自然风将其分离开。这时学校已经收假了，所以我对麦场上的活计也记忆不深。倒是记得晚上，父母回家吃晚饭、歇息时，我和邻家姐姐仰面躺在麦场边，看夜空里眨巴着眼睛的小星星和提着灯笼在我们眼前轻盈飞舞的萤火虫。我们几家的麦场旁边有一个小小的涝池，就在我俩全神贯注地数星星的间隙，会有小小的蛙冷不丁跳到我们手边，吓得我们不住声地尖叫……

我也记得麦场上那些大大小小、方方圆圆的麦垛。冬日里，父辈们常常斜靠在麦垛上，边晒太阳边唠嗑，或者围在一起玩扑克牌；母亲她们则三三两两地坐在麦垛旁边，边纳鞋底边拉家长里短；爷爷辈的老人一般会在离人群较远的背风的地方坐定，他们要么共抽一杆老旱烟，要么一声不吭地假寐；至于我们这帮孩子，那可有得玩了，捉迷藏、丢手绢、跑方城，或是组成一个小小的戏台，看大点的孩子有板有眼地上演一出《铡美案》《花子仁义》《周仁回府》……当然，麦场上最周正最好看的麦垛也一定出自母亲之手。那些年，等麦场上所有人家的麦垛都堆起时，各家的女人都会端来自己的拿手好菜，男人女人老人孩子一起围坐在麦场中央，喝酒、吃菜、拉家常，直到深夜……

如今，我们的村庄已大面积栽植了苹果树，我也好多年都不曾看到翻滚的麦浪和麦地里、麦场上火热的劳动场面了。而当年那些曾在麦地里矫捷如燕的父辈们早已年迈，有的甚至长眠于地头好几年了。曾经的孩子们也如蒲公英，各自散落在天涯……

在这个无人往来的夏日的午后，我一边敲着这些文字，一边听李健的《风吹麦浪》，一任自己内心如六月水草般柔软。

我的麦浪无关风月，那是我记忆中无比清晰却再也回不去的少年时光……

癸巳荷月于沮水之滨

第三辑　忽而冬至

忽而冬至

季节，是个倔强的孩子，从来都不会有半点拖延。

窗外的阳光尚且明媚，楼下老树的叶子还未落尽，街边的小雏菊依然开得正好，母亲的菜园里也还有鲜活的沾满秋露的青菜可采摘……冬，却忽而来了。

虽是怕冷的女子，却早已学会在季节的转弯处，心静如水，淡泊自在。

冬来时，不忧不惧、不惶不恐，甚至还想着该做点什么，以示对季节的尊重。譬如，像母亲一样，腌一缸酸菜；譬如，像烟儿一样，酿一坛老酒；或者邀三五知己，在街角的火锅店吃得面若桃花；再或者如村庄那些闲下来的父辈，找一处向暖的墙根，晒晒太阳……

可终究贪恋这初冬的空旷和辽远，在浅浅的冬的寒凉中，在一室静谧和安然中，只是一味地独坐。神情淡漠，心情寥

落，仿佛世间的喧嚣和纷扰皆被隔绝在外。

有谁说过，冬天是属于回忆的。在这些独坐的日子里，记忆如老旧的电影片段，在逼仄的空间里反反复复涌现，离开的，留下的，消失不见的……

冬日的某个午后，恍然明白有些人有些事是刻在时光深处的，是可以在凛冽的日子帮我抵御风寒的……

小城的冬天

不经意间，小城的冬天就来了。

街道上、院子中，那铺了一地的暖暖的橙黄色的阳光中多了几许散淡、几许慵懒。桥山、沮水间游荡的风，在拂面而过时，有了丝丝寒意。凌晨或薄暮时分，印池上空的雾越发浓郁了，印池周边的草木有了点点寒霜的迹象。窗前的老树似乎还是原来的样子，不管有风还是无风，总有一两片叶子安静地落下，但某个冬日的早晨却突然发现地上躺了好多来不及清理的落叶……

来了就来了吧。小城的人们早已习惯北方冬天的凛冽、萧瑟、苍凉和荒芜。冬来时，无论是街道上晃荡的、墙根下晒太阳的，还是摊位前忙碌的、窗前发呆的，抑或背着书包早出晚归的、拎着包按部就班的，皆不慌不忙不忧不惧，似乎于大家来说，冬只是个散学归来的有些顽劣的孩童，它的好与坏，大家都司空见惯，也都安然接纳。冬，也就这样一年年一日日地在小城儿女的些许宠溺、些许宽容中悠悠地来了，又姗姗地去了。

入冬后，街道对面的烟酒店、面包店、文具店、医药店和打印店都明显地放慢了步子。上早班时，这些店面都拉着卷闸门，不管你是烟酒瘾发作，还是偶遇头疼脑热，抑或是要尽快处理临时安排的十万火急的文件，都不得不在心里一遍遍地劝慰自己别急别急，再等会儿，等你差不多没了脾气，才看到你要等的人慢悠悠地从某个旮旯晃过来……这排门面一旦有一家开门了，剩下的就会呼啦啦地一下子全都开始营业了，而且晚上他们会迟迟不关门，反正冬夜那么漫长。当然，那些着急的人，大多都是外乡人，小城的人们早已习惯了冬日里的慢节奏生活。

冬季，小城里往来的人们明显多于其他三季。农闲时节又逢年关，那五天一次的集会越过越大。沮水河畔的佳宏市场里除了那些面孔熟悉的生意人之外，小城周边的乡亲们会三五成群地运来自家的农产品、家禽或是临时贩卖点东西，以补贴家用。大群大群远远近近的乡亲们会来小城赶集，给家里置办日用品、年货，或是会多日不见的亲戚朋友。更有忙完收种的父辈们会在冬日里来小城儿女的家中享享清福带带孙子，他们会在街道上闲转时顺便买回一只肉墩墩的农家大公鸡，再拎出自己种的白菜、土豆、萝卜……于是，一个下午的冬日时光，一锅慢火清炖的鸡汤，一案板母亲的手擀面，两三盘农家小炒菜，可能还会有随身听里一两声咿咿呀呀的老秦腔或是电视里那部已经看过多遍却依然感觉新鲜的《激情燃烧的岁月》……呵，小城的冬天，要多温馨有多温馨，要多静好有多静好。

当然，小城的冬天不只是这般天朗气清。冬至的饺子吃过后，冬，就一日日深了；寒，也一日更甚一日了。白天会有凛冽的风纠缠着撕扯着呼啸而来，细细碎碎的霜粒裹挟在风中，起起落落间猛地就扑面而来，瞬间让人感觉喘不上气来，脸上更是生疼生疼的。夜里会有冰霜扑扑簌簌地落下，加之那一窗清冷的月辉，和三五声凄厉的鸟鸣，让人恍惚感觉有浓浓的清愁汹涌而来。这样的时月，小城那几家火锅店最为热闹，三五个知己、三两杯小酒，吃着、喝着、聊着，夜色就渐渐浓了。这样的时月，也适合就着床头橘色的灯光和若有若无的音乐，在一阕残词、一篇华章中遇见最好的自己，或者拥一床棉被，枕一室薄凉，安然而眠，让冬夜以最柔软最甜蜜的姿态抵达梦乡……

冬日里，小城的游客不是很多。但不管你来还是不来，黄帝陵、黄帝庙和祭祀大殿皆各在一隅静谧安然。印池结冰了，几艘游船冻在了冰里，远远望去，犹如一个个孤独的思考者；印池中央那一方小小的岛屿上草木凋零，那曲曲折折的石阶桥

上行人寥落；印池和沮水沿岸的风景树都光秃秃的了无生机，
周边的草地上也是一派枯黄颓败的景象；加之不远处的大树上
一两个孤零零的鸟窝、附近某个农家院门上被岁月剥落的朱漆
和墙上残存的少半截早已失了颜色的春联……这个北方小城冬
日的凛冽和萧瑟就这么不遮不掩地尽显眼前。

但因了风、雪，小城的冬日又有些不太一样。风过时，祭
祀广场两边的战旗猎猎作响、黄帝庙院里的香火袅袅娜娜、黄
帝陵的钟声悠扬浑厚、桥山柏树的清香四处弥漫，还有枯了的
柏叶落雨一般簌簌而下，有时河卵石广场上幸存的几株蒲公英
也会在冬日的风中悠悠然四处飘荡，让人感觉冬日里的小城苍
茫而辽远。雪落时，桥山上那些柏树的枝枝丫丫上全是摇摇欲
坠的积雪，远远望去，感觉那郁郁葱葱的柏树林丰盈而富有诗
意；雪中的石桌、石凳、碑廊、亭子，飞檐、画壁、香炉，以
及砖、瓦、松、柏，似留白，又像隐喻，影影绰绰中全是满满
的禅意；而黄帝陵前那渺渺茫茫的雪地上的一两串歪歪扭扭的
由近而远的脚印、神天鼎前或是龙尾桥上三两个全神贯注的摄
影爱好者，以及那从柏树间忽地飞向天宇的大鸟，又给小城平
添了些许灵动些许清透……

只是，这些年的冬天，小城很少落雪了。无雪的冬日，小
城有些落寞有些寂寥……

乙未初冬于桥山之麓

一直很安静

一

窗台上养了几盆花草。

圆圆的叶片，茸茸的枝干，风来时，欢呼雀跃的样子像极了《素年锦时》里那些明媚的女子。

清晨。日暮。逮了空闲，喜欢与这些花草对坐，感觉喧嚣嘈杂的内心渐渐趋于平静、趋于透彻。

一直想成为一个眼神清澈内心安静的女子，可是走着走着却发现一切已变得面目全非。幸好，驻足回眸间，还有一朵花、一棵草，以它们的方式提醒我琐碎繁杂、千篇一律的日常中还有花开草盛的小美好……

二

北方的春天总是一副漫不经心的样子。

惊蛰已过，窗外依然灰蒙蒙的，觅不到一点草木新生的迹象。

但毕竟是春日了，气温一天天高了，鸟鸣声一天天多了。喜欢这样的日子，看书，听歌，行走，发呆，或许下一秒就会遇见花开。

风淡淡的，阳光也淡淡的午后，在楼下行走时看到某个转弯处一棵白玉兰树上的花朵如无数只鸽子，或安静，或轻轻摇晃，每一朵都开得那么认真，每一朵看起来都是那么无与伦比。树下零散地躺着一些花朵，还和树上的花朵一样，饱满圆润，却又有着几分清冷、几分决绝……

往后余生，在心里种一棵会开花的树，无论繁盛还是凋零，都当成是自己想要的样子，深情着，执着着……

三

我不是个精致的女子，对家什、地板上的尘常常视而不见。

对于我的生活态度，母亲颇有微词，她说女人就应该让家里干净、明亮。母亲说了多次，见我总是无动于衷，她很是自责，觉着没有教育好女儿，所以来我家的母亲一刻也闲不下来，她放下笤帚，又拿起抹布，收完衣服，又拎起拖把……母亲在的日子，家里确实清亮亮的，可是母亲不在时，家依旧灰蒙蒙的，我也依旧是那个"应付日子"的女子。

后来的某天起，忽然喜欢上了打扫，强迫症似的将地板扫了拖，拖了扫，反反复复。家具陈设擦拭了再擦拭。衣柜整了又整……从早晨起床到夜里入睡，不知道要折腾多少回，可还是感觉有尘飘来飘去……母亲再来家里时，甚是惊讶，笑问自己是不是走错了地方，又说懒孩子忽然就勤快了。

母亲不知道，那些懒散潦草的日子里，女儿的心是清亮亮的，而现在，她的心里蒙尘了。

四

临近清明，小城街边的店铺、牌匾、路标、护栏，都焕然一新。加之植树、种草，清理枯萎坏死的草木，每年春天的小城都似新生，美好而欣欣向荣。

沮河、印池周边以及桥山的山坳里各色花卉赴约一样赶着趟儿盛放。办公室窗外那棵柏树上沉寂了一个冬天的枝叶

也开始慢慢地转绿，慢慢地萌发新芽。四月的阳光暖暖地、浅浅地映在办公室的窗台上，感觉这间老旧的房子似乎年轻了许多……

午后的时光，静谧而安然。倚窗而立，听朴树唱《那些花儿》《生如夏花》《平凡之路》，心中似盛着一潭春水，几许柔软几许深情……

一只褐灰色的鸟儿在窗外忙忙碌碌，它时而在窗户顶端的洞穴里进进出出，时而在老树的枝丫间跳上跳下，时而又在老树与窗户之间飞来飞去，良久之后，它忽而停落在窗台上，隔着一层玻璃，歪着脑袋与我对望，一双小小的眼睛里有着几分认真、几分欢喜，又有着几分调皮、几分顽劣，很像很像最初遇见的你……

五

小满之后，天一日日热了起来。

路边园子里的花草缤纷旖旎，街道两边的树木蓊郁葱茏。擦肩而过的女子衣着明艳，神情愉悦。晨练、买菜、带孙子遛弯，或是聚在一起唠嗑的大伯大妈们好似刚从一场饱睡中醒来，精气神十足，话语声清朗。还有那些路过的小鸟、小狗、小猫，皆是一副清爽悠然、闲散自在的样子……

无所事事的慵懒和漫无边际的发呆，好像都有些辜负这美好的季节。于是，信步走向湖滨公园，在一棵刚刚展枝吐蕊的花树前坐下。

在喜马拉雅听余秀华的诗歌，也不是特别喜欢，只是感觉与她有许多相似处，譬如多愁善感，譬如相信爱情，譬如傻呆呆地等年少的自己回来……呵，还能回来吗？

到了不惑之年，我开始相信，一些人一些事于我只是经过，就像经过季节、经过年华、经过苍茫尘世。好在，和余秀华一样，我心有明月，那被我写旧了的名叫新村的小村庄，在我心里永远饱满、永远朗润、永远鲜花盛开。

每次，我的村庄从我心中经过时，我就感觉这一生既无惧岁月长，也不怕世态凉……

六

夜里，落起了一场雨，滴滴答答地，感觉梦里似有清冷的女子在安静地歌唱。

早晨醒来，窗外依然有雨。隔着玻璃，感觉一颗一颗的雨珠安静地落下，安静地在水泥路上溅起无数水花。街道湿漉漉的，来往的车辆湿漉漉的，整个世界都湿漉漉的。喜欢初夏的这场雨，犹如喜欢柔软的花瓣、毛绒的玩偶和憨态可掬的孩童……

下午上班时，雨停了。走出单元门，就见石墙下面有个老人蹲在地上忙碌，他身旁还立着家用折叠梯。问了声需要帮忙吗，老人头也不抬地应了声不用。再回小区时，一眼就看见石墙上那盏破损了灯罩的路灯上多了一个方方正正的罩子——一个白色的鞋盒上开了一个圆圆的洞，刚刚好将那盏孤独的路灯罩在里面……

仰头看着那个可爱的罩子，一下子就懂得了"小镇"说的，一个内心丰盈的人不仅拥有诗和远方，他还拥有美好的日常。感谢生命中遇到过的这些经过风栉雨沐的长者，他们让我意识到这拖沓冗长的日子也可以这样芬芳、这样意兴盎然……

七

浅夏的早晨。

阳光似裹着一层蜜，将楼房、车辆、广告牌、树木等辉映得美好明艳。楼下花坛里的植物的叶子和花瓣上似有无数只蝴蝶，一闪一闪地随时准备展翅飞起来……

朝南的窗子敞开着，温润清爽的风时不时地翻弄着窗台上的几本书的书页。不曾写字，也未曾看书，就那样安静地坐在沙发上，看时光迈着轻柔的步子一点一点地挪移……

临近中午，忽然听到几声纤细、稚嫩、急促的鸟鸣声，屏息再听，却是一片寂静。起身探寻，窗外并没有鸟儿的踪影，平日里那只忙来忙去的灰褐色的鸟儿也不知去了哪里。

待我再次折回沙发边，还未落座时，又听到几声脆生生的鸣叫。这下我不急着寻找了，当然就算再次寻找，也一定是看不到它的——办公室外面靠近窗户顶端处有一个鸟窝，每年初春起就会有鸟儿在窗户外忙来忙去，春末夏初的时候就会有小鸟孵出来，从听到小鸟的叫声到看到那毛茸茸的小鸟得几天时间呢，当然我有的是时间和耐心……

想象着不久后与小鸟的初相见，心里就像窗外的夏天，美好、明澈、干净、通透……

八

去医院看望了一个生命即将走到尽头的亲戚。

走出医院后，漫无目的地在一处无人往来的台阶上坐定。一群蚂蚁在脚边忙来忙去。蓦地，脑海里再现那被写在纸上的

"优雅地老去""有尊严地活着"……

其实，生命一旦濒临灭亡，所谓优雅，所谓有尊严，已由不得自己。而且很多生命，在即将终结时，都曾挣扎着想要活下去……

秋日的阳光从一棵老树的缝隙漏下来，淡淡地、暖暖地映在地上、照在身上。不远处，有车辆来来去去，有路人朗声说笑，有孩童蹦蹦跳跳，还有小猫小狗神气十足……

望着眼前的景象走神发呆之时，老树上一枚叶子"噗"的一声跌落。我确定，听到了它凋零时，那一声轻微的叹息，在不动声色中让人心惊！那一刻，有些恍惚，有些怜惜，还有些念想，脑海中各种嘈杂与热闹恍惚而来，眨眼间，又恢复到安然坦然……

捡起落叶，埋于树下的泥土之中。想起夜里读柴静《看见》里的那句话：我们终将浑然一体，就像水溶于水。万物也如此，最终都要化土成尘，不分彼此……

九

雨，很突然。

进地铁时，阳光还好，出来时就见大滴大滴的雨珠直直地砸向地面。树枝、叶子，凌乱地落了一地。行人不得不停下脚步，就近避雨。

约好的车过一个红绿灯就到了，所以我不敢避雨，又没带雨具，只能傻愣愣地站在路边任雨滴敲打。也就片刻工夫，一把淡蓝色的雨伞朝我靠过来。回头，看到一个清秀俊朗的弟弟模样的孩子淡淡地笑着……

异乡的街头，仓皇的我！那一刻，感觉到的不只是暖，那终日奔波的辛苦和劳累也遁了影踪……

走走停停，半生已过。阳光有之，阴霾有之；欢喜有之，伤痛有之。终究是女子，走着走着就躲不过诘难，绕不开羁绊。还好，不是特别不讨人喜欢，伤了痛了落泪了，总会有关爱有陪伴有温暖的怀抱，让我有信心有勇气继续元气满满地走下去……

余生，还长。一句感谢，微乎其微。那些在生活里摸爬滚打满身泥泞，却依然想尽全力护我周全的人，我都铭刻在心！

十

霜降之日的早晨落了一场雨。

上班途中，就见路上落满了大大小小的叶子。街道两边的树上依然有不少叶子，尚绿或者泛黄。路边园子里的绿植虽有了萧瑟之气，但仍有三五朵叫不上名字的花儿在一片清冷中欢欣着、明媚着。无风，灰蒙蒙的天空不时地有叶子和雨水款款而下。不曾带伞，也不急于赶路，就那么走走停停，任雨水一滴一滴地湿了发、湿了衣……

暮秋时节，特别渴望阳光暖暖地照在身上，但是这个北方小城的冷雨却一日多于一日。不过，也是到了该学会习惯的年龄了，习惯落雨，习惯冷风，习惯气温一日低于一日，习惯走着走着就散了，习惯某些生命突然就消失不见了……当然，也习惯于回忆，习惯说那时阳光清浅，说擦肩而过的少年眼神澄澈，说校园里法国梧桐的叶子落下来时孤独和惆怅也铺天盖地……无疑，那曾盛极一时的年华，经年之后，回望往昔，能给予我温暖的慰藉和安妥。

十一

冬天来了。

我窝在被窝里，说火锅，说小酒，说发一个长呆，说不知不觉让自己幸福地胖一小圈，说风花雪月皆可辜负唯你不可……某人却说落叶，说寒鸦，说秋风萧瑟，说伊人在水一方，说欠他一个少年的你……呵，隔了一个季节的距离，却彼此兴致盎然。想来，有些人的出现，就是为了让我们在凉薄的世界里，深情而热烈地生活吧……

这大半年里，我似乎一直在荆棘中爬山上坡，时常感觉累到不能自己。姐说，那些苛责和诘难，也许正好让你坚定而执着地成长。于是，再行走时，开始学着淡然处世，学着笑看风起云涌，学着"轻描时光漫长，低唱语焉不详"……

一生，在路上，铭记的、遗忘的，欢喜的、疼痛的，一天两天也好，三年五载也罢，都得一页一页地往过翻。通过大半年的磨砺，我终是懂得了，沉默是人生中最美好和最难以做到的境界，它让我在狭窄憋闷的空间中，听到时光之流水，从对面的屋檐下，滴答滴答地落下来的声音……

十二

雪落下来的时候，窗外的世界安静得可爱。

我也很安静，行走或者发呆，看雪一点一点地将楼房、树木、车辆和行人装扮成童话里的样子。想来，落雪的日子，我的村庄和老屋也和童话中那些屋舍一样美好、一样静谧吧。不知这个空旷而辽远的季节，会不会有长尾巴鸟雀再次光顾老院子？不知老屋墙角那张蛛网是否安好？

　　父母也生活在小城之后，村庄、老院子和老屋都相继沦为记忆中遥远的回忆。有时，梦里会在故乡的田间奔跑，那迎面而过的风总是带着麦秸的味道，那袅袅娜娜的炊烟总像是母亲的帮手将疯跑的孩子召唤……

　　年关将至，想回趟故乡，把老院子里堆积的寂寞和老屋里荒芜的岁月清理一番，打扫一下。至于院子周边和墙角屋后的蛛网，还是不要惊动的好，不曾回家的日子，至少还有它们守着老院子老屋，就像我们一直都在家一样……

　　村庄、老院子、老屋，每每想起，心湖荡漾……

己亥暮岁于古城西安

买橘记

立冬那天，天空飘起了零星的雨。

因为这点雨，这个北方小城的初冬较之暮秋的干冷，气温似有回升。

下午下班时，慢悠悠地走在这场薄雨中，感受那如婴孩轻语般轻柔的雨从天空静静地落下，看如针尖大小的细雨慢慢地湿了我的发梢、额头，湿了地上的三五片落叶和路边静默不语的老树……

虽不是期盼的初雪，但心里也有着淡淡的欢喜。于是，顺路去了趟街上。

正逢集会，时间也不算晚。佳宏市场本就逼仄的街道上尽是卖货的、买货的，还有如我一样闲散晃悠的，一时间感觉这个寥落萧瑟的日子竟是那样的鲜活，那样的有声有色。

正是将一年的收获尽情交换的时月，街道上水果蔬菜粮油

家禽等应有尽有琳琅满目，但最多最抢眼的当属那满车满车金黄的橘了。

在卖橘的摊点中漫无目的地穿行时，我留意到一个卖橘者似与其他的卖橘者不太一样：虽都是差不多大小的车，都是放下了两侧的车帮，都是车上垫着的塑料布上散放着一大堆小贡橘，但其他卖主的橘都是杂乱无章地堆在一起，唯有他的橘整整齐齐地分成大小两堆，大堆的橘色泽鲜亮个头匀称，小堆的橘颜色稍微暗淡了些，个头也小了些，显然他是将好橘和不太好的橘分开放着。其他的卖主都在大声叫卖："橘子，不甜不要钱！""橘子，先尝后买喽！"他却低着头默默地忙碌——要么给顾客装橘过秤收钱，要么继续将车上的橘挑拣分类，有人询问价格，他也是低低地应答一声……

橘，当然是喜欢吃甜的，但往往冲着那句"不甜不要钱"买回去的橘却大都酸得要命。买过多次，依然不得要领。后来，就走到哪个摊位买哪个摊位的橘，也没多少耐心去挑拣，而摊主有时帮着"挑"的橘里却常常夹杂着一些坏掉的。再后来，每每买橘，不怎么相信摊主，当然也不太相信自己。

那个微雨的日子，本不打算买东西，但看到那样红火的街市却有那般清静地做买卖之人，便信步走了过去。集会临了，买橘的人不是很多，相比之下，那个静默的摊主跟前的顾客略多于其他摊主，从彼此的言谈中知道，买主大都是老顾客了。

问过价后，知道那堆色相好点的橘和其他摊主的价格一样，色相差的橘价格却要低好多，他说能卖几个钱是几个钱，这些也搁不了几日，要的话就少来点。顾客大都是冲着好橘来的，也有极个别人在买不太好的橘。大家也都安安静静地挑橘、过秤、付钱，偶有人问起橘子甜吗，摊主就顺手拿起一颗，三下两下剥开，递过来时轻声说了句酸的偏多。问的人接过橘，边尝边继续低头挑拣，似乎刚才那一问一答只是彼此间的客套。

我刚要来袋子，准备挑橘时，远在渭南的如斯打来电话，便边接电话边挑橘，和如斯聊到高兴处就忘了手中的活计。这时，卖橘人拣起三五个橘递过来，我示意他直接放进袋子，他却执意要放在我手中。于是伸手接过来，看了看，橘皆饱满圆润，便笑着冲他点了点头把那些橘放进了袋子。接着，摊主又捧来第二捧、第三捧、第四捧……整袋的橘几乎都是摊主帮我挑的。

回家的路上，略有不放心，但已走出一截，不好再折回去。所以回家后的第一件事就是将五六斤小贡橘一个个地拿出端详，看有没有坏掉的，以便及时拣出来。出乎意料的是那些橘都好端端的，甚至颜色、个头、水分都胜过我以往买的。后来，因为整袋橘子都沾了些雨水，怎么看怎么觉着可爱，我干脆将它们一个个整齐地排列在桌子上，远远望去，满桌子的深黄亮黄浅黄，水灵灵的，甚是惊艳，那景象颇为壮观。当然，因为事先知道橘是酸的多，所以吃橘时也不惊不惧，每每吃到特别甜的橘子时，心里甚是欢喜。

老子曰："天道无亲，常与善人。"此生，当若此卖橘者，做真诚良善之人，心有花木，向阳而生⋯⋯

　　　　　　　　　　　壬辰初冬于小城黄陵

冬天，冬天

也许不只是我，在每个人的一生中，冬天，不仅是一个季节，更是一个故事。在远去的光阴里，每段故事都会苍老，唯愿故事里的我们彼此都好。

——题记

一

村庄的冬天是安静的。

常常一觉醒来，就见窗子上印满了精致的霜花。雪，也大多是在夜里安静地落下，一大早推开门，就见院子里银装素裹。白天偶尔也有落雪的时候，那也是不愿惊动任何人般的安静，一家子围在炕头吃饭，或是和兄妹们挤在炉子边烤土豆片时，不经意间望向窗外，才发现雪已经落了好一会儿了。

院子里清理积雪的父亲是安静的。炉火边忙碌的母亲是安静的。窑面上挂着的落满雪霜的辣椒和玉米是安静的。墙角

堆起的雪人是安静的。邻居家那只活泼可爱的小狗也安静了许多，冬日里，它常常会望着清冷的天空中偶尔飞过的雀儿，或是雪地里那串自己的脚印若有所思地发呆。我们这帮孩子虽然笑着闹着，但声音很快便被一层层的落雪覆盖……

记忆中，那时唯有李叔居住的队部的那间房子相对热闹点。李叔是我们村的保管员，他居住的那间房子塞满了队里的财物：一张四斗桌子、一把裹着皮革的椅子、一个装有镜子的柜子，还有墙上挂着的算盘，墙角的水瓮、面罐，以及吃大锅饭时留下的灶台和铁锅，还有一个四四方方的有着铁皮烟筒的泥炉子。后来，村里唯一一台黑白电视机也赫然摆放在李叔的房间。无疑，李叔的这间房子是全村人的集合地，农闲时，乡亲们常常去李叔那儿喝水、唠嗑、看电视，当然村里的大事小事也是在李叔那儿传达、学习、贯彻落实的。因为那台电视机，李叔的房间也理所当然地成了我们的乐园。

那些年的冬夜，李叔早早就添旺炉火，烧开水，打开电视机，等着一拨一拨的大人小孩从自家赶过来。那时候，电视只能收一个台，大伙就广告、新闻、电视剧一个不落地一直看到屏幕上出现"晚安"时，才恋恋不舍地起身回家。当年看过的影视片，我已不大记得了，我只记得每晚看完电视，夜就深了，孩子们都睡意沉沉的，老是走不好路，大人们只好拉着大点的，抱着或背着小点的，腋下还各夹一两个小凳，趔趔趄趄地往家里赶。我也记得清冷的月辉下那满世界的洁白和空旷的冬夜里响起在小路上的"咯吱""咯吱"的踏雪声……

　　后来，村里又有了一台电视机，然后又有了第三台、第四台……后来的冬夜，似乎更加安静了。黄昏的时候，大伙儿就关了院门，一家子猫在自家的炉火前或是热炕头上，收看自家的电视。只是，后来啊，父母这辈人似乎很快就老去了。他们常常不等电视剧开播，就哈欠连天；电视剧还没完，他们就虎着脸，一遍遍地催促我们睡觉去；夜尚早，家里的电视已经被迫"休息"了好一会儿了……而李叔是这辈人中最先老去的那一个。某次路过，猛然看到鬓角灰白、眼神呆滞、步履蹒跚的李叔，我硬是不愿将他和记忆中那个清风明月般清爽温和的男子对应起来。

　　李叔是个静默的人，那些贫瘠的日子里，他悄无声息地温暖了乡亲们一冬又一冬。只是，那漫长的人生的冬天，却没有人能给予李叔温暖。李叔一辈子单身。小时候，我总是好奇他的与众不同。长大后，知道了几个版本的关于李叔的故事。我只愿相信冰魂素魄的李叔有过一段山桃花般绚烂的爱恋，我也相信在人走屋空的那些年，沉默寡言的李叔必是演尽了风花雪月，而演员也许不只他一个……

二

乡里的冬天是隐忍的。

从村庄通往乡里的那条五六里长的石子小路两边的杨树早早就落光了叶子，湛蓝或是灰白的天空毫无遮拦地映入眼帘，时常让我感觉这个每周都需往返两次的必经之地熟悉却又陌生。雪，总是在我们走在上学去的路上时突然就铺天盖地地落下，顷刻间，晃眼的白迅速从脚下延伸而去。凛冽的风从四面八方呼啸而来，卷起千朵万朵的雪花。小小的我们背着书本和馒头，缩着脖子瑟瑟发抖着缓缓而行，小路却似乎没有尽头……

冬日里，最是羡慕家在乡里，或是在乡里有亲戚可投靠的孩子。他们不用两天半就回趟家背馒头，不用担心走得慢了大灶上蒸笼里的馒头被别人错拿了或是没了温度，不用考虑教室和宿舍轮值日时那捧引燃炉子的柴火将从何而来，更不用在宿舍里轮值日时因害怕炉子熄灭而整夜整夜睡不安稳。

梓桐是我羡慕的对象之一。她和我一样，家在外乡，但她的姨奶奶家在乡里，而且就在学校操场的大坡下面。那时候，我跟着梓桐去过一两次她的姨奶奶家。梓桐的姨奶奶是个让人感觉温暖可亲的老人，所以客居的梓桐是快乐的，她常常会笑盈盈地拉我到教室的角落，塞给我一把腌黄豆或是一个小小的模样俊俏的花卷馍。一次，她还一脸神秘地问我饭桌上吃出一条虫子可怕，还是两条虫子可怕，不等我回答，她就急急地说半条虫子最可怕，然后做出呕吐状，说另外半条已在自己肚子里了……

只是，后来梓桐白皙的脸上有了浓浓的忧愁，她不再如从前快乐，甚至有时会向隅而泣。改变是从某个大雪初歇的夜里开始的。记得那夜月光清冷冷的，大概凌晨时分，一身寒气的梓桐敲开我们宿舍的门，她一句话也没有说就钻入了我的被窝，我也没有多想，转过身背对着梓桐继续睡觉，谁知我身后的梓桐突然浑身战栗且低低地哭泣，我转身问她怎么了，她却一把抱紧我，呜咽着不能自已。此后的几日，梓桐很少回姨奶奶家。直到一周以后，一切才恢复正常。后来，梓桐断断续续地告诉我说那些日子姨奶奶出了趟门，说那个院落隔壁住着姨奶奶家新婚的儿子儿媳，而这边窑洞只有她和老姨夫两个人，说老姨夫人面兽心……只是那时刚上初一的我并不能完全懂得大我两三岁的梓桐遭遇了什么，我只是隐约感觉梓桐纯美的花季有了雨打风吹的悸痛。

再后来，梓桐的忧愁如秋雨般绵长。先是梓桐那个与我同龄的长相神似张国荣的弟弟腿上突然长满了蝴蝶大小的瘢痕，继而扩散至全身。梓桐的父母带着儿子四处求医，却终是无果，好在，弟弟还是挨到了结婚，并且有了一个如梓桐一样

美丽的女儿后，方撒手人寰。弟媳自是改嫁了，而那个当时只有一岁多的孩子也自是留给了爷爷奶奶。没了爹娘的孩子，没了孩子的爹娘，自此，已为人妇的梓桐心里的疼痛和牵挂如墙根的积雪迟迟不能化去。雪上加霜的是梓桐三岁的儿子突然发病，赶到医院时已没了呼吸……

那年，外地求学归来的我赶去乡里看望嫁给我们体育委员的梓桐。记得那天天阴沉沉的，中午时分落起了纷纷扬扬的雪花。梓桐抱着才刚刚出生几个月的小儿子坐在炕头上，她神情落寞得如同一个苦旅的行者。说起那些裹挟着疼痛四处逃亡的日子，梓桐泪落如雨；说起几何课上，我俩互相暖手，被老师一顿狠批；说起班里那个调皮的男生用火钳烫伤了一个女生的手；说起班主任如雪花一样多的惩罚时，梓桐也轻声笑着，只是她美丽如初的眼睛里，始终盈着一片望不到尽头的苍茫的海洋……

刘亮程说："落在一个人一生中的雪，我们不能全部看见。每个人都在自己的生命中，孤独地过冬。"是呢，在这谜一样的人生中，我们帮不了谁，也别指望别人能帮我们。所以这一生，我们都得做那打不死的小强，绝望着，更渴望着……

三

农科城的冬天是任性的。

雪，要么整个冬天都不来，要么来了就不走了。于是，那些与雪有关的等待、迷恋或是厌倦，也显得那么任性。男孩女孩可能会因一场突然而至的雪欣喜若狂，也许更是因那随雪而来的爱情欣喜若狂；会因迟迟不来的雪而黯然神伤，更可能是因为那无疾而终的爱恋黯然神伤……

风，不管是呼啸而来，还是寂寂无声，所到之处就见法国梧桐的叶子大片大片地落下，萧瑟和苍凉倏忽间横扫整个校园。冷冷的雨更是随意随性，大颗大颗忽然兜头盖脸地砸下来，操场湿了，草坪湿了，宿舍楼下那些栀子树湿了，湿了的还有那些怅然的梦……

冬日里，319室的姐妹们也是任性的。个性张扬的飘儿将红色演绎得淋漓尽致：大红的风衣潇洒飘逸，一条红丝巾妩媚至极，还有红艳艳的唇彩、若有若无的淡红的眼影，最主要的是她那飞蛾扑火般得来的理应赋予红色的爱情，让我们的飘儿在那些寒气逼人的日子里眉飞色舞；干爽利落的瑛子更是痛快，她硬生生地割舍了一段恋情，又因突如其来的病痛而将刚刚开始的原本浪漫的校园之恋变成了相濡以沫的烟火人生；婉约娇柔的薇也有着几分任性，因为男朋友家山高水远（确切地说是地处穷山恶水），所以她毅然做好了随时走天涯的准备；几分乖巧几分呆萌的九月却在肆无忌惮地挥霍着那些金色的时光，吃好、睡好，或是将自己放置在书中，再或者整夜整夜地听电台的《与你相约》……而依米更是任性得让我在十多年后的这个飘雪的日子蓦然忆起，仍然感觉有种说不出的疼痛梗在心间。依米是319室的舍长，她不是六姐妹中年龄最大的，却是319室甚至是全班最先沦陷在爱情中的女孩。在入学的军训结束后，大家仍然处在对新环境的好奇和适应阶段时，依米就在心里开始了一场烈火烹油似的爱恋。至今记得，公寓熄灯后清冷的冬夜里，依米点燃蜡烛，神情专注地编织着一双姜黄色的手套和一条烟灰色的围巾。那时，依米的那两件"处女作"是319室每晚谈论的焦点，但无论我们怎么猜测，依米都轻笑着不做任何解释。当那被依米赋予深情和执着的宝贝赫然出现在体育委员身上时，我们才知道了那场被依米深深隐藏的恋情。无疑，体育委员戴着那双手套，一个字一个字地指着黑板上的歌词教我们唱歌的日子，和他痞里痞气地甩动脖子上的围巾的时刻，是依米最幸福最快乐的时候。只是，依米的爱情之花开得有些仓促，甚至来不及展开花瓣，就凋零在深冬的风霜之中了。

依米失恋了。319室的姐妹们却一致认为，那本就是一场对的时间遇到错的人的爱情，早早收场，于谁都好。可是倔强的依米却在那场伤痕累累的爱情中画地为牢，她整夜整夜地在日记里记录那"初见惊艳"的遇见和那"体无完肤"的伤痛。她变得古怪到让人不可思议——任何人任何一句相干或不相干的话都会引起她的无端想象，她常常莫名地发脾气或是几日不吭一声……依米就那样两年如一日地背负着伤痛行走，她放不下恩怨，也学不会爱自己，犹如刀尖上的舞者，步步惊心。青春年华里那些看天天蓝看水水碧的日子，就那样被依米填充进大片大片的荒芜和苍白。

　　某次在淘宝网浏览墙贴，看到"下一站，幸福"的墙贴时，我突然泪落如雨。那些年，因为和依米关系要好，在看她沉沦见她虐心时，我是多么地希望为爱而生的依米能走着走着就遇见她想要的幸福。可直至毕业，依米仍是孑然一身。清楚地记得那年七月，当我背起行囊，挥手告别农科城，告别那些或明或暗或甜蜜或疼痛的岁月，转身踏上火车时，蓦然看到沿着铁轨孤独行走的依米，那一刻满满的疼痛和感伤铺天盖地汹涌而来……

　　其实，走到今天，我们终会明白与长长的人生相比，青春岁月里的那些悸痛是那么微不足道，那些年华正好的日子又是那么经不起尘世的颠簸。但那时候的我们却纯粹、执着得让现在的我们肃然起敬……

四

小城的冬天是恬淡的。

苍茫而辽远的天宇下，黄帝陵、轩辕庙、祭祀大典和那石碑、石阶、祭坛、香火、锦旗，以及郁郁葱葱的柏、松、万年青，都如往日一样，几许安然、几许静谧。绕城而过的沮河和盘踞在轩辕庙前的印池都结冰了，较之往日，更是多了几分寂静、几分空旷。

街道上落光了叶子的老树、臃肿起来的电线、缩着脖子行走的路人和窗外簌簌而下的雪花，室内暖暖的灯火和几本新买的杂志，或是宾朋满座的火锅店，三五个低语浅笑的知己和两三杯盈盈的红酒……冬日里，小城的时光似乎有意慢了下来，而让日子在些许闲散、些许恬淡中尽显诗意和优雅。

始终认为自己不只是个怕冷的女子，更是个心怀美好的女子，所以，冬日里，我时常会窝在家中，找一些旧书，备一堆甜食，或是一杯淡茶，看一些美到极致的文章或是哀而不伤的故事，一任心情在墨香中起落；冬日里，也喜欢搬来木椅，坐在一窗阳光中，看一朵茶花在杯中绽颜，看不远处我的家人各自沉寂在不同的世界中；冬日里，我也时不时地系上围裙，为家人准备一桌还算周全的饭菜，看他们大快朵颐，或是霸道地拿过遥控器，边一个台一个台地按过去，边偷窥老公和儿子的气急败坏，再或者帮儿子解答几道"拦路虎"，接受儿子由衷的佩服……就这样，一晌，一天，一冬，或许还遇到过一个更好的自己……

冬日里，我那马不停蹄的儿子也似乎不再忙着赶路了，他会偶尔探过头来，看沙发上的我又在为怎样一个故事喜极而泣；会像小时候一样，安静地依在我身旁，听我给他读《亲情不关机》或《父亲想做城里人》；会戴着耳机，边听张杰的《剑心》，边慢腾腾地整理书包；会在周末一觉睡到自然醒……即便是落雪的日子，儿子也不再如小时候那样急不可待地奔下楼去，而是站在窗前，看雪一点一点地覆盖窗外的世界。这个冬日，儿子甚至将原先的QQ签名"爱拼才会赢"更新为"醉了欢喜，碎了忧伤，喧嚣一时，静美一生，如此，最好"……

说实话，真的不能习惯儿子的突然长大，不能习惯这个已是需要我仰头才能看到他的脸的儿子。真的很想念那曾躺在我臂弯里的有着天真柔软笑容的儿子；想念那如我一般怕冷，却又那么喜欢雪花的小小的儿子；想念那站在舞台中央，年龄最小却自信满满的儿子；想念那在寒风中，小心翼翼地给街头的乞讨老人投钱的善良的儿子；想念那一时一刻也离不开我的缠人的儿子……这一路走来，儿子弄丢了太多我所认为的他小时候的好，变成一个时常让我感觉熟悉却又陌生的大孩子。真的害怕，走着走着，儿子就挣脱了我手中的线，飞向一个我根本

不能明白也不会存在的世界；真的很想让时光打个盹儿，让儿子匆匆的脚步如小城的冬日一样慢一些，再慢一些……

冬日里，我也常常回家看看父母。坐在老屋的炕头上，听父母家长里短地絮叨，或暗笑父母孩子气的拌嘴，再或者与父母共同回忆儿时那看着火炉火苗乱蹿的冬月，直到夜色渐渐变浓，直到冰霜慢慢爬上窗棂……于父母来说，我也是那么希望时光能慢一些、再慢一些。如若这个世界上，总有这么两个人，是我的牵念和温暖，该有多好……

乙未初冬于村庄

雪落无声

一

雪，是在夜里开始降落的。一片一片静静地潜入小城，静静地装饰窗外的世界。

早晨起来，就见远山、楼房、街道、树木，银装素裹，分外妖娆。而铅灰色的天空中仍有大片大片的雪花飘飘洒洒，纷纷扬扬。

一个人安静地站在窗前，看寂寂飞舞的雪花一点一点地浸湿窗外的世界，看天地万物在一片洁白中销声匿迹……

"帘外雪初飘，翠幌香凝火未消。独坐夜寒人欲倦，迢迢，梦断更残倍寂寥。""绿蚁新醅酒，红泥小火炉。晚来天欲雪，能饮一杯无？"

面对落雪，自然想起了与雪有关的诗词。而那泥炉煮雪、把酒言欢，那谈天说地，说"现在正是最美丽的时刻，重门却已深锁，在芬芳的笑靥之后，谁人知我莲的心事"，说"不要

急于相见，等庭院盛开温馨的玉兰，温馨的玉兰，举杯把盏，
花好月圆"的锦瑟年华也如一列火车在脑海呼啸而来，又呼啸
而去……

突然间，我的心割裂开来，一边是青葱岁月的懵懂和悸
动，一边是流年飞逝的怅然和无奈。

是呵，那些日子早已远去，最终枯萎成一帧影像。好在，
它们还会在无雪的日子里时不时地闯入我的梦境，让我感觉没
有某些人的冬日似乎也不那么难熬。

只是，面对眼前这场突如其来的落雪，我终是少了当年的
欢喜和冲动。而是像一个饱经沧桑、看透风景的老妪一般安然
淡定地凝望着那些纯白色的精灵飞扬、飞扬……

窗外的雪花也沧桑了几个世纪吗？为何我总是听不到当年
雪落校园那轻柔曼妙的声响？为何我眼前的雪花也是那样的步
履蹒跚？

二

雪，不声不响地飘落着。

对面的楼房顶、街道上、楼下停放的车辆上，全是厚厚的
积雪。街道两边的树枝上也挂满了层层叠叠的"雪绒花"，映
衬着那些高高低低的大红灯笼，给原本喜庆祥和的氛围增添了

几许浪漫、几许妩媚。

路上开始有车辆和行人小心翼翼地移动，人声、汽笛声，瞬间嘈杂起来。

这场雪让"年"的脚步越发快了，路人几乎无暇顾及翩翩飞雪。是啊，比起"年"，雪真的是微不足道了。

我却依然像猫咪一样，蜷在自己的窝里，偶尔懒洋洋地伸伸腰，半眯着眼睛，斜睨窗外的世界。

这个冬天，甚至这一年，我都是这样漫不经心地打发着时日。可日子并不理会我的懒散和傲慢，今天在做的，明天还得继续，简单的重复中，一年就要打马而过了。不知，下一个季节里，雪又会去了哪里？

这个漫天飞雪的早晨，我时而感觉自己和那些眉眼盈盈的女子站在白茫茫的雪地间，几多热闹，几多欢喜；时而又感觉自己仿佛被遗落在灯火阑珊处，几许落寞，几许孤单。恍惚间，内心充满了无尽的纠结和惆怅……

想起时未寒的《碎空刀》，想起那个叫祝嫣红的女子和那句让人心疼心碎的呢喃："这无涯的一生啊……"

三

雪，下得那么深，下得那么认真。

163

街道上的脚印、车辙，清晰了，模糊了，不见了；又清晰，模糊，不见，周而复始。

手机里开始有朋友发来信息恭贺新春。我却依然懒懒地趴在窗台上，望着漫天飞雪，思索这三十多年来像云烟一样的前尘往事。

"因为爱情/简单的生长/依然随时可以为你疯狂/因为爱情/怎么会有沧桑/所以我们还是年轻的模样……"冬日的某个午后，一直在听小柯写的《因为爱情》。

人到中年，还在相信爱情，确实很不靠谱，但我却一直在纵容自己的幼稚，也一直在放任自己漫无边际的幻想。

就如此时，我曾无数次地想象，想象那漫天飘落的雪花是一阕镌刻在记忆深处的旧词，是一帧在脑海里不断清晰、模糊的熟悉却又陌生的老照片，又或是漫漫征程里那温暖如春的遇见，是荒凉时光里那清澈如水的守望和等待……

当然有时，想着，想着，我也会感觉累了。我会看不到茫茫尘世里那些热烈的、缤纷的、繁茂的、蓊郁的小生命，我看不到薄凉的时光里那些相濡以沫的小幸福，看不到四季轮回中那残荷听雨、那野渡无人、那寂寞丁香、那梨花院落溶溶月……

于是，我会很不快乐。这种不快乐最终波及我的文字，让我的文字也沾染了些许苍凉和落寞。这是我最不愿意看到的结果，所以我也一直告诫自己要尝试着去改变。

这个冬日，我和家人一直在收看《WWE》——一档暴力到可以"听到骨头断裂声"的摔跤比赛。

断裂？如果人生也可以断裂开来，那么我希望将要逝去的这一年就是那个断裂点，此前的日子请允许我苍白和荒芜，此后的日子，我努力学会且行且歌且芬芳，好吗？

四

街上的路灯亮了。

那从天而降的雪花在暖暖的夜色中似乎放慢了步子，它们尽情地舒展身姿，飞扬，旋转……说实话，真的希望雪不要再下了，尽管好长时间不曾见到雪。

明天就要过年了。中国的年是团圆的年，这场雪可能已经耽搁了好多赶路人的行程。我不希望因为雪，我的家人也缺席了我们的"年"。

那片荒野，那抔黄土早已隐没在洁白的大雪之中了吧。亲人永远回不来了，不知那个女子和那个孩童的"年"将要如何度过？

雪来之前，他如清风一样随一辆疾驰而过的大卡车走了。我和同事在冬夜里陪着那个本就孱弱的女子，当时她并不知道事情的真相……那夜，是三十多年来，让我感觉最冷最漫长的一夜。接下来的几天，我眼睁睁地看着她憔悴、虚脱、枯萎，却无能为力……

拿起手机，给她发短信，希望没有了他的日子她能照顾好自己和孩子。没想到她很快就回复了信息。这个女子的隐忍和坚强，让我肃然起敬。

杨绛在《我们仨》中写道："往者不可留，逝者不可追。"这明明暗暗的一生，谁都会遇到一些始料不及的事情，而那些生老病死、悲欢离合、恩怨伤痛，就如飞雪、落雨、狂风、寒霜，遇到了、经历了，哭过了、心碎过了之后，日子还得继续。好在，一切的伤痛或者美好都将在转身的时候成为过去，最终被岁月的风声湮没得无声无息……

夜，深了。雪花，还在静静地飞舞。忽然觉着，这个落雪的夜，竟是那么美好、那么迷人。

许我晚安吧。于那个女子，于我，明天都是一个新的开始。

壬辰暮岁于小城黄陵

总有一些美好，陪我过寒冬

办公室朝南的窗台上养着两盆绿植。这个冬天，它们似乎一直在努力地生长，但怎么看都是一副形销骨立的样子。尤其经过一个周末，再见时，会发现那盆多叶植物的一些叶尖泛起星星点点的黄，更有三五片枯叶跌落在桌子上、窗台上，那么任性、那么决绝、那么触目惊心……偶尔在想，这些绿植许是孤独了吧，曾一度用清水、淡茶、音乐温柔以待，这忽然间几十个小时的不管不问，任谁都会消沉、低迷。所以一直以来，不怎么喜欢养花草和小动物，害怕一不小心就负了这些娇弱的柔软的小生命。

清理落叶、擦拭叶片、施之清水、喂之茶羹……这个冬月，似乎就是在我每日收拾打理枯枝败叶的日常中探头，继而渐行渐远。有时在想，若是某日一开门，看到窗台上的植物落光了叶子，又会是怎样的惨烈、怎样的惊艳？若真是那样的

167

话，此后的日子，我会不会突然间不知道该以怎样的方式去迎接或是安放那些崭新的冬日？幸好，一日日里，它们虽不断有叶子枯黄，也不见萌发新芽，却也还是一副枝叶旺盛的样子，估计挨到春天应是没有问题的。所以，虽每日都在"葬叶"，却是坦然自在的，不似林妹妹那般生出太多的自怜自哀……

　　但是对于冬天，却始终都是一副怯生生的样子。不只是怕冷，更怕大片大片的寂寥和孤独无端地入侵这些单薄而苍白的日子。于是，这个冬月，也常常以爱的名义大模大样地行走，甚至在某些冬夜走得张扬而疯狂。当然，那样无所顾忌的行走，自是离不开玲姐和薇薇的一路相伴的。谁能想到，从省城到小城，短短两个来小时的车程，我们竟然从头一天晚上的七时三十分走到第二天早上的七时四十分……那夜，第一次感觉等待也可以那样摇曳多姿：熙来攘往的地铁站，玲姐时而忙着操纵手机里的千军万马，时而忙着拍下凑在一起叽咕的薇薇和我的影像。薇薇一直忙着调整手机，企图将站着的玲姐和半跪在长椅上的我，以及蹲在地上的自己圈在一个镜头里。我则时而瞅瞅玲姐的战况，时而瞄瞄薇薇的镜头，更多的是在想可不可以在无人的长椅上美美地睡上一觉。那夜，出地铁站时，有大滴大滴的冬雨落寞地落下；那夜，曾一路默数车窗外那些孤零零的路灯；那夜，还看到过某个城市的街道上有醉酒的男子在风中踉跄而行……我们仨还有一次在凌晨说走就走。那次以后，我偶尔也会骄傲地说自己也算是看到过小城冬天凌晨四点的样子了……人到中年，感觉日子简单得似乎只是昼与夜的更替，是凝神发呆的一晌，是风起雪落的一刻。但这个冬月，因为这些恣意的行走，让我在此后的日子，每每想起就会感觉有大朵大朵缤纷通透的冬花在盛放……

入冬后，小城总是灰蒙蒙的，一副要下雪的样子。可是，左等右等，雪常常毫无影踪，寒，却一日胜似一日。无雪的日子，我偶尔会天真地想象自己是一块长着青苔的石头，在季节的深处发一个漫长的呆，天寒地冻就会遁了影踪。只是，现在的年龄正是爬坡过坎之时，很多时候都得直面冬的严寒。好在，这一路走来，总有一些人或经意或不经意地赠予阳光和温暖，让我感觉冬天也不那么难熬。譬如，这个冬天，我时刻牵挂的生活在敬老院的近八十岁的文友路姨，会时不时地发张自己拍的雪景照，并殷殷地叮嘱说天冷了，要照顾好自己；譬如，这个冬天，远在济宁的陌会在深夜通过微信丢一枚炸弹过来，问我是不是还在翻看电子书，然后婆婆妈妈地唠叨说，不能熬夜，视力本就差，不敢再折腾了；譬如，这个冬天，闲下来时，会清洗好才结识没多久的心思细腻如发的姐姐赠我的小巧玲珑的茶具，素手沏茶，把盏细嗅，感觉日子清香而悠长；譬如，这个冬天，总是和某人说起残荷，说起微雨，说起临水照花，说起红颜酒友，说起夏虫语冰，说起归来是少年……当然，也时常互怼，说从此山高水远，说从此天涯陌路，甚至一言不合就掐起架来，呵……王菲有歌："有时候有时候/我会相信一切有尽头/相聚离开都有时候/没有什么会永垂不朽/可是我有时候/宁愿选择留恋不放手/等到风景都看透/也许你会/陪我看细水长流……"虽说这一生，到头来，都是一个人的江河日月，一个人的浮世清欢，但在变老的路上，还是那么渴望有人能陪我一程山、一程水。还好，这世界温柔待我……

总是感觉一到冬天，日子就有意慢了下来。白天，无所事事时，常常安静地坐在窗前，听凛冽而过的风声，直听得自己手脚冰凉。夜里，更是兵荒马乱丢盔弃甲般狼狈——要么，数羊数到满屋子洁白，要么整夜整夜地做梦，温暖的、荒凉的、热闹的、孤独的，往往一觉醒来，累得不能自已。这个冬月，莫名地着迷于蒋勋的《细说红楼梦》，时常会在他那"前世给寺庙捐了一口钟"，今生才有的这样好听的声音中恍惚而眠，有时猛然醒来，耳边嘈杂的依然是怡红公子和大观园女子们的恩恩怨怨。某日下午临下班时，再次打开链接，塞上耳机，边饶有兴趣地聆听宝玉去栊翠庵"访妙玉乞红梅"，边随夫去街上吃饭，偶遇夫的老领导，竟一时惊得不知今夕是何年。记忆中，他一直是个清爽利落、干净整洁的男子，也就几年不见，竟潦倒邋遢、不修边幅到那个地步。真的是岁月不饶人，还是我们轻易就缴枪投械了？忽然好想好想对我亲爱的你说一句：就一直一直一直这么孤傲、这么透彻、这么两袖清风、这么与众不同地走下去，好吗？

冬日里，窗外那棵寂寂无声的老树更加单薄了。风过时，针形的枯叶落雨一般簌簌而下，常常让窗前安静站立的我心里生出钝钝的疼痛。喜欢老树，是因为它不属于谁，无所谓懂得，只在自己的一隅，兀自繁茂、兀自妖娆、兀自颓废、兀自凋零，却有着遗世独立的美丽……老家院子里有一棵柿子树，这个冬月，因无人看管，也沦落成一棵孤树。闲下来时，会回老家帮父母打理院子。那天，推开老家的院门，看到在满院枯败的玉米秸秆、黄瓜架、南瓜蔓等的荒凉中，那树橙黄明艳的柿子如一群着了红妆的女子，模样可人，在冬季的枝头摇曳着、晃荡着，美得不可方物。那个阳光好得不像样子的冬日的午后，我就那样一任自己傻傻地、痴痴地仰望那树柿子，直看得眼睛酸酸的。当然后来还是奉母亲之命，连摘带摇，将所有的柿子安妥冬藏。只是回来的路上，我就有些后悔。记得南在南方有篇文章提到，他的母亲总是要留几颗柿子在树上，因为害怕树孤单……后来某个大雪初歇的夜里，竟然梦到老家的柿子树上挂满了红彤彤的柿子，大大小小的鸟儿争相啄食。醒来后，一直在想，那会是怎样的热闹、怎样的喜庆……

立冬、小雪、大雪、冬至，天道有序。可我有时会幼稚地觉着只要关上门窗，便与世界隔了一个季节的距离。就如此刻窗外正飘着纷纷扬扬的雪花，可透过一窗玻璃，我望着望着，竟忽而感觉那漫天飞舞的纯白色的精灵一定是深秋的荒原上那逗引得我一次次地驻足回眸、一次次地追逐而去的芦花了。这种感觉一出，耳边立刻有笑声远远地、缓缓地传过来，继而是几张明净如秋阳般的笑靥在眼前可劲地晃着、晃着。那是个阴沉沉的下午，应约去一家火锅店小聚。薄酒、淡茶，喜欢的人，自是一番谈天说地的热闹。席间，有人忽而提起当天正好是节气小雪，于是一帮人不约而同地望向窗外，也正好窗外有棵老树，正好暖色的路灯和火锅店里的灯火交相辉映在老树尚且繁密的叶片上，一时间窗外的景致闪闪烁烁竟是那般和谐，他们说似有雪花翩然，我的头脑中却闪现出大片大片的芦花。不知何时起，喜欢上了田野边、小路旁、山脚下那些在风中摇曳的或繁茂或零落的苍苍茫茫的芦花，时常感觉自己心里也疯长着挨挨挤挤的芦花，风过时，成片成片的芦花起起伏伏……

　　一场雪之后，寒向纵深方向迅速扩展。人也有了几分倦怠、几分懒散，不想看书，不想写字，也很少去行走。想起古人的"九九消寒图"：冬至日，画素梅一枝，为瓣八十有一。日染一瓣，瓣尽而九九出，则春深矣。我无古人的雅致，却自有办法抵御雪霜。譬如在厨房里细火慢炖一锅浓浓的汤；譬如将橘皮铺展在暖气片上，让橘香弥漫整个房间；譬如用一个下午的时光，将一颗苹果削出圆润的感觉；譬如一遍遍地听那英的《花一开满就相爱》；譬如像猫咪一样懒懒地蜷在沙发上，眯起眼睛看窗外的世界……若是下一场雪来之前，那个我一直苦苦寻找的、等待的、能让我的心静下来的人，会突然出现在我的面前，就再好不过了……

　　　　　　　　　　丙申暮岁于沮水之滨

又是一年除夕时

腊月廿九，"年"就款款而来。

这一天，阳光好得不像样子，照耀得婆婆家那老旧的两层小楼似乎年轻了许多。楼顶正上方的几朵浮云犹如年少时拽在手里的棉花糖，美好而甜蜜。三三两两的路人似乎都怀揣着一个个明媚的春天，脚步轻快而有精气神。

倒是婆婆和公公居住的房间本就逼仄，此刻显得越发拥挤了。那帮孩子一年也只能见几次面，好在时间和距离并未让彼此陌生。一番说笑打闹之后，他们各占一席之地，开始轮番按遥控器，从《甄嬛传》到《爱情公寓》再到《WWE》，还有《熊出没》《喜羊羊与灰太狼之羊羊运动会》……夫家兄弟、妯娌虽说都居小城，也离得不远，但一年里能齐聚的时候并不多。此刻，他们也在朗声谈工作、说政局，谈论房价和酒场……屋子里的那个吵呀，让我感觉自己似乎踩在了棉絮上，想起《艺术人生》里，白岩松笑说："安静是个奢侈品。"

开饭的时候，公公说先放炮。一句话提醒了孩子们，他们呼啦一下都拥到二楼的楼道上，一人拿一盒摔炮，喊着号子向院子里出入的人扔炮，震得那些旧光阴和着已经泛白的朱漆，细细碎碎地在空中飞扬……

想起和这栋小楼的初相识，那时它如年华正好的女子，美丽、时尚，又处在黄帝庙和国道附近，地理位置相当优越。但因无人看护，那些雕梁画栋、那些屋子台阶，还有后院那些高高矮矮的盆栽，以及二楼浅蓝色的防护栏，看起来是那么落寞、那么孤单。后来，这里曾办过药店、旅社，租住过一拨一拨上学的孩子、打工的小夫妻。公公退休后才和婆婆搬来这里居住。在这里，公公为他的小儿子迎娶了媳妇，又迎接了小孙女的呱呱坠地，还送走了自己八十多岁的老母亲……那些年，小楼如人到中年的汉子，生命力鲜活而旺盛。再后来，县城西移、高速路从另一个方向绕城而过、小叔子全家也搬进了家属楼，这个院落又恢复了从前的落寞和孤单。不同的是，日复一日，年复一年，小楼中曾经最年轻的媳妇那张如花的面庞也染上了岁月的风霜，那个襁褓中的小不点也俨然长成了说话有板有眼的小姑娘，小楼也越发陈旧、越发苍老了，随小楼一起老去的还有公公和婆婆……

酒足饭饱之后，夫家兄弟在隔壁房间玩起了麻将，孩子们一窝蜂没了影踪。婆婆、弟媳和我收拾妥当后，开始包饺子。

窗外渐渐暗下来的夜色、远远近近的烟花、室内春晚开场前的花絮、炉子上水壶低微的吱吱声，将我的思绪拉得好远好远……

想起那些年在灶前忙碌的母亲、想起儿时枕头下那几角崭新的压岁钱、想起村子里一字排开的拜年长队、想起老屋除夕夜那昏黄的不灭的灯火、想起大年初一左邻右舍互送的那碗饺子……

这个冬月，父母来小城安安稳稳地生活，他们去超市购买油盐酱醋、接送小孙女上学，还时不时地做好饭菜喊我们过去吃饭。这是我们兄妹一直期盼的景象。只是，全家人聚在一起时，我常常会走神，我总是会想起十几里之外的村庄，想起空无一人的老院子和老屋……

其实，关于老屋，记忆最深的是儿时的时光。去外地上学后，便与老屋聚少离多，那时候的"年"是父母和我们共同期待的团聚时日。嫁出去后，老屋的"年"就不再属于我了。但每年腊月里，我都会回老屋看看。如今老屋已不是原来的样子，有时站在光鲜的老屋门前，我会产生陌生的感觉。好在，只是一晃神的时间，我就能回到从前。我能清楚地记得自己曾趴在老屋炕头的哪个方位，就着昏暗的油灯看小人书；我能准确地知道曾在老屋窗子的哪个格子里望见过桃树下呆立的父亲；我也熟悉老屋的哪个角落曾藏过一只被我不小心压死的小鸡……本来打算年前再回趟故乡，但是今年县上迟迟不放假，我也未能在年前回去。这段日子，老屋总是以旧时模样频频地进入我的梦境……

待公公率儿子孙子们去十字路口为故去的亲人烧冥钱回来时，我们的饺子也包好了。婆婆急忙烧水下饺子，那一盘盘刚出锅的饺子似乎盛载着一年的时光，就那么在眼前悄然展现，又悄然离去。呵，又是一年除夕夜，那些关于快乐、关于忧伤、关于收获、关于失去的日子，就这么年年岁岁、岁岁年年地追着我们一天天老去……

癸巳除夕于暖泉沟

于心安处，独坐

一

雪漫长空。

雪与雪之间的距离越来越短，从一场薄梦到一盏淡茶再到一个转身，后来似乎眨眼间，又落起了纷纷扬扬的雪。

不想看书，不想写字，音乐也好久都不曾听了。落雪的日子，就那样傻傻地坐在窗前，看天地空蒙，看万物一色。偶尔，也会傻傻地想，从高空落下的雪会感觉到疼吗？如果它说疼，会不会有另一片雪紧紧地抱住它呢？

对面那些老树的枝丫上挂满了雪，时不时有雪团滚落，几个翻转后扑散开来。那些大大小小的雪团挨挨挤挤跌跌撞撞的样子，像极了小时候的我们……

一场一场的雪，飞扬，融化，接连不断；一群一群的小伙伴，嬉闹，成长，各自天涯。有时在想，尘世间的雪也许只为见证别离，才会那么冷酷、那么让人爱而不能……

二

花开可期。

这个月里的绝大多数时间都被禁锢在百十平方米之内，偶有出门，楼道里电梯里都是浓浓的消毒水的味道。口罩、测温器、出入证，还有那和蔼却又不失威严的门卫大叔，以及每天睁开眼睛就第一时间关注的疫情报告，似一块块顽石，突兀地横亘在通往春天的小径上……

这个月里的每一天都会多次站在窗前张望小区对面那曾经车水马龙如今却半天不见一辆车驶过的马路，张望小区西门口那相互间隔的寥落的人影形成的长长的队伍，张望对面家属楼上闪闪烁烁的灯火……这样的时日，感觉内心似有荒草丛生，又像冰雪封冻，尝试过要记下点什么，却总是失语……

不可预知，也毫无防备，这个世界就这样忽然慢了下来，慢到四十多年的生命历程里第一次感觉时间难熬到需要耐着性子一遍遍地数分数秒，慢到内心里迫不及待地渴盼寒潮退去、渴盼春暖花开……

小区里的白玉兰终是迎着猎猎的风，率性而执拗地绽放

了。虽然只有三五朵，却让偶尔下楼的我热切而欢喜地仰望着，直看得满眼潮湿、直看得内心开满花朵……

春天，终究是来了，尽管它有些寥落、有些踉跄，还有些疼痛、有些泪光……

三

市井如常。

一直安静地坐在窗前，看对面街道上渐渐多起来的车辆，看小区周遭慢慢恢复的日常，看手机里疫情报告一天天下降的数字……

偶尔下楼，看园子里、石墙下、小径旁争奇斗艳的花朵和绿意葱茏的景观树，看小区的羽毛球场和游乐区大大小小戴着各色口罩的孩童打闹嬉戏，看三三两两晒太阳的大爷大妈隔着口罩声音朗朗地唠嗑……

这个春天，有太多的逆行者，将平凡之举汇聚成磅礴之力，才有了眼前的岁月静好。这个春天，更有太多的生命被遗落在时光的荒崖中，还有太多的生命在一边流泪一边歌唱。经此一疫，终是明白所谓语言在很多的时候都过于苍白……

好在，日子还是一寸寸地暖起来了，接连几天隔着窗子照进来的阳光竟有了初夏的味道。午后下楼，一个人安静地坐在向晚的微风中，一片柔软的花瓣滑落在肩头时，内心蓦地涌起几许甜蜜、几许温暖，仿佛那个安放在心之柔软处的人就坐在我的面前，微笑着看我发呆犯傻……

后来的某个春夜，恍惚听到呼啸的风声，早晨又见雨滴不紧不慢地敲打着窗子，惦记那些开在风里雨里的花朵，急急奔下楼去，就见红的粉的黄的白的紫的花瓣和深绿浅绿的叶子以及细细碎碎的枝丫落了一地，更有仓皇的鸟低低地鸣叫着从眼前飞过……

这个春天，记忆里更多的是苍凉和悲戚，却也笃信"凋落所隐含的意思是指向另一种美好"……

四

人间四月。

熬过了长长的封闭时期，再出门时感觉眼前的一切都似刚刚沐浴过一般，美好而纯粹。这样的日子，行走或者静坐，似乎都能嗅到空气中那抹淡淡的草木新生的味道。

不再那么潦草而匆忙地赶路了，上下班途中开始学着放慢步子，慢悠悠地打量街角那些柔软细碎的草木吐蕊绽颜，孩童一样天真地仰着头看橙色的阳光透过树梢在葱翠的树叶上洒下

缕缕金光，恬淡温和地微笑着看擦肩而过的男孩女孩那朝气蓬勃的身姿……

宅家的时日，心里也是平静而欢喜的。

阳光透过玻璃窗，给屋子的角角落落镀上一层浅浅的暖暖的金色。家里的草木也都褪去了寒月里的颓败和萧条，以蓬勃之势欣欣然地迎接日月和晨昏。又新添了几盆叫不上名字的花卉，一时间窗台上、书桌上、案几上、地板上，目之所及全是新绿，还有三两株绿植在暗夜里悄悄地吐蕊……

这个意义非凡的时月，我深深地懂得了那曾让自己懊恼的拖沓冗长千篇一律的日常也有着几分美好、几分诗意，而那颗曾向往云端的心也在一日日的洗手做羹汤中愈发稳妥淡泊、坦然从容……

五

于心安处。

这个世界依然灾难重重，苍生依然负重前行。

那些阳光照不到的地方总有生命在兀自挣扎，那些不为人知的角落总有弱者在低声哭泣。身为女子，善感也敏感，惶惶然总会觉得天堂和地狱似乎就在仰首和低头之间。好在，那漫漫长夜里，总有人在舍命燃灯；那人世浮沉中，也总有人在拼命撑篙。每睹此景，也总是在心里再次笃定地响起那句：万物皆有裂痕，那是光照进来的地方。

阳光晴好的日子，斜倚在窗台边，看那些绿植在阳光里尽情地舒展枝叶，觉着这一生能如一株植物，不精心刻意，也不慌张忙乱，就按照自己的节奏，缓慢而坚定地生长，也挺好……

性格使然，绝大多数时候，还是安享于一人、一室、一段寂静的时光之中。

白天，喜欢用细水清洗一盏精致的玻璃套杯，放几瓣茶花，用温开水冲泡，看那淡雅的花朵在清浅的时光里慢慢地绽放；喜欢给一大一小的杯子都添上半盏淡茶，有无对饮之人也不那么重要。夜里，喜欢从书架上随意抽一本书坐在沙发上翻看三两页，或是在滴滴答答的时间的韵脚里漫无边际地发呆、天马行空地遐想……

从小就是个孤独的孩子，走了这么久，依然不太习惯一群人的热闹和喧嚣。也好，于心安处独坐，感觉内心安宁亦充盈，有时还会听到晨光和暮色在窗台上那盆生命力旺盛的君子兰花丛中歌唱，听到青春年华里那只五彩斑斓的蝴蝶扑扇着翅膀从旧时光中翩然而来……

六

心生欢喜。

薄暮时分，天空落起了雨。安静地站在窗前，看轻巧透亮的雨滴在眼前欢快地翩跹，突然很想很想去看荷，看一池碧荷怎样在夏雨中亭亭而立。

这些年，小城也"莲叶何田田"，也"青荷盖绿水"，也"鱼戏莲叶间"，甚至有鸭、鹅、鹳等栖息于荷塘。想来此刻那相距几百步之遥的荷也一定凌波玉立、娉娉婷婷了吧！只是，内心一直惦念的却是远方那池零落孤寂的残荷，故终未踏出门半步。

自那个早春一别，再不曾走近那池荷，孰料那如美人迟暮更似英雄败北的萧条寥落之残荷却以决绝之势成为我心中最重的牵挂。夏至时、冬来时、风起时、雨落时，总会不经意间想起那池形销骨立的荷，甚至那朱漆斑驳的木桥，那不耀眼也不明媚的阳光，那穿塘而过的猎猎长风，也会在某些时候打马而过……

想来那荷亦如人，就像歌中唱的一样，只因为多看了一眼，再也没能忘记……

华灯初上时，雨仍然不紧不慢地下着。

斜倚床头，听帘外雨潺潺，顿觉睡意阑珊。随手翻看枕边的诗词，从"闲敲棋子落灯花"到"锦瑟年华谁与度"，再到"留得残荷听雨声"，感觉内心似有无尽的纠结在缠绕。细细想来，却又总是不得。索性，撂下诗词，在这场清爽的夏雨里打坐。

一直都知道自己是个容易心生怠倦的女子，也一直纵容自己时不时地慵懒、酣睡、发呆、傻坐、百无聊赖。万分庆幸的是这一生虽性情孤寂，却也有人愿意放慢脚步或是干脆停下来，陪我看繁华落尽如梦无痕，看世事变迁沧海桑田，让我感觉漫漫征程也不那么孤单荒凉，甚至有些时候还可以走得逍遥任性为所欲为……

余生，还长。因为一些遇见和懂得，我愿意努力把自己活成最好的样子……

七

且行且歌。

夏日的阳光像锦缎，倾泻而下，给树木、花草、楼房、车辆、河流，都镀上了一层闪闪发光的金边。灌木丛、草坪、花园，目之所及皆葱茏蓊郁、繁盛恣意。偶有三五滴雨，万物又像换了新装一样，鲜活透亮、清爽奔放。而那夜空、那月、

那星，则似年少时仰面躺在老院子里看到过的一样，高远深邃、静谧安然，就连那拂面而过的风里也裹挟着淡淡的香草的味道……

经年以后，日子被过得漫不经心。关于夏天，记忆里竟不曾留下痕迹。终于懂得这一生的每一个日出日落、每一个季节轮回，都应该当成生命里重要的章节，虔诚地捧起，郑重地翻过……

夏日的午后，忽有三五声鸟鸣远远地传过来，那么清脆、那么婉转，感觉那山的味道、水的味道和时间的味道一下子跃上心头，可待仔细听时，四周又陷入一片寂静。那个下午直至暮色渐沉，再也不曾听到一声鸟鸣，但脑海里却总有一只灰褐色的鸟儿叽叽喳喳地鸣叫，有一些碎碎的羽毛在目光里轻飘飘地飞起、落下……

搬离依树而生的城之后，还是有些惦记的，譬如窗前那棵温暖了我一年又一年的静默的老树，譬如那只总是在早春时节就忙忙碌碌地衔细枝筑巢的灰褐色的鸟儿，譬如那一窗台细细碎碎的阳光……虽相隔不远，却未曾再去看看它们。有时梦里似乎能重现那些与老树、与小鸟隔着窗子对视的旧时光，却总是恍恍惚惚辨不清彼此……

当时只道是寻常，是寻常……

八

一夕向晚。

立秋有些日子了，小城却依然热浪滚滚，一副不肯善罢甘休的样子。

坐在季节的端口，看窗外人来车往，看一只灰白色的鸽子立在办公室窗后的水槽上一动不动，看对面楼上空调外机上的叶片不停地旋转，看两个衣着靓丽的姑娘站在树荫下寒暄片刻后挥手道别……有那么一刻，感觉心生青苔，寂寥又惆怅。

走过春，路过夏，遇见秋。季节的更替中，有多少人多少事如春草般葳蕤繁盛，又有多少人多少事如秋叶般枯黄零落。遇见的、别离的、记住的、遗忘的……好想像歌里唱的一样，"请再翻慢一点/那么厚一本时间/我像枚书签守在故事里做一个伴"……

总有一些疼痛，猝不及防。总有一些眼泪，滑下来时，地面会被砸出大大小小的伤痕……

我想，那夜一定有风，那片落叶的声响也一定是顺着风声，惊动了故乡的山水。一夕之间，霜寒四起，故乡憔悴得让人想张开双臂将她紧紧地抱在怀里……

南在南方说，都是要死的，可依序而亡，无疑是孝敬。但

是那个仓促而又决绝地融入暮色中的青年再也不会回来了。不知他那本就处于人生之冬的母亲此后该怎样在这凉薄的尘世间辗转？

八月未央。窗外的景致依然繁盛葱茏，内心却秋意萧瑟。那曾费尽心思打磨的不慌不忙、不忧不惧，也在那个秋阳尚且明媚的日子碎成一地凌乱……

月明星稀的夜里，做了一个温暖的梦，梦见曾装满我童年记忆的粉白色的打碗碗花在故乡四处盛开，开遍每一道裂缝、每一个季节、每一世人生……

九

秋色渐浓。

几场淅淅沥沥的秋雨之后，街道两边大树上的叶片就慢慢地泛黄了，上下班途中就见三五片叶子安静地躺在地上。街心花园里本就为数不多的花朵也渐渐有了颓废之气，花瓣恹恹地耷拉下来，墙角爬山虎的茎叶也泛起了微微的黄……

午后，那个戴眼镜、穿白衫、背微驼的老人依旧拎一方小凳，安静地坐在老树旁边。风起时，老树上飘落的几片黄绿色叶子在老人周边起起落落。那只黄白相间的猫咪，时而敏捷地跳起抓捕蝴蝶一样翩然飞舞的叶子，时而神情专注地凝视瓦蓝的天空中那变化无穷的云朵……

夜里，秋虫在窗下低低地鸣叫，偶尔会有扑棱棱的振翅声时强时弱，待仔细听时又渐渐没了声息。满天星子似幼稚园里可爱的孩童眨巴着的清澈明亮的眼睛，一个时辰一个时辰地数着时间……

秋风起，秋叶泛黄之时，总会有一些淡淡的情绪萦绕在心间，某些念想也似离弦之箭忽而就破空而来。

想那流水、落叶、残花和夕照，都有归宿。那么眉宇间那挥之不去的牵念和愁绪，以及内心那些小心思、小欢喜和那些疼痛、委屈、惦记、思念，是否也有地方容它们稳妥地安放？

敲下这些散乱的文字时，忽而感觉那属于秋的独特的凉，似乎是从心底出发，继而在唇齿、在肢体、在灶台、在屋顶，四处弥散……

十

人间值得。

暮秋之后，头顶那方天空总是灰蒙蒙的，似乎承载了几个世纪的哀怨。太阳也不那么热烈明艳了，倒似小儿笔下的卡通画般毛茸茸、金灿灿的，显出几分憨态、几分可爱。桥山上的林木和印池周边的灌木都蔫蔫的，了无生机。偶尔飞过的燕雀，叫声里也多了些仓促和凄厉。唯有沮水不畏秋的寒凉，依然活泼透亮、不舍昼夜地流向远方……

风，总是从街角徐徐而来，至街心时已聚集了足够的力量，所到之处，叶子和花瓣成倍地掉落。那大大小小的叶片和花瓣夹杂在风中，凌乱地飞起落下。加之凌晨和薄暮时分，萦绕在桥山与沮水之间的浓浓雾气，寒凉倏忽间席卷小城的角角落落……

早已是习惯天冷加衣的年纪，可寒凉来袭之时，依旧贪恋冒着热气的咖啡，贪恋阳光和烤红薯的味道，贪恋绘有卡通图案的热水袋，贪恋暖暖的、紧紧的拥抱……

有风也有阳光的午后，独自穿过城市的喧嚣和嘈杂，行走在一条人迹寥落的小径上。

这一季，时而感觉苍苍茫茫，走过一程又是一程，总也望不到头，时而又感觉岁月不居、白驹过隙，转眼就秋意阑珊。人生亦如此，说长也长，说短也短。在秋将尽之时，忽而想将一些无端的烦躁和妄想赶走，想将一些不切实际的痴念和眷恋赶走；想给心里腾出一些地方以给风烟俱净的冬储备一些爱和温柔，以备走着走着就遇见那个知心懂意之人，当然，也得储备一些骄傲和冷漠，以防曾一起山高水长仗剑江湖之人忽然就走散了……

不惑之年，方懂得这一世，无论是一个人的孤寂，还是一群人的狂欢，都应在人生的每个阶段活出该有的样子。也始终相信，总有一天当我们再回头时，会由衷地感叹我们曾走过的时间都是芬芳、热烈、韵味悠长的……

十一

忽而冬至。

初冬的午后，天空高远澄澈。几朵闲云如画作一般静止不动。偶有鸟鸣，时远时近。无风，老树上依然有叶子时不时地落下。几缕橙色的阳光穿过老树的枝丫洒落在窗台上，一只小小的甲虫不急不躁地在窗台上爬来爬去，偶尔将那碎金般的阳光搅动出轻微的声响。

无所事事，趴在桌子上小憩，单曲循环听朴树唱《清白之年》，脑子里杂七杂八，或者什么也不想就那样随意地靠在窗台上发呆……

冬日里的自己极尽慵懒、极尽闲散，总想着在季节的深处发一个长长的呆，或者像那些冬眠的小动物一样在不为人知的角落酣酣地睡上一觉。

　　从来都不会妥善而精致地生活，日子也一直被自己过得潦草又颓废，但并不影响内心对诗与远方的憧憬。

　　目光不长，所谓远方，也只是小城百十里地之外那心心念念的秦直道。子午岭去过多次，心里同样惦记的白桦林、菅芒花、稻田、日出、云海等等，都一一入眼入心了，同在子午岭的秦直道却久未成行。也不急，想着它就在那里，不喜不悲地等我放下尘世的喧嚣和浮躁，素心若莲地去看它。

　　哪知立冬日，就要和友人结伴去探访秦直道。虽说子午岭已是一片肃杀之气，但那天阳光甚好，几缕柔软的山风裹挟着野草凄迷的芳香忽远忽近，几只鸟儿飞来飞去洒落一路清越的鸣叫。行走在那隐藏在林立的树木、杂草和落叶枯枝间的有着两千多年历史的秦直道上，感觉耳边似有战马嘶鸣，又像战车轰隆，还像有铁锹镢头锤子的叮当之声，细细听来却似乎又寂寂无声……越往秦直道腹地走，越感觉那山、那道、那辙痕、那树木犹如儿时那村庄、那院落、那老屋，甚至那老碟子、老碗、老锅一样美好如初地安放在时光深处……

　　秦直道，还会再去！某些景致就如某些人一样，需要用一生去追寻……

十二

岁暮天寒。

冬，一天天走向深远；风，一声紧似一声；气温，一降再降。白天，路面上的积水窝会冻出薄薄的冰层，夜里，会有霜花爬满窗户。

楼下那棵老树上的最后一片叶子在枝头挣扎了多日之后，终是在一场呼啸而来的风中轻飘飘地脱落，寂寂地去了不知名的远方。大山、林木、河流、楼房，整个小城一瘦再瘦……

又一场肆无忌惮的大风之后，冷冷的冬雨随之而来，大滴大滴的雨砸向地面，寒霜似吐着信子的小蛇张扬又招摇地透过窗子和门的缝隙直抵心底。

拥一席棉被，抱一个暖水袋，静静地窝在沙发里，看冬雨在窗棂上碎成无数水花，看正午时分就黯淡下来的天空似隐藏着巨大的阴谋，看水雾一点一点地爬上玻璃窗继而悄无声息地冻成形态各异的霜花……

我是个怕冷却又心存美好的女子，每每冬来，都在一边忍受着"露重霜浓夜渐长"，一边期盼着"坐看青竹变琼枝"。

小城今冬的第一场雪，是在夜里开始降落的。早晨起来时，就见窗外一片洁白，天空中仍有大片大片的雪花寂寂飞舞。安静地站在窗前，看漫天飞雪层层覆盖窗外的世界，看天地万物在一片洁白中销声匿迹……

落雪的日子，且坐向晚的黄昏，听雪簌簌而下，恍若小儿梦中柔柔地甜甜地唤娘亲，又像春草在泥土里晃着脑袋嬉戏……

雪小禅说，听雪，也是听心，听雪的刹那，心里定会开出一朵清幽的莲花。我亲爱的你，小城这场初雪是否也会在你的心里绽放成一朵禅意的莲？

庚子暮岁于古城西安

第四辑

时光·念

时光·念

来不及站在季节的端口挥送或者迎接，夏，已在一个转身里荏苒。

那条曾开满鲜花的小径似乎一夜之间便"开到荼蘼花事了"。那些曾穿梭于红花绿叶间的蝶、蜂，也没了影踪。那些青春飞扬的孩子们终是挥手别离后，各自天涯。

不知，这一季繁华后，还能留下些什么？是那池静待落雨的残荷，还是那树渐渐枯黄、最后零落成泥的叶片？是屋檐下那只就要长途迁徙的燕子，还是那个如当年的我一样走不出记忆的青葱女子？

日子，一寸一寸地断裂。"碎露颗颗摇翠意，尖苞款款展娇容"，转眼就是"秋风萧瑟天气凉，草木摇落露为霜"。不知，那曾一起经风沐雨的眉眼盈盈的女子，是否安好？不知，风起时，是否有斯人送来遥远的问候？不知，这薄凉的时光里，是否有人在某个夜里，忽然泪落如雨？……

　　街角的租书屋也在这个夏日里黯然谢幕。不知，此后的日子，会不会在梦中遇到那个在朱漆斑驳的书架前安静读书的自己？如果可以，我想我一定会对她笑说一句：好久不见……

　　　　　　　　　　　　　　　壬辰清秋于小城黄陵

念起，心寂寥

一

一只灰色的鸟儿沿着老树曲折的枝丫，悄无声息地走过来，与窗前静立的我对视片刻后，突然转身，扑棱棱地飞走。望着那晃动了几下，又重归静默的枝丫，蓦然想起两个字：寂寥。

适时响起的手机铃声，扰乱了我刚上眉头的心绪。母亲在电话里说，村干部来家里统计安装太阳能灶具了。喃喃喏喏地与母亲说话时，某些心绪又悄然回归。一时竟不知该为乡亲们日益提升的生活水平而高兴，还是该为某些东西的消逝而落寞。

前些日子，在儿子的阅读书库里读了刘亮程的《对一朵花微笑》，后来在网上搜到他的《一个人的村庄》。虽然只是粗略地浏览了一遍，但却将自己囚禁在了村庄，迟迟不肯走出来。

　　我的村庄在我寄宿上小学五年级时，就一天天远离了我。后来，对那个村子的记忆，被我定义成两种形式：一种是延绵起伏的麦浪、老牛厚重的喘息声、与父亲一起丈量生命的犁铧、安静地伫立在冬日里的麦垛、昏黄的摇曳不定却写满温情的油灯、野花芬芳常常让我痴迷忘归的泥泞小路；另一种是一望无际的果树、成片成片的三叶草、窄窄长长的反光膜、轻巧易操作的施药机和旋耕机、俯首笑看苍生的太阳能路灯、有风景树点缀两旁的水泥路。

　　无疑，在我三十多年的生命历程里，我的村庄发生了翻天覆地的变化。只是，现在的乡村时常让我产生陌生的感觉。一直以为自己之所以生出这种感觉是因为经常有陌生的面孔在村子里穿梭，譬如疏花疏果套袋卸果的外乡人，譬如果商和经纪人，譬如往来于村中的小商贩……当那麦垛下捉迷藏、暗夜里观流萤、冬日里吃冰棍，以及滚铁环、跳方格、烤麻雀的画面一次次地闯入梦境时，我才明白，我的陌生感源于物质日益丰盈的村庄在不经意间弄丢了我心头关于它最淳朴、最真实、最温馨的记忆。

　　一直庆幸，在煤气灶、电磁炉、电饭锅普及农家的日子里，还能在我的村庄偶尔看到袅袅升起的炊烟。那缕缕飘荡在老屋上空的炊烟是我关于村庄的一段丰满的记忆。我曾目睹过它在母亲的额头上轻轻地雕镂出一根根由浅至深的皱纹，我也目睹过它在母亲的脊背上默默地丈量出一寸寸由高到矮的弧度。离家的日子，当我累了，倦了，想念了，那抹淡淡的青烟就会带着母亲殷殷的叮嘱和长长的牵挂悄悄地出现在我的梦里，让我在走过千山万水、历经百折千回之后，依然能稳妥而安静地微笑。

就如邓丽君在《又见炊烟》中唱的："夕阳有诗情/黄昏有画意/诗情画意虽然美丽/我心中只有你……"今天，当岁月的沧桑也爬上我的额头时，我是那样眷恋那抹烟火的味道。只是我心里明白，随着太阳能灶、天然气灶相继走进农家，那抹曾勾起游子内心几多愁绪、几番温柔、几度乡情的袅袅娜娜的炊烟也终将消失。不知失去了那一缕缕古朴敦厚的炊烟，我的村庄会不会孤独？

我始终固执地认为遗失了某些东西的村庄是寂寞的，这种寂寞就如荒山陌头疯长的野草，你若挥镰除之，它就裸露出大片大片的荒芜和苍凉，让你感觉心里空落落的；你若置之不理，它就没日没夜地在你眼前和心头招摇，让你感觉心里堵得慌。我的村庄就这样，在我内心的无限眷恋和无尽纠结中悄无声息地老去了，与它一同老去的，还有我关于村庄的记忆……

二

有风吹过，空气中弥漫着洋槐花的清香，不浓郁，却沁人心脾。索性抛开手头的一切，搬来木椅，与时光对坐。

陌发来信息，说昨晚做梦了，梦里有轻轻的叩门声。早上起来，看到廊下的蔷薇花一夜之间全开了，满架的深红浅红……我游离的目光越过陌的蔷薇花事，定格在"叩门"两个字上。

我在想，如果此刻有邮差叩响我的家门，并递给我一封手写的书信，那会是何等的幸福？或者，这个阳光淡淡的早晨，我能铺开素笺，将心情写给远方，又会是何等的浪漫？

想起收信写信，是因为春日里网购过一款烟雨江南的丝巾，不曾想那个叫知澜的小店竟随丝巾寄来一封手写的感谢信。望着那封信，我心头泛起一种似曾相识又恍若隔世的感觉。此后，那些发黄的相片、那些古老的信笺，屡次携一些熟悉或是陌生的气息穿透尘世的喧嚣，准确无误地抵达我记忆的端口，让我内心某些早已模糊的影像渐渐清晰。

似乎是很久以前的事了。那时没有网络，没有手机，没有电话，唯一的联系方式就是写信。教室、宿舍、食堂，这样单调的生活被一封封来来往往的信件点缀得有声有色、有滋有味。誓言、谎言，甜蜜、伤痛，信笺中流转的故事将那些平凡的日子演绎得灿烂华丽、隽永绵长。

网络、手机盛行后，沟通和联系方式变得简单便捷了，但某些东西也渐渐远去了。譬如写信时，那玲珑精妙的心思和一笔一画的字迹落在信纸上的妙不可言；譬如等信时，那云卷云舒般恬淡的心境和起起落落间沉浮的心绪；譬如读信时，心中汹涌的潮涨潮落和唇边那抹不由自主的微笑……

随收信、写信一起淡出记忆的还有写日记。彼时，枕头下一本淡紫色封面的带锁的日记装满了一个小女子的心思。如今，微博、博客替代了日记本，这种现代化的日记本有些透明，鼠标轻轻一点，某个熟悉的或者陌生的人的心情就一览无余。当然，这种日记是可以加密的，可我还是觉着躺在电脑里的文字就如键盘一样冰冷，所以一直不曾在偌大的网络世界给自己的心情文字安家，也丢失了自己坚持多年的写日记的习惯。如今，就算打开当年的日记本，不仅提笔忘字的尴尬瞬间破坏心情，网络带来的浮躁，也让我在即使面对当年那曾屡次出现在字里行间的馨香如兰的名字，也没有了只言片语……

一直觉着没有了收信、写信、写日记的日子有些寂寥，这种寂寥就如站在窗户后面欣赏大雪无痕的世界，幽远、缥缈、迷蒙、苍茫，却终因无任何踩踏的痕迹，而让人感觉有一缕淡淡的缺憾和寂寂的怅然……

三

屋子里很安静，安静得似乎能听到那盆花苞初绽的植物轻柔的呼吸声。我也安静地坐着，感觉头脑中时而繁华如烟，时而空空如也。

卫生间那个坏了的水龙头不时地滴下水珠，一滴、两滴、三滴……我仿佛看见时光就这样，一丝一丝地从生命中抽离，毫无痕迹地远去。

罗大佑在《光阴的故事》中唱："春天的花开秋天的风/以及冬天的落阳/忧郁的青春年少的我/曾经无知的这么想……"想起初次听这首歌时，我们是那么年轻，仿佛每个人手里都攥着大把大把可以自由挥霍的时间。那时，我们无视光阴飞逝，我们笑对花开花落，我们并肩携手一起蹚尘世间那极浅极浅的悲欢之河……

经年之后，再听《光阴的故事》，内心沉甸甸的。年轻不再，往事随风，一切的美好在时光面前都变得不堪一击、支离破碎。当那些曾纵容着我、许我疯许我闹的人一个个地从我的生命中渐渐走远时，我就如一头经过长途跋涉的骆驼，一遍又一遍地反刍那些快乐的时光。我知道，我们再也回不到花满枝丫的青葱岁月了。我也明白，我们的人生轨迹跟生命相比，相交的那一刻总是很短暂。但我依然渴望在变老的路上，能有人与我携手并肩，共同抵御俗世的清寒……

随光阴一起老去的还有爱情。记得那时，我们的爱情就如春天里那一树一树的花开，又如夏夜里那璀璨夺目的星河，或是那北归的燕儿在梁间呢喃……时常会想起第一次被他牵了手的那份羞赧，想起影院里有薯片可乐的那场《泰坦尼克号》，想起单车上被风扬起的他的衣角和我的发梢，想起在我们的小窝里看小龙女坠入深谷时我滴落在他肩头的泪水，想起第一次笨手笨脚地为他煮饭……

曾几何时，这些温馨鲜活的画面竟蹉跎成了记忆中某段模糊的影像；曾几何时，这一往情深的爱恋竟变成了实实在在的权利与义务，或是习惯？甚至有时我会对身边的他产生陌生的感觉……也许就如他们说的，如花美眷，抵不过似水流年。可就因为尘世间那一点点欢喜和阳光，我一直在努力地向前飞，努力地传递那一缕最暖的阳光，想笑得一如从前……

又想起了我们的容貌。不记得什么时候看过一组名为"优雅地老去"的照片，一直记得那组照片下面的一句话："没有了倾国倾城的容貌，也要有摧毁一座城的骄傲。"这个五月的早晨，想起同样经不起光阴雕刻的容颜时，我竟然没有感觉到太多的失落和怅然。当然，以我的年龄和阅历，虽不再迷恋朝阳的升腾，也还够不上落日的沉静，但我相信，光阴在赠我沧桑的同时，也会将"摧毁一座城的骄傲"随手相赠，而我要做

的可能只是学会放下……

佛曰：一念拿起，有所作为；一念放下，万般自在。我是村庄的女儿，在走过山山水水、经过风风雨雨之后，我依然会用生命最初的纯净，安静地"看递嬗的人事，看缤纷的落英，看铺陈在远方的旖旎风景"……

壬辰芒种于沮水之滨

流年虽短，记忆却长

这个二月似乎长了点，醒时眼前、梦时眼前都是意气风发的大风在精神抖擞地指点江山，却怎么也临摹不出草长莺飞、桃红柳绿。翻看日历，立春已过，雨水已过，惊蛰正浅笑着一路走来，小城的春日却迟迟不来。

月残如钩，夜凉如水。守着一窗寂寞、半盏凉茶，想在电脑里筹划一场春暖花开。可，任我挥鞭策马，八百里加急，我舞动键盘的手却固执地在记忆里画地为牢……

一

春，不知去向。雪，却一场接一场地下着。日子，在一片一片的飞雪中瑟缩成忧郁的诗行。

母亲就在那些诗行之间来来回回地挪动着已略显迟缓的步

伐。因为牙疾，母亲来小城有些时日了。

母亲一直不习惯城里的生活，每次来小城没住几日，她就开始唠叨起家乡的老姐妹，唠叨起那几亩薄田、几十棵果树，唠叨起院子里的小菜园……我知道母亲是想家了。如果任性地留住母亲，母亲就会像窗外的天空一样忧郁。母亲如果不快乐，我也不会心安，就只能依了她。

这次持久的牙痛，让母亲不得不下定决心在小城住了下来。看着本就对疼痛敏感的母亲备受煎熬，我很心疼，但有时却暗暗庆幸，庆幸有了更多的时间陪着母亲。

说是陪着母亲，其实白天大多时间都是母亲一个人孤零零地待着。只有晚上，辅导完儿子的家庭作业，我才有充足的时间陪母亲。让我揪心的是母亲口口声声说不能耽搁了电视剧，可电视剧开播之时，坐在沙发上的她却歪着头，呼呼地睡着了。我不知道该不该打扰母亲仅有的这点睡眠。

母亲是真的老了，她瞌睡越来越少，好多次当我轻轻地推开卧室的门，就看见躺在床上的母亲笑盈盈地望着我。其实这些年母亲的听力并不怎么好，她根本听不到我的脚步声，她只是习惯了朝门口张望，一日日，一年年……

母亲来小城的日子里，我一直在想办法试图让母亲的休息时间稍微正常点。我尝试给母亲读文章，果然母亲听得十分投入，那段日子她不再在《新闻联播》开播之前就哈欠连天，也能等到电视剧开播了。一个冬月，我给母亲读了很多文章，虽然母亲在听这篇时，早已忘记了上一篇的内容，但她一直听得很认真。

但是南在南方的《放养双亲》，我不敢读给母亲。文章中有这样一段话："我不再打让父母住在城里的主意了，就算不能陪在他们身边，至少他们还有邻居，还有瓜果，还有老锅老碗，还有过往。而城市是一把剪刀，把什么都剪碎了，除了儿女，可儿女属于公司，属于妻子或者丈夫，属于孩子，属于柴米油盐……当然也属于他们，不过已经分解得差不多了。"我赞同这段话，但我还是希望在阴雨绵绵、大雪纷飞、乍暖还寒的时日，我的父母能来城里有暖气、空调、天然气的房子里生活。父母辛苦了大半辈子，我希望他们晚年的生活能安逸点，我不想让这段话成为父母推托的言辞。

南在南方说："有许多福的确是福，但他们消受不起，他们那点福在村庄。"确实，那个村子留下了太多的印记，任谁也无法割舍。等春暖花开了，等屋檐下那窝燕子从南方飞回来了，我就送母亲回去……

呵，不知此刻的母亲是否在遥想那一树一树的花开？是否她满脑子都是燕儿的呢喃声？

二

春，弄丢了自己。冬，也在二月的残笺中越走越远。日子，一路匍匐、一路踉跄。

静立窗前，目之所及处，有花轻绽、有叶飞扬、有男孩"他时若遂凌云志，敢笑黄巢不丈夫"、有女孩"和羞走，倚门回首，却把青梅嗅"……

雪小禅说："没有了你，这座城于我就是空城，有了你，这座城就是我的桐花万里路，是我的锦瑟五十弦，弦弦有琴音。"我从来不敢想象，如果我的童年没有那个青衣白衫的男孩，会是什么样子的……

那时候，忙于生计的父母无暇顾及我们，而我偏又寡言少语，加之身体孱弱，村子里那帮孩子多不愿带我上山下河，只有他紧紧地拉着我的手一路飞奔着追赶那些远去的身影。别的女孩能到达的地方，他想方设法也要我站在那里……

那时候，他是父母的全部希望，他也让父母倍感骄傲，因为他的懂事让村里人赞不绝口，他的聪明也在村里首屈一指。

那些年，我一直视他为传奇，内心企图赶上并超越他。终于，学业上，我能与他齐头并进了，但生活上，我却被他远远地抛在后面：他能一手扬鞭一手扶犁，他能刷洗锅碗瓢盆搓洗衣服被单，他能轻言巧语地制止父母的争吵，他送我和妹妹去我俩各自的学校并安排妥当……

当年，妹妹的同学一致说他像《平凡的世界》里的孙少平。是呢，那些年因为有他，我感觉日子是那么鲜活，那么透亮。

后来，我们各自成家。我一直弄不明白是南在南方所说的那把剪刀把我们剪得支离破碎，还是我们中有一方急着赶路，另一方落下了步子？这些年，我总是感觉那血浓于水的感情淡漠了，疏远了，甚至在某个时候，我的内心会涌起一种一无所有的绝望，仿佛生命中，再也不会拥有春暖花开了……

前些日子，一场风寒让我猝不及防，就在我不得不停下匆匆赶路的步履时，竟然触到了我以为走丢了的手足之情。那一刻，感觉阳光倏忽间照进来，满屋子皆是倾城的温暖。

原来，有些人，有些爱，一直都在。倒是我们自己的苛刻和疏忽，让某些东西失去了原有的色彩……

三

春天真的要缺席了吗？

蓦地想起一句话：心里有春天，眼里才会有。敲下这行字时，就在想：自己心里究竟有没有春天？

某天中午的饭桌上，我漫不经心地对两个男人说，我想去看看周庄。大男人只当我像往日一样还没有从文章中走出来。小男人问我，是要去寻找春天吗？（《寻找春天》是小男人最近写的一篇日记。）

呵，寻找春天？其实，我知道窗外就是春天。只是，小城的春天不似江南的春天那般泾渭分明。

如果真的要寻找，那么稍稍留心，就可以看到星星点点的春就在眼前，譬如母亲的牙疾痊愈了，譬如夫的工作业绩可圈可点，譬如村妮不再阴着脸让人感觉数九寒天一样的冷，譬如若水精彩完成我布置的作业，譬如风满楼慷慨解囊的那四大钵汤饮……

至于周庄，我是因为痴迷三毛才钟情于它。据说，就在村妮端着那些貌似"纯绿色"的黄色半透明液体，一杯、半杯、少半杯地企图灌醉我时，大男人和小男人也在家里开会，郑重讨论要不要放任我一个人去周庄。

家里的男人之所以将我随口说的一句话当真，是因为这个春日我一直沉迷在纸上的周庄之中。我读王剑冰的《绝版的周庄》，读赵丽宏的《周庄水韵》，读迟子建的《周庄遇痴》……一旦合上书，我就会喃喃地说，我想去看周庄那长满青苔的粉墙黛瓦，想去看周庄那波光激滟的水巷里悠悠荡着的一叶扁舟，想去看陈逸飞笔下那带着陈年回忆的双桥，想去看幽深的弄堂里那古朴典雅的三毛茶楼……我估计两个男人一定在思虑，再这么下去，不是我将自己弄疯了，就是他们被我整疯了，呵。

其实，读归读，想看归想看，如果真让去周庄，我却有些却步。我害怕现在的周庄不是我想象的样子，害怕川流不息的人群挤走了周庄的清静闲适，害怕五湖四海的声音惊扰了周庄的水韵……罢了，罢了，不如安坐小城一隅，遥听周庄那竹篙和木橹轻轻搅动水波的声音，静想那湾倒映着石桥、楼屋、树影，以及云彩和飞鸟的清水……

就要结束这篇文章的时候，蓦然听到窗外有声音，低低切切，却声声入耳。呵，你听，这个雪花轻飞的暗夜里，有春的萌动声，在清冷的空气中吱吱作响……

壬辰仲春于小城黄陵

四月，漫天飘飞伤心雨

这个暮春，似乎少了些什么，比如繁花似锦、比如碧空如洗、比如草长莺飞；却多了一些不怎么和谐、不怎么美妙的音符，比如四月飞雪、比如残垣断壁、比如生离死别。

匆匆忙忙间，春已接近尾声，阳光却没有几天能直射进心中，很多的日子都能触摸到冬的冰冷和无情。半梦半醒间，总能听到花瓣窸窸窣窣碎裂的声音，心，也在夜的黑中黯然神伤。

一

四月初，外公在纷纷扬扬的落花中溘然长逝。

这个饱经风霜的老人终于不用再遭受病痛、忍受饥饿、直面思念的煎熬了。

年过九旬的外公一生实属坎坷。他幼年丧父，孤儿寡母相依为命；中年丧妻，襁褓中的儿子也夭折了，万念俱灰的外公选择了逃离。他有过短暂的戎马生涯，但终因家中尚有嗷嗷待哺的女儿，又断然离开部队，重新面对烟火人生。续弦、悲喜交加地迎接一个又一个小生命。家，大了，除了儿女绕膝举案齐眉的幸福，还有青黄不接饥肠辘辘的艰辛。那些年虽然清苦贫穷，但外公带着全家一步一步地走过来了，走得坚强有力。儿成女就后，外公本可以颐养天年，但大舅却因不治之症先一步撒手人寰，外婆也因伤心过度，加之病痛折磨永远地睡过去了。风烛残年的外公在凄风苦雨中硬撑了近十年。有过怪病缠身，有过冷暖饥饱无人知晓，有过思念无边的煎熬，有过俗尘俗世的羁绊……至此，一切伤痛和恩怨，烟消云散。

外公的离世，彻底割断了母亲对那山、那水、那人的牵念，纵使有泪水跌落深渊，纵使梦散心碎，但我相信所有的前尘过往，终将淹没在寂寂无声的岁月之中……

二

玉树，一个诗一样美丽的名字，在这个春天以一种极端，甚至决绝的方式凄楚漠然地出现在国人面前。说实话，真的有点麻木了，不想看电视，生还和死亡都不想知道。

但村子里两个婶子的突然离世还是深深地触痛了我的心。就在昨天，那个喜欢说笑、喜欢帮助人的婶子还和母亲她们一起搓麻将，今天却成为一具白布覆盖的冰冷遗体。而那个一脸和善的大婶前些日子还在微笑着和我打招呼……我能理解母亲突然的脆弱！

因为一次意外，母亲至今还需要依靠拐杖行走。这个春天，母亲似乎毫无抵抗力，一场小小的咳嗽竟然持续了几个月。拍片、做CT、做心电图，所有的检查结果都未见异常，药也在不停地更换，但总是好不起来。外公离世时，我看到了母亲的坚强和冷静，但两个婶子毫无征兆却永远地去了，母亲突然间很忧郁很感伤，无论白昼还是黑夜，她都睁着一双疲惫的眼睛努力地思考生命的脆弱和短暂……

我试图尽力去抚慰母亲，可总是感觉言语匮乏。这个春天，我也偶尔惴惴不安地思索人生之悲喜无常……

三

暮春的某个晚上，一直有滴滴答答的落雨声。

南方的干旱、龟裂的土地、欲哭无泪的农人，一直在电视上反复出现。下雨了，今春的第一场雨可谓及时。有些欣慰、有些快意，迷迷糊糊竟一觉睡到天亮。

谁知当我拉开窗帘时，却发现玉树琼花、满目洁白。上苍开了一个很大的玩笑。四月飞雪，《延安日报》用"四十年不遇"来证明这次落雪的突然。是呀，这个季节，什么花都可以绽放，但雪花却万万不该存在！

周末回家，看到院子里白的、粉的、紫的、红的花瓣落了一地，枝头偶有残留的花瓣也弱不禁风，摇摇欲坠。风起时，各色落花随风而舞，是在凄楚地诉说生命的仓促和无奈吗？落花成冢，一个季节的清秀和美丽就这样匆匆走到尽头……

路上总能看到三三两两的养蜂人，这场春雪同样带走了许多蜜蜂的生命。在这场始料未及的灾难里，不知养蜂人该怎样祭奠那些仓促死去的曾经有过辉煌业绩，和还来不及贡献精力的蜜蜂？

四

这个下午，网上在为玉树默哀，所有的网页都是黑白色调，让人感觉内心疼痛而怅然。一点都不想工作，尽管还有文件要起草。

今天起，单位职工开始体检，楼道里晃动的身影少了，心也就安稳了许多。雪儿曾经说，敲下一些细细碎碎的心情文字，就会有一个风轻云淡的开始。此刻，明媚的阳光斜斜地洒在桌子上，星星点点的尘埃在阳光里翻飞，突然感觉生活还是明媚多于阴霾！

许是今年的这个季节本就是多事的吧，似乎只是一个转身，姹紫嫣红、莺歌燕舞便沦落为满地落英、满目疮痍。但是，哭过、痛过、心碎过之后，一切还得继续，于生活、于人、于责任。

"轻寒薄暖暮春天，小立闲庭待燕还。"我在等，等燕儿啄春泥、筑家园，等燕儿在房前屋后轻快灵巧地绕梁而舞⋯⋯

庚寅初夏于桥山之麓

小狗多多

夜里，呼啸而过的风吹得树枝、电线、玻璃窗呼啦啦地响着。梦，被惊扰，时醒时睡，恍惚看见多多就站在某个陌生的路口，目光那么清澈、那么纯净……

多多是一只小狗，出生没几天，便被院子里放暑假的小姑娘抱回到爷爷奶奶的住所圈养起来。那个假期，常常能见到窝在小姑娘怀里，穿着牛仔马甲的多多，那时它很小很小，但神气极了、可爱极了。秋日里，小姑娘去外地上学了，一年半载回不了几趟家，待我再见到多多时，它好像不那么干净了，但依然机灵活泼。春天将来，某天，小姑娘本就疾病缠身且年事已高的爷爷奶奶将多多的小窝挪到院子里一家饭店后面堆满杂物的过道里，从此，这只小狗便属于整个院子里的人了。

多多清秀可爱，聪明伶俐，而且异常乖巧，一双黄褐色的眼睛就那么静静地望着你，让你感觉那些偶尔涌上心头的繁杂情绪瞬间消失殆尽。多多认识院子里所有人，每次上班时，它都会跟着你走到小区门口，静静地站几分钟后再转身回到自己的小窝。大人下班和孩子们放学的那段时间，是多多最快乐的时候，老远就会看到多多满眼期待地立在饭店门口的台阶上，它是一只不太喜欢叫的小狗，当你一步步走近它时，它就跳下那几级台阶，亲昵地立在你身边，柔柔地看上你几眼，再转身在你前面轻快地跑着，送你到单元楼下后，它赶紧跑回大门口，又去迎接下一位"家人"，乐此不疲。多多的这些举动时常让我想起幼时的儿子，不同的是小小的儿子是隔着一扇玻璃窗迎送我的。

我们不在院子的时候，多多并不寂寞。这个院落里退休老人居多，阳光晴好的日子，他们喜欢坐在一起晒太阳，唠嗑，带孙子，或者做点针线。无疑，多多就是那些安享晚年的老人和蹒跚学步的孩子的最好的伙伴。有雨有风的日子，院子里那家羊肉馆的生意奇好，进进出出的食客都是多多眼里流动的风景。

一年以后的某个春天，街上的流浪狗突然多了起来。有时下班回来，就看到大大小小的狗群居在小区门口，让人不寒而栗。多多却始终和这群狗保持着一定的距离，它矜持而安静地站在饭店的招牌旁边，犹如书里那些不食人间烟火的女子，美丽着，也孤独着……

　　不记得过了多长时间，流浪狗一夜之间全被城市管理局收置了，街道、小区又恢复了往日的安静。只是，多多似乎不再像以前那样"粘人"了，有时我们从它面前经过，它却像根本就没注意到。最先发现多多变化的是儿子，他问起时，我才倏忽间想起多多的眼里似乎流露着某种忧伤。那时，我想多多可能如儿子一样，长大了，就有了一些不愿与人交流的小心思。

　　夏末的一个夜里，窗外月明星稀，四周也很安静，多多却在楼下狂吠不已。叫声惊扰了好多人，隔壁的小姑娘大声地哭着，楼上醉酒的男子胡乱地嚷嚷着，另一个单元的老头打开窗子厉声呵斥着……站在客厅的窗户前，我尽力往楼下看，想知道多多怎么了，但是未能在团团白月光中看到多多的身影……

　　第二天中午，我才知道多多夜里生小狗狗了。它神情疲惫地躺在杂货堆旁边，小狗狗们蜷缩在另一边。儿子想去看看多多生了几只狗狗时，多多猛地起身，一脸戒备地望着儿子……那一刻，我才明白多多眼里的忧伤是因为那群流浪狗里有小狗狗们的爸爸。

　　多多产仔后，大家争相给它放置食物，那几十天是多多最满足最幸福的时日。除了尽母亲的义务之外，它又如往日一样欢快地迎送起院子里出出进进的人了。

　　灾难是在冬日的某个傍晚发生的。外面的一群毛孩子趁着院子里的人都回家了，饭店在忙碌，且多多也恰巧不在窝里的时候，抱走了那几只小狗狗。和所有找不见孩子的妈妈一样，一夜之间，多多变得老态龙钟，而且它似乎有些呆傻，对所有进进出出的人都狂吠不已、食盆里的食物常常几天都不曾动过、院子里也会有几天时间见不到多多的身影……

后来的某个大雪初歇的正午，放学回家的儿子一脸悲愤地说，多多被一辆车撞死了。下午上班时，我望着楼下那洁白的雪地上的片片殷红和杂货堆里安静死去的多多，悲伤忽如冷风袭来，又像繁花败落，想起初见多多时，它纯洁如水的眸子，想起某次在体育场遇到跟着院子里的老人出来遛弯的多多时，它欢快地"手舞足蹈"，想起初为母亲的多多的"护子"行为……这只被儿子唤作多多的小狗经历了太多太多，也许它是真的累了……

敲这些文字的时候，窗外又是一个春暖花开的日子。每年的这个时候，街道上兜售小动物的摊点前总会聚集好多大人和小孩。唯愿所有拥有和将要拥有小动物的人们都能善待它们……

癸巳初春于小城黄陵

九月碎语

季节好似顽劣成性的孩童，忽而秋凉，冷风袭人；忽而炎夏，燥热难耐。但毕竟是秋天了，某些应季而生的景致总会在不经意间将人的目光拉长、拉远。譬如碧蓝如洗的天空中那抹淡若薄纱的浮云，譬如农家窑洞上那成串成串的红辣椒，譬如父亲园子里那一树一树灿若朝霞的苹果，譬如老家上空那排队码字的雁阵，譬如沮水河畔那略微泛起一层金黄的草甸……

这样的时日，总是不由自主地放慢脚步，希望将身边那些正在离开、即将离开，或是短暂停留、永远如初的景致全都收于眼中，藏于心底。于是，这个九月，我就如窗外那棵老树，固执地伫立在时光中，看秋一天天走向深处。

这个下午，同事们都各忙各的去了，我却深深地沦陷在午后的静谧里。办公室朝南的窗户不时有秋虫从敞开的窗子飞进来，三三两两地在窗台上爬行，有的干脆停落在我的手边，

可是这些小生命并未引起我过多的关注。我喜欢窗外的秋水长天，喜欢秋阳中路人的散淡神情，喜欢风过时，草木的清爽、芬芳……

此刻，窗外似乎无风，老树上却不停地有叶子在悄然飘落，也就一盏茶的时间，树下就聚集了几十片落叶。看来，有的时候叶子离去，并不是因为树不挽留，注定了要离开，即使再多的言辞也是徒劳；也不一定是因为风的追求，是你的，赶也赶不走，不是你的，怎么求也求不来。就如佛家所言，不可说，不可说，一说即错。只是，这个九月，我很想知道那些安静谢幕的落叶是否会投映在谁人的春心？那些缤纷旖旎的叶片是否会在不经意间惊扰某一方江湖？

就在我信马由缰地胡思乱想之时，村妮立在我身边说，风满楼的走让她感觉没了主心骨。我回过头，微笑着看秋阳在她的发梢跳跃，内心涌起一股股凉意。彼时，村妮、风满楼、我，还有流云和海，我们是一个固定的群体，拥有一方相对完整的世界。后来，流云和海先后离开，这个九月风满楼也要走了，我们的群体中只剩村妮还在陪我看细水长流。不敢想象，如果村妮也离开了，我是否还能如此平静？这一生，多少人曾跋山涉水地奔赴而来，又云淡风轻地遁迹潜形。总是在说不能忘记，不敢忘记，可是走着走着，一些人、一些事还是淡出了记忆……

午后的阳光像一条织锦，倾泻而下，给窗外的景物镀上了一层金边，平日里的喧嚣和嘈杂也似乎有了诗意。我甚至能听到黄帝陵前那沉闷的钟声穿过城市的繁华咚咚而来。蓦然，心生欢喜。不知，明天是否还是这样的晴好天气？

九月了，一段开始、成长、成熟的日子，当然也有叶落、花残，某些美好渐走渐远的悸痛。九月的某个夜晚，被楼下的犬吠声惊醒。我以为是那群曾让我惊悚的流浪狗又回来了，仔细听时，却只有小狗多多狂躁不安的叫声。不知这只大多时候都很安静的小狗怎么了？那夜，月明星稀，我就那样倚在床头看月听犬吠直到天亮。第二天中午，才知道多多生小狗狗了。望着疲惫地站在堆满杂物的过道里的多多和它身边肉乎乎的几只小狗狗，我终于明白为何有一段时间我看到多多眼里有忧伤——原来，那群被城市管理局收置的流浪狗里有小狗狗们的爸爸。其实，于多多来说，眼下最重要的是如何让小狗狗们度过就要来临的冬天……

天气预报说，近日有雨，降温。于是，我越发眷恋窗外的阳光了。烟儿笑我，说恋旧、恋阳光，证明我已提前老去。我眯起眼睛，看天边悠然飘荡的浮云，看对面山上尚且葱郁的树木……这个九月，我一直在读雪小禅的书，从《她依旧》到《却原来》再到《那莲那禅那光阴》，这个凉薄的女子总是喜欢提"老"，她说有些女子一出生就老了，说提笔就老了，说老了爱情老了红颜老了时光……这些字一个个跳进我的眼里，让我感觉我的世界冰凉一片，我甚至怀疑自己是否就是那个一出生就老去的女子……

"月光下的城/城下的灯下的人在等/人群里的风/风里的歌里的岁月声/谁不知不觉叹息/叹那不知不觉年纪/谁还倾听一叶知秋的美丽……"电脑里老狼在轻唱《月光倾城》，空气中有一股浓得化不开的惆怅在悄然弥散。易安有词"梧桐落，又还秋色，又还寂寞"。不知窗外飘飞的枯叶，辜负过谁的紫袖翩翩？谁的青衫猎猎？

这个下午，空旷的楼道上始终不曾有脚步声响起。一个人的时候，总是感觉办公室里似有巨大的钟摆在晃动，滴答、滴答、滴答，仿佛看见生命一点一点地褪色、剥落、碎裂、凋零……总是觉着岁月悠长，总是认为这一生有丰腴的时光任我挥霍。于是，时常会在某处停下来，看一朵花静静地绽放，看一片叶寂寂地飘落，看坏了的水龙头漏下一滴一滴的水珠，看蓝得有些忧郁的天空飞过一只只燕子……就在这些我凝神发呆的间隙，那曾属于我的生机盎然的日子就那么轻巧巧地转身成为一个又一个无法触摸的昨天。也许，应该感谢，感谢这逃去如飞的日子，让我在茫然无助和追悔莫及中，慢慢地学着波澜不惊地生活，虽然直到今天我依然不能坦然面对风中泛起的苍凉，但我也不再是当年那个在时光的荒崖中惊慌失措的女子……

当我再次抬头仰望窗外时，那抹淡淡的阳光已没了影踪，灰白色的天宇似一张无形的网，一点一点地靠拢过来。这一天也即将跌入时间的洪流里，一去不复返。不知，将来的某一天，回首时，我记忆中的今天是会鲜活如初，还是模糊得如一幅年代久远的水墨画，抑或是苍白得仿佛不曾有任何痕迹？

呵，亲爱的日子，许我做梦吧，让那些逝去的人和事都重现于梦中，姹紫嫣红也好，金戈铁马也罢，我只想对旧时光说声，好久不见……

壬辰暮秋于小城黄陵

散落的时光

经历了庚子年，辛丑年的春节虽说偶尔也能隐约听到零星的炮声远远地传过来，但没有了秧歌演出、戏曲展演等，街道上、市场里都不似往年春节那般喧嚣热闹，却也感觉合理合情而心里安稳。内心那关于春节的累和闹的压力也消散了，空落下来的头脑开始幻灯片一样放映我那小小的村庄的满枝繁华、带露禾苗、麦谷上场和清越的鸟鸣、袅袅的炊烟、松软的田埂，甚至半截坍塌的土墙、一方荒草丛生的院落、几个苍凉落寞的背影……

去年冬天终是未能回趟故乡，整整一个冬月那个叫新村的小村庄总是伴以一阵长风或半帘细雨，有时还裹挟着星星点点的冰粒和雪霜，时不时地在半梦半醒之间莽然入我梦乡，让我神伤的是，梦中的它似一头濒临大限的老牛，瘦骨嶙峋，再也不能为我抵挡风寒……整整一个冬月，我像个一刻也不停歇的跋山涉水之人，累到不能自已……

　　总是觉着于一个女子来说，父母若生活在别处，故乡就只好活在记忆里了。就算好多次下乡路过，也只是隔着车窗远远地看一眼老屋和那条通往老屋的小路。不敢想象，若是某日那个一直由父母牵系的小村庄从我的生命中彻底剥落，我是不是会像断梗流萍，孤零零地漂泊在尘世间……

　　正月里，以走亲戚的名义和弟弟再回故乡。那天阳光甚好，远远地就望见通往老屋的那条小路的尽头，那棵有着上百年历史的老树枝丫遒劲，三五个鸟窝错落有致地分布在树杈上。像儿时一样端正地站在老树下，虔诚地仰望蓝天白云，仰望一只悠然飞过的雀儿，那一刻感觉内心似孩童般不染纤尘。老树下的那个山沟和村庄西边的小河早已不是记忆中的样子，但我却固执地认为一定还留存些什么，譬如沟畔上某棵酸枣树、沟底某棵木瓜树，或者小河边某粒碎石、某个用石块垒起的造型，再或者某个曾躲雨的山洞、某根曾用来晾晒衣衫的树枝……也始终觉着，我来或者不来，那些留下的，会一直默默地守护着我的村庄和那些散落在记忆里的时光……

　　在日子不断演绎、延伸的路上，我的村庄也变了样子：巷道的小路铺了水泥，巷口栽植了风景树，各家门口都有一个形状相同的砖砌花园，围墙也都刷成了灰白色，大门口都有一盏太阳能路灯。老院子、老屋也不是儿时的样子了，这些年哥哥几番倒腾，让它变得光鲜亮丽。早春的阳光带着雨水和泥土的味道照在老屋的墙面上，感觉这座空寂了一个冬月的院落如一阕宋词，透着几分凉薄、几分安然、几分淡泊、几分美好。而那一刻内心安静、纯粹、寥落、透彻的我，也一定是这阕词中的一个句点，或是某个字眼吧。就像辛弃疾那句："我见青山多妩媚，料青山见我应如是。"想来大多时候都空无一人的老院子老屋也一定如我一样，怀念那全家人虽平淡无奇却相守相助、虽艰苦贫穷却相亲相爱的日子吧……就在我胡思乱想之时，一缕夹杂寒意的风自大门而入，在院子里兜兜转转，门帘、对联、和我的衣襟、发梢以及细细碎碎的土粒、墙角的一席蛛网，伴着隐藏在院子角角落落的那些曾清晰了又模糊，模糊了又清晰的旧时光，在眼前、脑海纷纷扬扬、起起落落……

而那有着双扇木门和木格子窗的老屋，那有着土院墙、土路和木栅栏的老院子便是我关于故乡最真切最温暖的记忆。呵，原谅我总是走不出童年。小时候是个内向又拘谨的孩子，一方小小的窗格子就足够我观望花开、雨落、叶黄、蝶舞和雪飞了，而那个小小的院落就是我的全世界，木栅栏之外则是远方。随着我慢慢长大，我眼里的世界也不停地变大，从大门外到场畔、到山沟、到小河、到田野，再从村庄到乡里、到县里、到农科城而后返回到县城，走走停停间，半生已过。生命里该有的阳光和雨露不曾错过，该有的颠簸和坎坷也都经历过。每每高兴时、悲伤时、欢欣时、疼痛时，总会独向一隅，默默地满含热泪地回望我的故乡，而永远给予我慰藉的就是老院子老屋那最初的模样，那是我深爱的生活原本的样子！此后的生活也许会趋于平稳趋于顺畅，也许还有暴风雨雪，因为心里装着那个小小的村庄，在有生之年，我会一直善良地活着，深深地爱着……

　　当然，在漫长的岁月中，没有什么可以一成不变，尤其于村庄于老院子老屋来说，不改变就意味着消亡。这些年，我的村庄和老院子老屋与村庄的儿女一样，欣然而蓬勃地顺应历史的潮流。它们如今的样子，也是我喜欢的样子，只是后来回家少了。哥说，老屋收拾好了，有时间回去转转；又说，蔬菜能吃了，各自摘菜去；还说瓜果都放窖里了，你们自己拉去。可我总是觉着有父母居住的老院子老屋就是有阳光、有温暖、有故事、有情感的城堡，在那一次次的奔赴而去中，我能真切地感知轻柔的光阴里有芬芳的花朵不断地开开合合。父母不在家时，感觉那里只是一座空城，即便短暂地停留，似乎依然能清晰地听到时间的脚步声，叮叮咚咚地，踩得人的心生疼生疼的……

　　春天了，父亲说院子该收拾收拾了，母亲说菜籽能准备了。是呢，春天了。在这个万物复苏的季节里，那些散落在村庄的时光也在兀自萌动、兀自茁壮，就如小乖说的，"一些美好的事物，总会带着美好，一再地回来"……

愿，在故乡，遇故人……

辛丑初春于村庄

记忆中，某些不可斑驳的时光

一

大雪之后。

天空，微蓝通透。浮云，优雅翩跹。抬手抚发之际，看到暖融融的太阳在窗外恬然微笑。

这样的时日，喜欢安静地坐在窗前，看明媚的阳光洒满房间，看细碎的尘埃在阳光中尽情飞舞。不知距我几步之遥的母亲是否也在安享这静谧的时光？不知闲不住的父亲此刻又在忙些什么？

这个冬月，父母安然来小城居住，坦然享受儿孙绕膝的幸福时日。只是，身在小城的母亲，无时无刻不惦念十几里之外的村庄。她总是有意无意地说起老院子老屋，说起薄田和果树，说起村子里的老兄弟老姐妹，甚至说起老锅老碗……每每此时，父亲要么默不作声地独坐一隅，要么起身静静地望向窗外，神情那么专注、那么落寞……

　　顺着父亲的目光望过去，我仿佛看到晨曦中飘荡在村庄上空的袅袅炊烟；看到畦畦嫩绿中带月荷锄的我年轻的父亲母亲；看到淡淡的月光之下安静伫立的老屋和轻盈飞舞的流萤；看到麦垛、老树、池塘，以及场院里我张扬的童年……

　　时光，改变着我们，也改变着我们的村庄。从来不曾问过父亲眼里的村庄是什么样子的，也不曾知道母亲是否会偶尔想起年轻时的村庄和年轻时的自己，但我心里明白，每个在村庄生活着、成长着，或是与村庄有过或长或短接触的人，对村庄都有着不同的记忆。

　　也许是因为长大后与村庄聚少离多，对它的记忆本就模糊，或是由于人到中年某些无法排遣的孤独和寂寞的困扰，我总是感觉如今的村庄熟悉却又陌生，我甚至一度排斥老屋的光鲜和亮丽。就如案头那尾甘愿被囚在玻璃樽里的鱼儿一样，我固执地将自己对那个村子的记忆定格在儿时，虽然那时它贫穷、破败、落后……

　　日子似乎还很长很长，而我终将在一日日简单的重复中黯然老去。好在，无论哪一天，无论开心或疲惫，我的村庄总会以旧时的模样静默于时光的枝头，它就那样轻拢一席温馨，把岁月中那草木般的纯净，碾成红尘里那泥土般的芬芳，伴我在人生的征程中前进……

二

雪，一点一点地融化，凹凸的路面，偶有薄薄的冰层碎裂出美丽的图案，也会有浅浅的水迹映出阳光的倒影。

站在五楼的玻璃窗前，看对面街道上一个红衣女子踮起脚尖慢悠悠地跨过那些水坑，或是偶尔驻足在某个冰迹处，歪着头仔细端详那些冰花……恍惚间，竟然觉着楼下的女子该是九月。

想起九月，是因为蜗居省城的她就要结婚了。按说，奔四的九月终于要拥有真正意义上的家了，我理应高兴，可我总是感觉内心苍凉。九月说，双方的父母都不能到场，就不举办婚礼了，两个人搬在一起就算结婚了。九月说，没告诉其他同学，我也不用去看她，心里知道她有归属了就行了。九月说，就给双方各买了一身衣服，其他东西就不再买了……

时间舞着长长的水袖，翩翩然拖出一片片的波光潋滟。回首，青葱岁月仿佛老旧的电影片段，在我眼前缓缓重现，浪漫的，忧伤的，欢快的，阴郁的，如风中旋转的枯叶，悠悠地飘落窗前。想起那花满枝丫的年华，想起每天晚上九月收音机中的《星语心愿》，想起操场上九月的"雪地爱情文化"，想起九月梦想中的"雪花、婚纱、玫瑰、单膝下跪"，想起同学聚会时，孑然一身的九月和聚会后九月那篇《终于再次见到你》

的日志，想起九月数十年如一日的隐忍和等待……

　　九月是我的同桌兼室友，可到今天，我依然不曾知道哪位同学曾让九月魂牵梦萦，我也不曾明白与九月最终携手的男子究竟有着怎样的温暖和柔情，而让九月终于心甘情愿地嫁与他。那个风轻云淡的午后，突然很想很想站在九月的新郎面前，对他笑说一声谢谢，谢谢他成全了九月的等待……

　　也许如白落梅说的，时光越老，人心越淡。或者如麦兜所说，日子就是这样，纵然华衣盛蚤，终是要兴兴轰轰地过下去。无论于结婚十多年的我来说，还是于刚刚步入婚姻的九月来说，我们都得像这攘攘尘世所有马不停蹄的人们一样，学着慢慢放弃那些膨胀的梦想，学着安安稳稳地活着……但是，无论岁月如何变迁，不管世事怎样苍凉，那些青春飞扬的日子，那些因九月而美好的时光，永远是我心头最温馨最柔软的记忆……

三

　　雪，已没了影踪；冬，也在阵阵风中渐渐远去。

　　当周围都安静下来时，似乎能听到春潮的涌动声，在曾经落雪的地下吱吱作响。冬去，春来，季节的轮回中，一年又将怅然流逝……

这一年，无论是坐在一室寂寞中，还是坐在半盏凉茶旁，或是坐在最后一抹冬阳中，我一直在思考光阴是如何带走季节的歌，而让一切都在悄无声息中变得面目全非的。后来，我把自己陷在了"时光湮灭了我，还是我弄丢了时光"的纠结中……

那天，阳光如往日一样，斜斜地照进办公室。我也如往日一样，安静地坐在办公桌前。窗外那棵老树、窗台上那盆植物、玻璃台板下那张小小的写意山水画、墙角老旧的档案柜，都如往日一样安静地伫立在原地。可是，此后的日子，我将不再拥有这份安静，不知这些曾朝夕相伴的物什，会不会如我一般眷恋那些一起度过的时光？

一个人安静地整理电脑上的文件，分类、归集、拷贝，当我把鼠标指向个人文件夹，并按下删除键时，似乎有那么一刻，时间停了下来，继而在"哗"的一声中，前尘和往事轻飘飘地分离，苍凉，铺天盖地地弥散开来……

一直以为这里将是我永远的停靠，于是把自己当作虔诚的守望者，端坐在季节的门槛上，淡看秋月春风，看生离死别，看夕阳几度，看曲终人散。不承想，我们的故事在我某次不经意的决定中被彻底篡改。十五年恍如一场梦。是否生活就是这样，有着太多让人犹豫的取舍？

茫茫然望向窗外，办公室对面那棵老树就那样在我的凝视中，驮起一程又一程清瘦的时光，浅笑飞舞。犹记上班第一天自己的诚惶诚恐；犹记初次下乡，面对一大桌子人的目光，端在自己手中的那杯颤巍巍的酒；犹记单位整合后，那一大帮兄弟姐妹的踌躇满志；犹记自己边收发文件，边"不务正业"；犹记与同事们全力以赴地迎接大大小小的检查；犹记年终饭局上，大家轻松的笑谈和调侃⋯⋯

电脑里，杨幂轻轻地唱："请赐予我无限爱与被爱的力量／让我能安心在菩提下静静地观想⋯⋯"我也在心里默默祈愿上苍赐予我无限爱与被爱的力量，让我在每一次的驻足回眸间，都会望见一盏为我点亮的灯火，让我感觉一切温暖如故⋯⋯

癸巳孟春于桥山之麓

这一年

一个月前，儿子在深夜发朋友圈说：难熬的2020年，就剩最后一个月了……

我盯着这行字，脑海里林林总总嘈嘈杂杂，致使这一年仅剩的这一个月眼看就要恍惚而过了，幸好最后的三两天里我终于能安静地坐在电脑前，一个字一个字地追忆这一年里的幸和不幸……

这一年正月初二，我没能偕夫带子回同在小城的娘家，只好窝在家里翻看铺天盖地的疫情信息，前所未有的焦急焦虑焦躁，感觉自己像靠近火光的爆竹，随时都会炸裂。我这般惶惶然，不是因为回不了娘家拜不了年——娘家就在新区，心烦意乱时，十几分钟的车程就能坐在我妈身边听她絮叨前十年后十年。一岁多的小侄女简直就是宫崎骏动画里那治愈系的精灵，看她在爷爷怀里撒娇闹腾，看她摇摇晃晃地给你拿吃的玩的，所有的不愉快就都会烟消云散。今年春节虽然去不了，一个视频电话打过去，亲人就呼啦啦地出现在眼前了。我着急的是，过完年儿子仅有短短十几天的时间突击训练，之后就要参加美术学院的专业课考试了。高二时终于有了明确目标的儿子，高三复读一年，就是为考取理想的专业院校。这个节骨眼，每一天都太重要了！过年的前一天下午才离校返回小城的儿子准备初三一大早就返回省城，画材一件也没有带回小城……儿子看似安稳却进进出出，卧室的门响个不停，我则从床上挪到沙发，又从沙发挪到床上，反反复复，坐立难安。一天一夜的辗转反侧、寝食不安之后，决定初三就送儿子去省城。初三一大早就匆忙起来做饭、吃饭，收拾停当后，去新区婆婆家带了基本生活用品，去我妈家带了医用口罩。婆婆家和我妈家所在的小区都已开始防疫执勤，车是外地牌照，进小区颇费周折，我妈家干脆就没上楼，口罩是她从窗子扔下来的，我妈在窗口探着身子叮嘱着什么，我却听不清楚，只好仰起头朝她挥了挥手就转身离开，一路上感觉内心似冬日的荒原，萧瑟亦寥落……这一路鲜有车辆，唯进省城时才见车和人稍微多了，却与往日的熙攘相差甚远。省城小区防疫更严格些，口罩、登记、测温、扫码，烦琐却有条不紊。踏进小区的那一刻，我感觉一颗心终于安稳了……

　　这一年，原领导荣升，新领导迟迟未到任，我被委任主持工作。疫情期间，除了防疫任务还有文艺宣传。而单位仅有的五名女同志中除了我还有一位家在省城（那时接县上通知外出人员一律不得返回），单位的防疫执勤就靠小城的三个姐妹了。她们中，一位的父亲年前就病重一直住院，正月里溘然长逝；一位的孩子尚小，老人也一时赶不过来；公益岗姐姐租住的房子在校区，那时整个学校已封闭，只能回农村居住，来回打车很不容易……当然，防疫执勤，我的姐妹们克服重重困难，按时按点完成了任务，让身居省城的我可以安然坦然地一边打理高考生的日常，一边负责抗疫文艺宣传工作。和往常一样，陪着我的是一群热心热情的文艺界同人。那段时间，书法、美术、摄影、剪纸、面花，散文、诗歌、快板、原创歌曲，产量之大史无前例，可圈可点之作比比皆是！我还和同样家有高考生的晓云一起创作了大型朗诵诗《牵挂一座城》《你的身影》《等你》，桥山听风等四十多名朗读爱好者用手机录制，身为一线教师的问道在上完网课、哄睡了二宝之后，反复研究剪辑合成后期音频，也是家有高考生的浮生若梦摸索制作出精美网页。犹记《牵挂一座城》推出那天，我一遍又一遍地听着那些熟悉的声音，脑海里反反复复地回放着大家的面孔，任自己泪湿双眼……

　　这一年三月底四月初，一直带小侄女的我妈忽然剧烈咳嗽，腰背疼得直不起身，县医院各项检查都做了，却查不出原因。清明节那天，弟弟开着车，拉着父母和我在省城各医院踅摸，就是没有医生接诊也住不了院。几经波折后，才托关系勉强给我妈安排了加床。漫长的几天等待接诊和各项检查排号、出结果之后，我妈被确诊为脊椎两处骨折，需手术。弟媳虽在这所医院学习，但班很紧，弟弟得照看小侄女，我爸耳朵有点背也摸不清方向，儿子我是顾不上管了，早上出门赶去医院再回来就华灯初上了。我妈的手术安排在下午，弟媳刚好歇班，就陪我一起等在手术室门口。手术前，医生说是个小手术，但是我妈进手术室后两个多小时都不见出来，我突然害怕到不能自己，斜斜地靠着医院的墙溜到地上坐下来时，看见在病房等着的我爸也自己找到手术室门口了，赶紧对他笑了笑说，快好了没事没事。的确没事，我妈手术很成功，只是她对疼痛太敏感，又有些胖……这一个月里，多次在医院的走廊里回头等待，转身寻找跟不上步子的我爸，远远地就看见他茫然地夹杂在人群中，孤独又无助；这一个月里，几次听见或睡下或坐在马桶上自己起不来的我妈在黑夜里压抑着声音低低地哭泣；这一个月里，还看到平日里总是为鸡毛蒜皮争吵不休的我爸和我妈忽然就一个把一个看得牢牢地，生怕一转身就再也看不到彼此一样……

　　这一年六月底，一向走路带风的七十多岁的婆婆坐公交车时，因一个急刹车摔倒，伤了胯骨，需手术换股骨头。几经商量后，决定请省医院医生来县医院手术。就在婆婆手术那天，接到已于四月初返校的儿子的电话，他咳嗽、嗓子疼、出汗、浑身乏力。电话里把儿子安顿给班主任老师，全天陪在医院等医生等手术。可就在准备推婆婆去手术室时，儿子班主任发来微信说儿子症状越来越严重了，小心发烧了到时医院让隔离影响了高考……我顾不上婆婆了，赶紧往省城赶，到学校把儿子接回省城北郊的家已是夜里十二点多了。那夜，儿子吃过药后依然不停地咳，我在隔壁房间揪着一颗心一夜未眠。好在婆婆手术顺利，只是麻药过后，伤口疼得她也一夜不曾合眼，守护在病房的夫家兄弟也一夜未睡。第二天，带儿子去小区后面的社区门诊看病，医生说病毒性感冒需打吊针，这孩子是瘦了点，但是体质还行，连续打吊针五天后就很快好起来了，高考也就剩几天了，他再未返校。高考前一天，带儿子回了小城，安顿妥当这个即将上战场的战士之后，去医院看婆婆。她脸色苍白，嘴唇毫无血色，伤腿疼得她整夜整夜睡不着觉，加之天气炎热，躺也不是坐也不是，很是受罪……

这一年七月，再次送儿子走进高考考场后，我和丈夫并未在考场周围停留，我们回家准备妥当饭菜，看着表快到点时才去接回儿子。在儿子高考结束的当天下午，带他去看病倒的奶奶和刚过了满月的表妹，再和我弟连夜带他返回省城，第二天一大早又送他去学校参加一天之后的美院校考。从学校到省城的家大概四十多分钟的路程，那一路坐在汽车后座的我眼泪止不住地流……一路走来，这孩子虽阳光率真，却凡事都易心生怠倦，唯有画画他是打心里爱了也坚持下来了。复读这一年，就为上理想的专业院校。联考时虽然他最擅长的素描发挥失常，总成绩却挺不错，而且老师说他的画风特别适合校考，想着还有十几天的校考冲刺，水平应该还能提升，却被迫窝在家里，惴惴不安地等学校复课、等美院校考消息。终于高考推后了，校考又推在高考之后了，每天都需练手的专业课停了，去年十月就撂开的文化课又提上日程了，他就读的培训机构返校之日迟迟批不下来……儿子似泄了气的皮球，意志和斗志在一挫再挫中溃不成军。高考最后一门结束后，看着松松垮垮地走过来的儿子，我心里知道，这一仗他败了。我也忽然懂得了窝在家里上网课的儿子说的那句：谁说非要上专业院校，能上个不错的综合类院校也挺好……也许他在联考结束之后，心里就有了自己的目标。我却一厢情愿地死死盯着他，让他往前走，往前，往前……不知他懂事以来的这么多年里，有多少次像这次一样，明明自己不情不愿，却依然配合着我，慢腾腾地往前挪着步子……

　　这一年七月中旬，新领导到任，我坐在那间依树而建的办公室里，向他一一汇报了去年十一月以来的工作，感动有之，骄傲有之，片刻的松缓也有之，还有一点点放任，之后换了办公室，虽然还是那方天地，却又似乎不太一样，我依然热烈而执着地爱我所爱……这一年九月，尘埃终落定，儿子去了省城一所综合类大学开始了新的人生，性格开朗的他很快就适应了新环境。至于我，虽然在夜深人静或凝神发呆之时，心里还会涌起些许遗憾和失落，但那毕竟是他的路，我的意愿已无关紧要……这一年十月起，我差不多结束了那连续五年每周一次的省城往返生活，周末的两天终于完完全全地属于自己了，一觉睡到自然醒有之，没黑没明地看小说追剧有之，和好友四处晃荡有之，赖在我妈家混吃混喝有之……这一年冬至，我又吃到了婆婆专为我一人包的素饺子，她的腿还有点小麻烦，但不影响她爱家人，我妈也在早些日子恢复了健康。这一年圣诞节，儿子接连画了几张圣诞美图，虽画面凌乱，却画风突显，我坐在沙发上反复看那几张画，感觉那清冷冷的冬日里似有春草拔节的细微声响……

这一年，家里的花草成倍地增长，我并不善于打理这些柔弱的小生命，却喜欢看它们在阳光里、暮色里欢欣地绽颜，也就默许了丈夫时不时地抱花草回来。这一年，有些人越走越近，有些人却走着走着就不见了，我不得不一次次地回头，还好，我安放在心之柔软处的人一直都在……

这一年，也许步履踉跄，也许生活散乱无章，但它就要成

为过去了，始终相信留在记忆里的都是美好的。三两天之后，
我也要慢悠悠地说一句：2020年过去了，我很怀念它。

庚子暮岁于小城黄陵

第五辑　约定

约定

　　暮秋，一场冷雨之后，伴着枯叶滑落的弧线缓缓地坠入桥山深处，连同那清越的朗润的鸟鸣也遁了影踪。

　　一夜好眠，醒来就见橙色的阳光爬满窗棂。欣欣然，铺开素纸，想写下花开雨柔，或是叶落雁飞……提笔的瞬间，不禁莞尔，终究是小女子，写不出辽阔的疆土和丰腴的水草喂养出的壮硕的马匹……

　　幸好，我的软肋，以及我的喜和悲，你都懂！就像我说风烟俱净，说删繁就简，你就知道该是冬天了；而我说欢喜说小确幸，你就明白我是爱着这个世界、爱着你的……

　　十年，有暖有寒。你像一株植物，缓慢而坚定地生长成葱茏的景致。我也从最初的慌乱刻意渐渐成长为安然恬淡的自己。十年，亦短亦长。说起你，我总是满眼星辰。你的疼，我也感同身受，譬如那半卷残笺再也无人续写；譬如斯人渐行渐

远……可又有什么关系呢？就如我深信，只要你还在，夏荷终会成为我眼中的明媚！

这个万物凋零的早晨，因为你，我竟嗅到了草木新生的气息。索性，闭目颔首，以爱的名义约定，下个十年，下下个十年……你我依然，可好？

己亥初冬于古城西安

窗外，一棵树

　　无风，无雨，也无人往来的夏日的午后，我独拥一室静默，安然如莲地看五月灼灼的阳光席卷窗外的世界；看对面墙上一抹新绿在这葱茏的季节里，忽而精神抖擞地奋发向上，忽而神情恹恹地蜷成一团；看高过楼层的那棵老树在荏苒的时光中安之若素……

　　窗外的景致不经意间让我感觉这个寂寥冗长的午后竟是这样的活色生香。索性，抛开手头的工作，搬来木椅，与倾城的日光和寂静的时光对坐。

　　当我真正安静下来时，发现刚才还在地板上闪闪烁烁的几方阳光此刻全部挪到了楼道上，致使门外那本就逼仄的空间热浪四溢。我甚至能听到阳光直射在楼道外面那几扇玻璃窗上发出哧哧的声响，以及裸露在阳光中的那些生命无奈却又有些不甘心的嘈杂声。而窗外那棵老树却像陷入了久远的回忆中，或

是在某场长梦中沉睡不醒，它安静依旧，沉默依旧，让我蓦地想起洛夫那句："众荷喧哗，而你是挨我最近，最静，最最温婉的一朵。"

老树是一棵柏树。这方院落里有大大小小的柏树十余株，不同的是其他的树是三三两两地站成一条直线，它们树干笔直、树叶繁茂，树龄在几年到几十年之间。唯有这棵老树孤零零地斜倚在这栋四层小楼的旁边，树身斑驳、树叶稀落，而且有些枝干多年不长叶子。我无从考证这棵老树以这样的姿势站立了多少年，我也不知道它是人为栽植，还是鸟雀或是风儿无意间丢下的种子。但我知道，不管季节如何更替，无论时光如何变迁，老树上那些浅绿的柏朵始终不悲不喜不急不缓地兀自生长兀自零落。我也知道老树上那好多年都不曾萌发绿意的枝丫，它们并未枯死，而是就那样晨晨昏昏地保持着或是苍凉或是豪气冲天的姿势伫立在光影流年中。

让我万般庆幸的是无论是从家里的窗户望出去，还是从办公室的窗户望出去，最先映入眼帘的就是这棵老树。我常常会在拉开儿子房间窗帘的瞬间、在做饭的间隙，或是在办公室无所事事的时候，默默地凝望一眼这棵老树。我想，老树也一定在不动声色地观望办公楼里出出进进的人和居民楼里晃动的大大小小的身影吧。就如简媜所言：总有回家的人，总有离岸的船。这么多年，无论办公楼，还是居民楼，都有好几茬人离开了，也有好几茬人进来了，想来老树早已习惯了分分合合，不知它会不会偶尔想起某扇窗户后面的某双眼睛？呵，原谅我总是不由自主地把这棵老树想象成生命旅途中不可或缺的朋友。

日薄西山时，院子里会飞来成群成群的鸟雀，它们围着老树飞起，落下，追逐，嬉戏，洒下满院如洗的鸣叫。吃过晚饭的人们会唤上爱人领着娇儿，带了收音机、羽毛球、学步车等，在小院里听一曲老戏，看孩子蹒跚学步，或是挥汗如雨地打一场羽毛球。风起时，黄帝陵上那沉闷的钟声也会穿过城市的繁华咚咚而来。让人感觉这方院落不仅是一首绝美的诗，还有着淡淡的禅意。想来，那伫立在暮色中的老树也一定有着柔情几许吧。

老树寂寞吗？我想有时候是有一点的。某个有月亮的夜晚，我被街上的刹车声惊醒，起身去厨房倒水时，瞥见绝美的月华中孤独站立的老树，那一刻感觉它是那样的苍老，那样的落寞……此后的梦里，我偶尔会听到窸窣作响的树叶声，我知道老树从来不会发出任何声响，但那细碎的声音却分明来自老树……

此生，做一个安静的女子，如老树一样在风中站成一种倔强的姿势。

　　　　　　癸巳仲夏于桥山之麓

老街

卫生巡查区在东门口——小城一条相对落后的街道。

一条破败的水泥路两边是老旧的参差不齐的建筑，有一溜排开的小平房，有两三层的小楼，有突兀的泥坯房，更有年代久远的装有小格子窗双扇门的土窑洞，被遗忘了般寂寂地伫立在幽幽的小巷深处。

杂乱的旧家具回收店、破旧的玻璃店、低档次装潢的窗帘店和好几个不曾有任何装潢的家具店，以及牙科诊所、缝纫店、殡葬店、小商品便利店和烧饼屋等散乱地聚集于此，甚至还有个让人感觉一下子回到了从前的铁业社……

无疑，老街也算是商业街了，但这里的生活明显放慢了步子。在老街上穿行，目之所及皆刻满了时光的印记，让人恍惚感觉回到了20世纪八九十年代。但毕竟是商业街，老街每日都有顾客或闲杂人员往来，有几条脏兮兮的狗或群居或独处，有车辆来来去去，加之店家和住户，所以这里并不显落寞，也不显萧条。

老街的生意人，无论男女，脸上都写着恬淡和祥和，每日有银子进账也好，没有银子进账也罢，皆是一副悠然闲散的样子，仿佛生意于他们来说，只是每日的那杯淡茶，品之则润丹田逸神情；不饮，也不觉得缺了什么。老街的男人们喜欢下棋，在老树下置一方桌，几张小凳，或是干脆倚着老树席地而坐，将那张旧旧的棋盘铺开，棋子摆放到位后，一场楚河汉界之争便有了端倪。起初是两个人的"单打独斗"，后来就成为里里外外几层人的"金戈铁马"了。这时，棋就越战越酣了。这时，往往会忘记谁才是最初的棋手。这时，常常会为某个棋子的走向而发生争执。这时，若恰巧遇上吃饭买东西这档子事，一般是不搭理的……老街的女人们喜欢三五成群地坐在一起高谈阔论，婆婆媳妇间的小磕碰、街头巷尾的八卦以及国内外时事，都被津津乐道，甚至无限放大。老街牙牙学语的小孩子们则喜欢一家挨一家地晃悠，在这家喝口稀饭，去那家吃口馒头，高兴了仰起头甜甜地唤声妈妈，不乐意了吃一口或扫一眼，就转身摇晃着走了。

老街，最美好最其乐融融的时光当属薄暮至月上梢头了。这时，男人们的棋战早已结束，晚饭也都吃过了，女人们也陆续收拾妥当了，孩子们的作业也都差不多完成了。于是，男人们三个一簇五个一堆，就着款款而来的暮色，就着或冷或暖的晚风，聊天、说笑，用一支烟的时间，将一壶浓茶喝到寡淡。暮色里的女人们是安静的，她们要么端了盆子清洗一家子的衣物；要么散坐在男人周边，一声不吭地听男人们神侃；要么洗了手帮烧饼屋包包子，或是抱起身边趔趔趄趄而过的孩子，即使偶有言语，也会被男人们的说笑声淹没。暮色里的孩子们都如鸟雀般活跃，大的小的，各自为营，忽而黏在一起笑得东倒西歪，忽而又有了点小摩擦阴着一张小脸偎在大人身边……

老街的风土人情，早在十几年前就了然于心了。公公还在上班，夫家兄弟还在上学时，婆婆就租住在老街，给一家人做饭的同时，还经营着一个小百货门市和一个殡葬用品店。公公退休后，老两口继续在老街生活，公公张罗小百货门市，婆婆一边打理殡葬店，一边给已经上班的夫家兄弟和陆续进门的儿媳们做饭。至今记得，当年我作为准媳妇被夫领进这条在当时还算红火的老街时，正在巷口下棋的几个男人和围坐在老树下的几个女人像士兵得到命令一样，目光齐刷刷地射向我，窘得我瞬间乱了方寸……那年，从一拨一拨人的注目礼和评头论足，到男人们点头微笑，女人们嘘寒问暖，孩子们欣然接受，短短两三个月时间竟让我感觉似几年般漫长。幸好，有夫不离左右，有婆婆笑盈盈地迎进送出，我终是经受住了"考验"，顺利融入并成为老街的一员。当然，老街所有的准媳妇准女婿都要接受如此"礼遇"。和老街所有的小孩子一样，儿子也是在备受关注中孕育、出生，在老街乡亲们别样的宠溺中学会说话、走路的……

儿子上学后，我的生活变得越来越忙碌，虽然家离老街不远，却很少再回这里。从没想过，再次与老街长时间相聚竟是每周一次的卫生巡查。十几年过去了，老街的一些店面已不是旧时模样，好几家店主、住户几易其人，公公婆婆也早在十三四年前就将家安置在了别处。而当年在街口用"挑剔"的目光迎接我的人中有几位已经长眠于地下了，儿子这一代人也已是十五六岁的青葱少年了……但不变的是老街人与人之间的坦诚、热忱和心无隔阂，还有那不急不躁、无忧无虑的慢生活。再次回到老街，感觉一切都熟悉依旧亲切依旧，仿佛从来不曾离开过。前些年，婆婆更是无视自己本就糟糕的身体，无视公公和夫家兄弟的百般阻挠，每日早出晚归地在老街再次打理起殡葬店。婆婆说，来回奔波是辛苦了点，但有老街老树老姐妹和熟悉的过往陪伴，就不觉得日子漫长了……

老街，如同生命中的故人，虽不曾时时想起，却也从未忘记过。这些年，小城的变化可谓日新月异，消失的，留下的；拆迁的，崛起的，时常让人感觉熟悉却又陌生。也许用不了多少时日，老街也将成为记忆中的遥远。感谢她，给过我一段岁月静好的日子……

丙申暮春于小城黄陵

花，各自芬芳

后来，就算一次次踏上返乡的征程，就算一次次走在曾经走过无数次的故乡的田间小路上，可还是感觉故乡离我越来越远。

炊烟、麦垛、秋千、涝池，当这些关于故乡的最鲜活最生动的记忆，相继被岁月蹉跎成某种模糊的似有若无的存在时，忽然想不起故乡最初的样子。唯有山峁上、沟渠中、小路边、田野里，那些细碎的缤纷的可人的花朵，整日整夜在我心头摇曳着晃动着，拼凑起一个又一个童话般的故乡。

婆婆丁

故乡的日子是从春天开始的。

阳洼里土墙下的石碾和石磨上还残留着碾谷子磨豆腐的

年的味道，橙色的阳光就跃上了村口老槐树的树梢，几个轻灵灵的闪身，故乡的春天便呼啦啦地掀开了帷幕。东头的山、南头的河、西头的麦田、北头闲置了一冬的荒原和一条贯穿村里村外的石子小路，以及十几户土围墙砖窑洞双扇门格子窗的屋舍、几条曲曲折折的巷道都哐哧哐哧地从冬的禁锢中争先恐后地蹦出来，欣欣然地张望、打量、浅笑，互道一声：可好……

　　沉闷了一个冬天的碥畔上、田野里、小河边、山脚下、大树旁，有轻的重的、急促的缓慢的、欢快的沉稳的走路声纷至沓来。婆婆丁就在这些人的、牛的、羊的以及小狗小鸡小鸟的，还有风和阳光的走路声中苏醒、萌芽、拱土、冒尖、展叶……这些生长在荒原阡陌或是巷间场院的婆婆丁和故乡的山水一样，无所谓懂得，也无关风月，它们随意随性。不想开花时，就慵懒地伸出三五片叶子闲闲散散地躺在一隅，听风听雨听时光；想开花了，有时叶子还没怎么张开，就抽出一支细细长长的紫红色花茎，高高地擎起一朵黄灿灿的花儿，如衣着朴素眼神纯净的农家小姑娘，几分新奇几分拘谨地在阳光下在风雨里眺望；想去寻找诗和远方了，就匆匆合拢花朵，在刚刚开过花的茎上结出一个白色的茸球，风过时，茸球散开成一柄柄降落伞，晃晃悠悠地去了不知名的远方；若是累了倦了不想游荡了，小茸伞就慢悠悠地降落，它们遇土即生……

　　就这样，展叶、开花、结子、新生，接连不断，一时间，故乡的山山岇岇沟沟畔畔到处都绽放着婆婆丁不起眼却很明媚的金黄色的花朵。农家的日子，就在婆婆丁细细碎碎的花开声中一寸寸地鲜活生动起来。和绝大多数花儿不同的是，婆婆丁不只是生长在风柔雨润的春天，烈日炎炎的夏天和淫雨霏霏的秋天，它们也安守一隅，用一片叶、一朵花或者一柄茸伞，阅读故乡的日月和山川，甚至有时初冬在向阳的墙根下，也可以看到一两棵婆婆丁顽强而倔强地生长着。婆婆丁开花时花茎里会有纯白色的黏稠汁液，一旦结出茸球，黏液就没有了。小时候，因为那些黏液，不大搭理婆婆丁的花朵，却非常喜欢那些蓬蓬勃勃的茸球，常常会小心翼翼地拦腰折下花茎，在嘴边轻轻一吹，十几柄茸伞便四散而去……

那时候，小小的心也蓬蓬勃勃，常常幻想乘着婆婆丁的茸伞去看外面的世界。不曾想第一个走出故乡的人竟是同桌树的母亲马婶。那是个有风的秋日的午后，一向很严厉的女老师突然叫树出去，她在教室门口拍了拍树的肩膀，又俯身在树的耳边说了几句话，树撒腿就跑出了学校。再回来时，树哭红了眼睛，他立在校门口的土墙下，抽噎着不肯进教室，风吹得他的衣角上上下下地翻飞，婆婆丁的几柄茸伞在他的头上肩上飞飞停停……放学回家后才知道，一年前刚刚失去父亲的树，那天又"失去"了母亲。那个日薄西山的午后，透过小小的格子窗，望着院子里那些缤纷的小茸伞，我懵懂地意识到，所谓看世界，还有着深深的疼痛……

树家和我家一样，是从陕北的最北边逃难落户到陕北最南边这个小村庄的。这个有着五个半大不小的儿子和一个待嫁的女儿的八口之家的日子和村里绝大多数人家一样举步维艰，但不管日子如何艰辛清苦，农家的汉子和婆姨都有一颗坚强乐观的心。树的父亲李叔是个擀毡匠，那些年常常能看到他边擀毡边扯开嗓子唱陕北民歌。马婶更是直率爽朗，常常人未到声先至。在婆婆丁的几度开落间，李叔箍了几孔窑洞，出嫁了女儿，给大儿子娶了媳妇，因病殁了一个已经十几岁的儿子。后来李叔患上肺癌，前后也就个把月时间便撒手人寰。记得李叔下葬时，是个寒霜漫天的深秋。那天早上，背着书包去学校，就看到家家门口都点起一堆柴火，袅袅烟雾中不时飘飞起三五朵婆婆丁的小茸伞，加之不远处树家撕心裂肺的恸哭声和身着缟素出出进进的人，让小小的我内心也充满了浓浓的哀伤……爹没了，还有娘可以支撑起一片天。那一年，马婶最小的孩子树仍然是上树掏雀下河抓蟹见猪就撵见狗就打笑起来浑身摇摆的调皮捣蛋的孩子王。娘也走了之后，树的世界一下子倒塌了——缺衣、少吃、辍学、被兄嫂恶语相向，越来越沉默的树如婆婆丁的小茸伞，孤苦伶仃地飘荡在同样苦难重重的乡村的土地上……

而我，终是在婆婆丁的开落间，去了所谓的远方。自此，关于树和马婶的故事，皆为放寒暑假或是后来回娘家时，从父母和邻里的言谈中略知一二。据说，最初的几年里，每到冬月或是开春，马婶就会偕她后来的丈夫刘叔肩扛手提地带回粮食、衣物和钱。但是儿子们只留吃的用的和花的，绝不肯容纳后爹，也冷眼对待娘亲。后来马婶有好几年都不曾回来，但那写满爱的沉甸甸的包裹每年都会如期而至。再后来，马婶有过几次只身而回。她买来砖瓦，给二儿子和三儿子箍了窑洞，娶了媳妇，栽了果树，三个大孩子的光景逐渐有了起色后，马婶带走了树。树再回来时，已是拖家带口，他不仅带回了妻子和两个孩子，还带回了居家过日子应有的家具灶具，并顺带拉回了后爹的二十六只大肥羊（几年前，马婶已经把钱寄给树的哥哥们，让他们帮树箍起了窑洞，栽上了果树）。只是，早在二十多年前，故乡的果园已形成气候，家家的日子都过得红红火火的，唯有树的果树尚在幼树期，所以他现在是我们村的贫困户，也是马婶这一生都放不下的牵挂。

前年年初，我在村口遇见马婶，已年逾八旬的她看起来依然精神矍铄劲头十足。母亲说，马婶回来已经有三四年了。因为移民搬迁，村里的土地被县上征用，马婶是被儿子们强行接回来，以备村上分钱的（按人口分钱）。据说，当时树的后爹已瘫痪且双目失明，他唯一的儿子又常年浪子一样在外漂泊，被接回来的马婶是提着一颗心度日的。村上的钱迟迟分不到人，马婶也就迟迟回不到刘叔身边。再次遇见马婶，是去年初夏，只见她目光呆滞步履蹒跚地行走在一大片盛开着婆婆丁的地垄上，不禁感叹这个有故事的女人终是老了。后来才知道，就在几个月前，远在几千里之外的刘叔去世了，而马婶自被接回来就再也没能回到刘叔身边……

写这些文字时，是早春。恍恍惚惚间，总是感觉脑海里有婆婆丁细细碎碎的花开声，眼前也不时有蓬蓬勃勃的小茸伞飞飞停停。村上春树说，一直以为，人是慢慢变老的，其实不是，人是一瞬间变老的。遭遇过丧子丧夫之痛的马婶，万般无奈丢下骨肉远走他乡的马婶，被孩子伤得体无完肤的马婶，伤了痛了心疼了就去李叔的坟头大哭一场后继续该干吗就干吗的马婶，没有了刘叔坚强的爱的支撑，再也不能如往常那样铿锵行走了，但她还得顽强地活着，因为自己那笔养老钱和军属补贴金（马婶的父亲是老红军）为数不少，正好可以帮衬小儿子树……

婆婆丁，又名蒲公英。花语：停不了的爱。呵，停不了的爱……

打碗碗花

故乡的夏天，透亮而不失张扬。

通往村外的那条石子小路两边的杨树的叶子细腻而有质感，阳光穿过枝丫，洒落在绿汪汪的叶片上，泛起层层金光。绕村而过的小河的水清冽而甘甜，河边的水草柔柔软软地在浅风中晃来晃去。河中游来游去的小蝌蚪、张牙舞爪的小螃蟹和两三尾周身黑亮的小鱼，以及满村庄飞飞停停的蝴蝶、蜻蜓，还有父亲从麦田端回来的鸟窝中那几枚彩色的鸟蛋，以及母亲菜园里那提着灯笼飞来飞去的萤火虫，将童年的日子装点得鲜活生动。

一声惊雷，一场夏雨，门前的涝池就涨满了水。一向稳重的老牛踢踏踏踏地上前饮水时，蓦地看到水中自己的影子，禁不住打了个响鼻，转身离开时步子轻快了许多。星斗满天时，涝池里和草丛中的声声蛙鸣将夏夜唱得悠悠扬扬。还有蟋蟀、蚂蚱、蝉，以及场院里从来就没有听懂过的折子戏……在这所有生命都抢占时机展现自我的季节里，打碗碗花静择一隅，扎根、吐芽、展叶、开花，它的茎匍匐于地，叶子小而呈戟形，小喇叭状的花朵白色中透着些粉色。远远望去，似不染纤尘的仙子不小心弄丢的一方素帕，近看又似一柄柄颜色淡雅的小花伞。打碗碗花主要生长在地垄边、土墙下、杂草中，有时下过雨后的牛蹄印里也会长出一丛葱郁的打碗碗花。只是，这般素雅的花朵，在故乡红得艳丽黄得炫目绿得浓厚的夏天，实在引不起过多的关注。

　　小时候，之所以将目光从耀眼夺目的大丽花、月季花、指甲花、马茹子花和山丹丹花转向毫不起眼的打碗碗花，是因为耳边常有人说，折了打碗碗花，吃饭时就会打了手中的碗。几番犹豫几番挣扎后，我终是悄悄地折了一朵打碗碗花，把玩到花蔫了才匆匆扔了回家。吃饭的时候，心提到了嗓子眼，非常害怕手中好端端的碗突然掉落。惶恐不安地吃完饭，碗却安然无恙。不禁替打碗碗花鸣不平，纯属诬陷嘛！后来，每每遇见打碗碗花，就会自言自语地念叨：打碗碗花不打碗。

　　可是后来的某个夏天，邻家姐姐紫玉在帮我们编了一个缀满打碗碗花的花环后回家吃饭时，将一个碎花瓷碗打得四分五裂。记得那是个燥热难耐的晌午，吃完饭的父亲躺在靠窗的炕头上小憩，母亲在灶前忙着洗涮，我则坐在门槛上仰望万里无云的天空，直看得自己头晕目眩。紫玉的妹妹小玉惊慌失措地跑进我家时，我也全然不知。待父亲、母亲和小玉一起往出跑时，我才回过神来，赶紧起身跟在他们后面跑进邻居家。就见饭撒了一地，瓷碗的一个碎片都蹦到屋外了。紫玉姐姐躺在地上，口吐白沫全身抽搐，刘叔和刘婶都吓蒙了，浑身软得抱不起自己十三四岁的女儿。父亲帮着把紫玉姐姐扶上炕，母亲帮着收拾地。紫玉姐姐被掐人中、灌凉白开、用湿毛巾擦拭后，方才慢慢醒了。只是母亲将那个瓷碗的碎片倒在了刘叔家大门外面的墙根下，此后多日，刘叔刘婶都未曾清理。我每每上学放学或出去玩耍回家时，总是一眼就能瞥见那些瓷片，也就着魔了似的在内心反复纠缠：打碗碗花打碗？打碗碗花不打碗？某个夜里，我竟然梦到自己拼命地奔跑在荒无人烟的原野里，四周不断有打碗碗花冒出，接着长满那些小喇叭一样花朵的原野变成了童话故事里老巫婆那终日冒着泡泡的沼泽地，我不断地下陷，下陷……

毫无疑问，我被吓得不轻，但小时候是个孤僻的孩子，伤了痛了害怕了从来都不会告诉大人，唯一的办法就是对打碗碗花敬而远之。可是，越想远远地绕开越感觉打碗碗花就在脚下、在眼前、在梦里，繁盛、繁盛……那时候，故乡时常会晃荡来一个要么用破布片破尼龙袋子把自己裹成粽子似的，要么衣不遮体手提棍子四下乱晃的名叫宝贝的疯子。小小的我很是担心自己会不会也疯掉。事实上，疯掉的不是我，是紫玉姐姐。她隔三岔五就发一次病，碗打了无数，自己也被磕绊得浑身是伤。刘叔刘婶带紫玉姐姐四处求医，结论是羊角风。药片吃了无数，偏方用了无数，紫玉姐姐就是好不起来，而且发病的频率越来越高。初二上了一学期，紫玉姐姐就不得不辍学，她整天被父母带在身边，小孩子一样不敢脱离视线半步。

只是，疾病可以阻止学业，可以限制人身自由，却挡不住爱情。花儿一样的年华里，美丽文静的紫玉姐姐恋爱了，这让刘叔刘婶始料不及。更让他们始料不及的是紫玉姐姐恋上的竟是全村人都嗤之以鼻的张扬。张扬来自省城，个低面黑相貌丑陋，但能说会道。那时，我们村有全县唯一一块果园，因为这块果园，村里时常有外地人往来。但那时父辈们的思想相当保守，儿女的亲事基本就固定在周边较为熟悉的村子。又据说张扬是因为在省城打架被追捕而逃避到我们村的，所以刘叔刘婶根本不愿意紫玉姐姐跟他好，但是他们又实在左右不了说发病就发病的女儿，只能眼睁睁地看着紫玉姐姐"跳入苦海"。没有父母的祝福，没有谈婚论嫁，紫玉姐姐就跟着她的"王子"走出了刘叔刘婶的视线。这一走，就是两年多。没有手机不通电话的两年多，没有地址无法写信的两年多，刘叔刘婶仿佛将故乡的日月和山川都背在了背上，他们低着头弯着腰喘着粗气，一步一步走得艰难又疼痛……

紫玉姐姐再回来时，是个年关，她又临近分娩。故乡以宽容和善的态度接纳了这个失散了几百个日夜的孩子，也和颜悦色地接纳了曾是不速之客的张扬。正月里，紫玉姐姐生了个大胖小子。张扬的父母也及时赶过来，接孙儿回家的同时，给紫玉姐姐和张扬补办了婚礼。说来也怪，在出走的两年多里，紫玉姐姐的病症从来没有发作过，而且此后也再未发作过。如今，年近五十的紫玉姐姐在省城开了一家饰品店，张扬据说在电厂上班，儿子也工作了，他们的小日子过得不仅殷实而且幸福……

走走停停间，我也不再年少。那些打碗碗花所带来的阴霾，也消弭在了风中。在此后渐走渐长大的岁月里，在一次次背井离乡的日子里，在每每被凡尘俗事伤得体无完肤的时刻，那素白柔粉的打碗碗花都会同故乡一起站成我眼中恬淡纯净的风景，如漫漫长夜里那盏温暖的灯火，让我磐石般笃定地相信：岁月静好，现世安稳……

野菊花

故乡的秋天，繁盛与凋零同在。

初秋的时候，故乡的天空湛蓝而高远。几朵浮云，淡如薄纱，随意随性。暖暖的阳光，温润谦和似良人，所到之处，皆镀了一层金光。春日和夏日里的那些红的、粉的、白的、黄的、橙的花朵，在秋日里皆以大的、小的、圆的、长的、单个的、聚拢的果或者籽的形式呈现，那一树树、一颗颗、一个个、一串串、一嘟噜，看起来丰腴而灵动。一场浅雨之后，沉甸甸的谷穗、饱满的向日葵、黄绿色苞衣下金灿灿的玉米棒子、绿油油的青皮核桃、红彤彤的苹果，以及草木尚且葱茏的小山、水声潺潺的小河，都可亲可爱似刚刚学会走路的娇儿，让人不由自主想张开双臂拥抱万物。

秋雨渐渐稠密，秋风一阵紧似一阵时，隔三岔五露脸的阳光就不那么和蔼了。放眼望去，田野、山沟、树林，到处都呈现出沉沉的暮气。加之树叶飘落，草木枯黄，故乡开始一天天清瘦起来。夜里，老屋的窗下有低低的哀哀的虫鸣，隔壁窑洞睡觉的二爷在翻身之际，咳嗽了几声并瓮声瓮气地说：天凉了……天凉了，该枯萎的枯萎了，该离开的离开了，该终结的终结了……在一片萧瑟中，野菊花迎来了属于自己的日子。它们不羡春光，不染凄凉，在阳光里风里雨里霜寒里，如待嫁的新娘，端庄而新奇地打量着眼前的世界。

故乡田间地垄的野菊花喜成堆成簇生长，也有两三株独自生长的。那细细的枝干分出多个枝丫，顶端高高地擎起一朵朵向阳的小小的花朵，黄色和紫色的居多，也有零星的白色，花瓣是单层的，中间有一个微微鼓起的黄色花蕊。小时候，喜欢折一大把野菊花，插在注有清水的小香槟瓶子里，搁在老屋的窗台上，让那经历了"颗粒归仓"之后了无生机的院落有着春的明媚和夏的透亮。也喜欢和小伙伴蹲在阳光下，每人手里举一朵野菊花，高声叫着：黄狗黄狗吃食来，黑狗黑狗撵狼去。然后就看到野菊花的花蕊上有针尖大小的昆虫忙来忙去……

那时候我总是好奇，为何让黄狗来吃食，却让黑狗去撵狼？比我大几岁的云很不以为然，她觉着我幼稚得可以。记得那天她背着手站在阳光下，一本正经地说，我们的脑子应该用来思考人类的问题，譬如，她的红军外公又来了，她是该笑逐颜开呢，还是该置之不理呢？我赶紧说，当然是笑逐颜开呀。她一脸愁容地说，可是母亲不喜欢红军外公呀。我说，那就置之不理吧。她愤愤地说，可是我喜欢红军外公呀。那怎么办？我也被难住了。接下来的几天里，我俩的话题全是围绕云的红军外公展开的，也就忘记了"黄狗和黑狗"的问题……

云有两个外公，一个是当年在周边村赫赫有名的曾被多次批斗的地主外公，一个是带过队伍打过仗当过将军后来任某市领导的红军外公。两个外公都对云家好得不得了。那时，地主外公常常给云家送来白面大米和菜油等生活用品，红军外公则送来缝纫机、自行车和手表等现代化设备。我们都很羡慕云。但是云的母亲莲婶只疼地主爹，不大搭理红军爹，也不允许家人对红军爹热情。某次回娘家，听来家里串门的莲婶对我母亲说，对于红军爹，自己心里一直有个坎，怎么努力都迈不过去。那时，刚为人母的我，初尝人生的酸甜苦辣，还不太懂得所谓的坎……

母亲说莲婶是在母腹时，被她的母亲带到后爹家的，同去的还有莲婶三四岁的姐姐。据说此前，莲婶的亲爹常常几年里没有任何消息，偶尔回来待三五天，说不准哪个夜里又没了影踪。那时，没人知道莲婶的亲爹究竟干什么营生。莲婶除了有个年幼的姐姐，还有个七八岁的哥哥。家里没有劳力，还有几张口要吃饭，爷爷奶奶和莲婶的叔婶们很不待见莲婶母亲，重活累活都是莲婶母亲的，干不完就打。小小的哥哥，也承担着放牛劈柴挖药材等活计。为了孩子，莲婶的母亲一忍再忍，但是唯一的儿子却在挖药材时坠崖身亡了。这个身怀六甲的女人彻底绝望了，她愤然离家改嫁。后爹家日子殷实，就是年龄大了点，他对莲婶的姐姐和在自己家出生的莲婶视同己出。亲爹找上门来时，莲婶已十来岁了。这个倔强的小丫头，坚决不叫亲爹一声爸爸，亲爹来看她们姐妹时，她也常常躲出去不愿回家，更别说答应跟当了大官的亲爹去生活了。所以后来跟着亲爹走了的莲婶的姐姐家是洋房庭院花草鱼鸟的城里生活，莲婶家则是窑洞土墙鸡飞狗跳的农家日子……

　　莲婶说，她不后悔自己的选择。她也不恨亲爹，那些年亲爹有自己的难处，但是她也爱不起来亲爹。莲婶说，她永远都记得那次自己慌慌张张地跑回家，看到刚刚被批斗后放回来的后爹没精打采地坐在窑洞的角落里，亲爹一身戎装意气风发地跨进门时，后爹那淤青的双眼里满满的怯懦和恐惧，那一刻，她恨不得自己能生出双翼保护后爹……也是从那一刻起，她感觉自己和亲爹之间竖起了一道无形的坎，自己迈不过去，也不让亲爹靠过来……

　　莲婶长我母亲几岁，那年她毫无征兆却永远地睡过去了。母亲打来电话时，我正在电脑上给上小学的儿子搜集野菊花的知识，就顺便给他讲了"黄狗和黑狗"的故事。儿子眨巴着眼

睛好奇地问我：为什么让黄狗吃食，让黑狗撵狼？是啊，为什么呢？答案依然不得而知。但那生长在故乡广袤的大地上的野菊花和那传说中的"黄狗和黑狗"的故事却始终活在我童年的记忆中，活在那些早已泛黄却每每想起就会感觉清风徐来的日子里。我也终是明白了，每个人心里都有个潮湿隐蔽的角落，自己走不出来，别人也进不去……

菅芒花

故乡的冬天，空旷而辽远。

从春种一粒粟到秋收万颗子，农家儿女踏踏实实地度过了大半年繁盛也繁忙的时光，接下来的整个冬月，故乡的日子简单而宁静。

那山川、河流、树木、田野，以及窑面上挂着的成串成串的辣椒、玉米棒子，窗台下面成堆成堆的南瓜、土豆和场院上的麦垛，都如画上去一般，静谧安然。而那偶尔误入的一两柄婆婆丁的小茸伞、那袅袅的炊烟和那一两只停落在树梢上的长尾巴大鸟，以及土墙下晒太阳唠嗑的乡亲、将军般神气踱步的大红公鸡、较之其他季节乖巧了许多的小黄狗，又给这个安静的季节平添了几许灵动几许悠然……

一场大风之后，寒霜像樱花一样簌簌而下，那些裸露的土地和来不及清理的秸秆看起来如落魄的旅人，让人心生几分怜悯几分痛惜。故乡，也就在这冬的严寒里越来越消瘦了。一场雪之后，树木、电线、烟囱、石碾、栅栏，毛茸茸的，憨态可掬，远远望去，大雪覆盖下的故乡如青衣白衫的男子，清爽、淡然，让人魂牵梦萦。冬日里，故乡让人魂牵梦萦的还有菅芒花。那些形如长剑色如银线，摇曳在阳光中、风中、霜中、雪中的菅芒花不畏冬的严寒，在故乡的山坡上、小河边、道路旁、荒地里，站成唐宋诗词般绝美的风景。

菅芒花，生长于春夏，花开于秋冬。生命力极强，繁殖速度惊人。可由一簇一丛一片，蔓延至满山满坡，恍若苍苍茫茫的海洋，在故乡的土地上蜿蜒逶迤，随风起伏。尤其夕阳西下时，落日的余晖洒满山坡，大片大片的菅芒花犹如金色的殿堂，光芒四射地伫立在冬日美丽如童话般的故乡……可是，不知为何，每次看到起起伏伏的菅芒花，我心中都会生出无限的苍茫之感……

"蒹葭苍苍，白露为霜。所谓伊人，在水一方。"若将菅芒花与故乡那些披星戴月荷锄的女人相对应，鸢婶再合适不过了。这个初看眼神单纯无辜，再看故事丰盈的美丽如年画上的女人和她怀中娇柔的女婴一出现就犹如给平静的水面上突然投进了一颗石子，一时间让我那小小的村庄亢奋不已。但是很长一段时间，鸢婶都对那些热烈的狂妄的嫉妒的猜疑的眼神置若

273

罔闻，她像被封印了一般，安静地蛰居在故乡一方废弃的院落里。那些有所企图的和喜欢嚼舌头根的，得不到回应，也就失去了兴趣，于是故乡又恢复了往日的平静。只是，这种所谓的平静并没有维持多久，故乡再次炸裂般兴奋起来——刘爷的独子桓叔死活要娶这个来路不明的带有孩子的女人。桓叔的父母哭也哭了闹也闹了，就是没能改变结局……

桓叔和鸢婶的日子起初也是甜蜜和幸福的。他们婚后一年就生了对龙凤胎，虽然没过满月女儿就夭折了，但是儿子虎头虎脑的，很讨爷爷奶奶欢喜，曾经的那些不快也就烟消云散了。两年后，鸢婶又生了个儿子。在小儿子大概两岁多时，桓叔驾驶着自家的四轮车，拉着鸢婶和两个儿子去赶集，回来的路上，四轮车翻下十几米深的沟里，大儿子当场身亡，小儿子和桓叔伤势严重几度抢救，蹊跷的是鸢婶毫发未伤，有人说鸢婶根本就没有坠入深沟，还有人说那也许不是场车祸……林林总总，纷纷扰扰，但是鸢婶终是没有离开车祸后腿脚残疾的桓叔。当然，此后的鸢婶又成了那个神秘的女人，她三天两头就没了影踪，关于她的故事也似雨后春笋般层出不穷。可是不管鸢婶走多久，再回来时，桓叔依旧等在原地。这么看来，也许说桓叔从未离开过鸢婶更确切些。再后来，鸢婶将女儿、儿子和桓叔一起带走了。因为和桓叔家有点亲戚关系，前年在一场婚礼上再次邂逅鸢婶和桓叔。隔着嘈杂的人群和灯光杯影望过去，感觉平静如一泓春水的鸢婶眼里溢满了落寞和苍茫，蓦地想起《武林外传》里无双那句：可能有些人，血里有风，天生就注定漂泊……

林清玄说菅芒花是南方可以预约的雪。不知，人生可不可以预约？如果可以，已是年过半百的鸢婶和桓叔下辈子还会预约遇见彼此吗？这人生的列车走走停停，路过的风景遇见的人，谁把谁当真？谁是谁的谁？有时感觉内心似铜墙铁壁坚不可摧，有时又感觉柔软如水不盈一握。但是不管强大还是弱小，始终有一片苍茫的菅芒花根植于心间，让我在走过千山万水，历经百折千回之后，仍然可以简单如初……

"心里有光，岁月无伤。"故乡的一花一草，滋养了我内心的温软。虽然有些花草，我始终叫不出它们的名字，但不妨碍那久违的亲切和柔软。我愿意倾尽笔墨，为故乡那些安静生长的花草，热切而从容地写下每一个字……

戊戌初夏于村庄

秋走小城

立秋之后，小城下了一场透雨，并且几个昼夜雨势似乎不曾减弱过。加之风的呼啸，燥热终是消失殆尽，些许清冷弥散开来。

迫不及待地换上秋装，去亲近桥山沮水。

饱经雨水洗涤的秋阳，温而不燥，如含情脉脉的恋人万般宠溺地俯瞰苍生。一缕轻风如婴儿纤弱的小手若有若无地抚过脸庞。桥山、沮水、楼阁、亭榭，就那么神清气爽地映入眼帘。还有路边零零散散的野菊、空中偶尔飘飞的落叶、车窗上一闪即逝的光影、路人眉里眼里的喜悦……眼前的秋清爽、淡然、悠远，不由得心生欢喜，脚步也瞬间轻快了许多。

印池周边的部分乔木叶子已经泛黄，却活泼泼的，一如往日傲立枝头般灿烂。柏、松和冬青虽依然苍绿，却透着一种沉淀下来的老练，比之其他三季，尤显浓郁。湖滨公园旁边那片草坪略微泛起一层浅黄，几朵初绽的野菊点缀其间，逗引着几只蝴蝶久久不肯离去。放眼望去，点点金黄，片片浓绿，就那么洋洋洒洒、大大方方地涌入眼帘，不禁感叹秋就是那挥毫泼墨的大师，那黄那绿、那山那水、那阁那榭就是巨幅流动的水墨丹青……

头顶的天空湛蓝宁静，几朵浮云时而聚集，时而分散，如丰衣足食的长者，悠然、淡定，随意、随性。一群南归的大雁，列队码字，几步一回头，天上人间，一路雁鸣。脚下窄窄长长的石径旁边聚拢着一些大大小小的枯叶，信步踱去，叶子在足底发出沙沙的声响，如春蚕在暗夜里探着身子蠕动，又如母亲唇齿间吟唱的歌谣。就这样一路走去，未到尽头，人已浅醉。

沮水就像初秋的风一样明澈，那每到薄暮或落雨时分，桥山、沮水周边弥散而起的淡淡雾气，总会让人情不自禁地将视线投入碧波粼粼的河水中，看是否有伊人宛在水中央。加之那淡淡的桂香、登高的茱萸、待飞的蒲公英、清脆的鸽哨，甚至女子敞开的衣橱、男子飙车的狂野，以及冒着热气的咖啡杯、纸质泛黄的旧杂志……秋天，就是这样一个诗意且充实的季节。它饱经了春草的蓬勃与夏花的繁盛，在澹澹的秋光中，安静地回归成一株清香淡雅的菊，或是一片脉络分明的叶，或是一弯静谧高远的月……

沮水河畔住着一些人家，最前面那排院落外面散种的几株向日葵已没了往日的蓬勃和朝气，枯萎得如同将要坐化的高僧，袈裟黯然无色破败不堪。窑面上挂起的成串成串的红辣椒和玉米棒子，却犹如不灭的火种，在满院衰败的枝枝蔓蔓间燃起生命的希望。秋天，就是这样一个凋零与收获并存的季节。那萧萧落叶，那累累硕果，总是将人的思绪拉得悠远更悠远……

　　小城今秋的雨却另有一番韵味。初起时就万箭齐发，注脚密集，声势铿锵，像陕北猜拳行令、大碗喝酒的汉子般豪爽。夜里会稍稍减弱声势，但黎明时分又变得性急起来。躲在楼阁亭榭里听秋雨漫步陕北，就如听说书人的三弦声，时急时缓，时亢奋时幽怨，享受中难免平添几分秋愁。不如倚窗看雨，看千条万条的流苏从天空扯下来，倏忽间便没入柏林深处没了影踪，看千朵万朵的雨花在沮水和印池中欢快地旖旎。如果性致极高，不妨撑一柄伞去雨中走走，只是这般雨势，任你千般婉约，万般惆怅，也走不出诗人笔下悠长又寂寥的雨巷，不如伴一帘雨声，约三五知己，把酒东篱，将楼下湿漉漉的青苔浅酌成栈边金灿灿的野菊……

　　小城的秋一直都是这个样子，雨朗、云淡，风清澈、水涓涓，芭蕉催红吐绿。但多年以前，读秋，却不是此番况味。

　　那时少不更事，偏偏又喜欢为赋新词强说愁，加之骨子里还有一抹林妹妹般的怜花惜叶，故彼时的秋在我眼里皆是落花飞絮，水瘦山苍茫，萧瑟亦颓废。

初为人妻，为人母，虽说少了一些不切实际的浪漫，但却因初涉尘世烟火，不仅手忙脚乱，而且身心皆累。季节，于我来说就如日复一日的柴米油盐，说不上喜欢，也没理由不喜欢。但是心里，对秋依然有种惴惴不安的感觉。害怕在秋雨敲窗中怅然醒来，害怕看到满地满地的残花落叶，更有"一朝春尽红颜老，花落人亡两不知"的惆怅……

走走停停间，人生已步入浅秋。虽说依然不曾拥有黄河落日般博大的胸襟，但心境却在行走中逐渐趋于平静，不再艳羡春之明媚娇艳，也不因落叶飞花而轻染凄凉。持这样的心境去读秋，自是喜欢上了秋天里的那份恬然与淡定。想起郁达夫那句："秋天，这北国的秋天，若留得住的话，我愿把寿命的三分之二折去，换得一个三分之一的零头。"秋天，自然是留不住的，世间万物都不会为谁停留。那么，这个秋日，不如做一朵自由行走的花，携一米秋阳，觅一缕菊香，吟一阕薄凉，微笑着看秋色在指尖一寸一寸老去……

辛卯清秋于桥山之麓

旧时村庄

小河

村庄西边的山沟里有一条小河。

春来时，绿汪汪的水草倒映在清凌凌的河水里，大大小小的野花繁星一样铺满小河边，河岸上三五棵高大的洋槐树在和暖的阳光中慢慢地更换妆容，不远处那片荒原的蒿草从冒尖到齐腰似乎只需几个日出日落。夏日里，小河中有成群成群活泼的小蝌蚪摆着尾巴游动，有几尾鱼儿缓缓地顺水游去，岸边的石头下面有大大小小的螃蟹藏身，岸上有蝴蝶、蜻蜓扑扇着翅膀，逗引得我们跑来跑去。秋凉时，山洼上有成串成串玛瑙一样红润的酸枣，有山核桃、马茹子、藕李子，有一群群南飞的大雁在小河上空排队码字，有黄绿色的落叶随着河水悠悠地飘荡着去了远方。冬日里，小河周边要多静默有多静默，要多辽远有多辽远，也要多萧瑟有多萧瑟，要多颓败有多颓败，但冬日里的小河却如《诗经》中的女子，不哀，不悲，不幽，不怨，美好而安然地伫立在时光的荒崖中……

那些年，疲于生计的父辈们只在晨曦微露或暮色四合时，匆忙拿起扁担和水桶去沟底挑水，无暇顾及小河及其周边的美景。而整日陀螺一样忙碌的母亲们更是没有任何多余的时间能去沟底看看。至于爷爷奶奶们虽然有时间，也大都因为腿脚不便而很少能下到沟底。倒是我们这帮孩子无论春夏秋冬，有时即便是雨雪天气，也会频频光顾沟底。不只是因为小河那深深的诱惑，更是因为村庄的孩子们自小肩上就有了担子。从六七岁开始上学的那天起，小孩子就会被大孩子领着，每周两次去沟底给老师抬水吃。上学了，也就意味着长大了，家里的用水任务自然会分一些给我们。那时，我们偶尔还给村里的孤寡老人抬水。那时，还有勤工俭学，任务重花样多，而沟底正好是我们的淘宝地：黄芪、甘草、白蒿，以及槐米、槐籽、旧瓶子……

频频光顾沟底的还有牛爷。牛爷不姓牛，他是村里的牛倌，那时大概五十出头。记忆中，牛爷收牛的场面很是壮观。吃过派饭后，牛爷左肩扛着镢头（镢头上还挑着一包中午的干粮），右手提着牛鞭，亢奋而精神抖擞地在村前村后疾步往返，同时伴以洪亮的吆喝声：放牛啦！不多时，全村大大小小二十多头牛便由大人或小孩从四面八方陆续赶到村中集合。牛爷给每头牛都起有名字，这期间他或亲昵或笑嗔地大喊尚有几

步之遥的牛快速归队，而后，牛鞭高高扬起，在华丽丽的一声脆响后，尘土骤起，牛蹄声、牛吼声、牛鞭声和牛爷的吆喝声响遏行云。待到尘土散去，牛爷和牛群已下到半山腰了。薄暮时分，牛爷率领吃饱喝足的牛儿又浩浩荡荡地回了村子，他照样一声吆喝：牛回来喽！牛又一头头地被领回家去。待吃过派饭的牛爷慢悠悠地回到自己家，村庄的夜就渐渐地深了。

据说，牛爷起初也是种庄稼的汉子，有薄田、小家和老婆孩子，有简单幸福的日子。后来，因族里的一些纠纷、疾病，或是家庭琐碎，牛爷的老婆带着孩子决绝地离开了牛爷。自此，牛爷的内心就如他的院落一样，要么荒草丛生，要么空落落不置一物。牛爷为刻意回避村庄白天的明艳和喧闹，就选择了放牛的营生。只是，夜里的孤独和落寞却如冰霜一样深深地冻结在牛爷的眉宇间。

当然，牛爷是喜欢那些与山水牛群结伴的日子的。那时，牛儿在小河边散开：低头吃草饮水的，仰头看天看云的，甩着尾巴驱赶牛虻的，追逐嬉闹的，安静躺卧的。牛爷或是找一处绿茵茵的草甸盘腿而坐，或是在小河里清洗衣衫，或是在简易的山洞里生火做饭，再或者倚靠着老槐树，眼睛直直地望着河底的乱石细沙发呆，有时，牛爷还会扯开嗓子吼几声信天游，还有些时候牛爷会一直仰望头顶那蓝得有些忧郁的天空，望着望着就会泪流满面……我不知道小伙伴们是否撞见过流泪的牛爷，那天，当掉队的我茫然四望时，蓦然看到河边一块大石头上默默流泪的牛爷。他是那么孤独那么感伤却又那么安静那么专注，仿佛原本就是河岸边一尊有着千百年历史的孤独者的雕像。安静落泪的牛爷让我也突然感觉心里似有小小的忧伤涨落，仔细想来，却又不曾懂得该为什么伤心，只好继续低头赶路。

虽然后来还撞见过几次落泪的牛爷，但我却笃定地认为那些属于牛爷的沟底的时光就如小河的流水，明净透彻简单纯粹。而我们这帮闹喳喳的孩子们的加入，又给这方山水增添了些许柔软些许温润和些许烟火的味道。那些年，牛爷常常帮我们盛水、打槐籽、抓蝌蚪，帮我们从小河的湍急处跨过去，他偶尔还会在青石板上给我们烤螃蟹吃，会和我们一起用石块搭建一座风格别致的小桥，会给我们摘一草帽兜的野果子或是三五朵山丹丹花。当然，牛爷也时常目睹我们的狼狈：被河水湿了鞋子裤子；被河岸上的荆棘剐花了手脸；被淤泥困在了小河的另一边；为挤上河中的某块石头，而弄哭了谁；水桶或是扁担被河水冲得一时够不着而急红了眼睛……

山还朗绿，小河还欢畅时，村庄有了一些变化：土地被全部栽上了苹果树，家家户户都接上了自来水。牛，被一头头地卖了出去。父辈和孩子们几乎不再去沟底了。唯有孑然一身的牛爷，还如往常一样去小河里清洗衣衫，在山坡上晒太阳，在山洞里做简单的午饭，在大槐树下发呆或是黯然神伤，依然不务农的他变成了村庄里一个可有可无的存在……

后来，村庄的变化可谓日新月异：明艳、现代、时尚、大气。可，那沟那河还有牛爷却沧桑、落后、萧条、衰败，仿佛被时间遗弃了一样。当牛爷变成了一堆黄土时，那条山沟也枯瘦得似乎弯下腰就能轻而易举地被抱起，那条小河更是瘦成了一绺细丝，在很深很深的夜里，一下一下地撕扯着漂泊在外的村庄儿女的心……

水窖

那些年，依地势的高低，村庄被分为窑廓和塬上两大块。起先，村里人全部居住在窑廓，土地却都在塬上。

窑廓南北头各有一条崎岖的土路通往塬上。水窖就位于北头这条小路的上方，我家恰好就在小路的下面。

水窖是用砖和水泥垒砌的，窖身是圆形的，深入地下大概十多米，能同时放进去七八个小孩也不显拥挤；窖口是正方形的，高出地面大约二三十厘米，仅能轻松地放进去一个水桶。水窖不远处有一方稍高点的土台，上面生长着一棵枝叶繁茂的核桃树。再远点，是一个平整而阔大的用于碾压麦子谷物等的场子，水窖所蓄的水主要来自这个场子上的雨水和雪水。

　　水窖和场子周边年年有野花野草繁茂、败落；有蜜蜂、蝴蝶翩然而来姗姗而去；有灵巧婉转的鸟儿带来季节的故事。也有一些被遗落的麦子谷子在寂寞地生长，还有二爷或是在核桃树下抽烟，或是在窑口张望，或是在窑廓和塬上那段土路上艰难行走，再或者在场子旁边低头修整水渠……

　　那些年，村庄水土不好。二爷那代人都或多或少有着腿脚上的疾病。二爷是村里腿脚最不方便的，他双腿弯曲着叠在一起，站立或是走路都得依靠拐杖，就是睡觉，双腿也不能伸直，而且二爷的腰也直不起来，他整个上身呈六十度左右的弧度向前向下，一副面朝黄土的样子。二爷的双臂也是朝里弯曲着，但却非常有力，所以二爷一辈子几乎就做一件事：破柴。

　　柴是父亲从林间、地头，或是山里拉回来的大型树枝、树根、荆棘，也有朽了的木头，坏了的木椅、木桌子等。二爷负责将它们破碎成大拇指粗细，十来厘米长，便于生火做饭的柴火。二爷破柴有着闲窗听雨摊诗卷般的从容，他在我家窑畔上清理出一小块场地，选一方墩实的木头作为垫板，垫板后面是一方小凳，小凳旁边放着拐杖。脖子上搭着旱烟袋的二爷稳稳地坐在小凳上，他左手摁柴，右手挥斧，刹那间，就见细碎的柴屑和尘土不停地飞起落下，不一会儿，原本张牙舞爪的木柴就变成一摞摞娟秀匀称的柴火，整齐地码放在二爷身后。若是有些木柴实在太大，斧头奈何不了，二爷会先动用锯子，

再上斧头。破柴累了，二爷就挪到核桃树下，美美地吸一锅子旱烟。

二爷一晌破的柴火够用三五天，所以他大多时候都闲着。后来，二爷又有了一个新任务——替父母照看年幼的我。记忆中，二爷时常带我去水窖边玩（那些年，大人们似乎从未想过水窖于一个孩子来说，潜藏的危险有多大）。从我家到水窖的那段上坡路非常陡峭，二爷和我都要很费力才能爬上去。那时，二爷常常坐在核桃树下，一锅子又一锅子地抽着旱烟。我则忙着采野花拔野草，或是趴在窖口上，大声嚷嚷，听水窖传出沉闷的回声。有一次，我捉了只蝴蝶，折腾得快飞不起来时，突然想将它扔进水窖，可任我怎么努力，那只蝴蝶最后都没能跌入水窖。还有一年初秋，透过澄澈的窖水，我突然看到窖底有一支钢笔。那个多雨的秋天，我一直盼望窖水能下落到窖底，盼望大人能把我吊下水窖去舀水，盼望那支钢笔能归我所有。事实上，水窖会经常缺水，但被吊下去舀水的永远都是哥哥这帮男孩子，而那支钢笔最后的去向，我也不得而知。

二爷不善言语，但喜忧都写在脸上。因为雨水时缺时盈，水窖里的水也时落时涨。雨水丰盈时，二爷就如一株颗粒饱满的稻穗，衬着水窖折射出的太阳的光辉，谦和又骄傲地笑望着来水窖上挑水的三三两两的汉子，有时内敛的二爷还会声音朗朗地和他们打声招呼。遇上干旱时节，二爷就像墙根风干的苞谷秆，蔫蔫地倚着同样干渴的核桃树，讪讪地望着窖口处因争水而拌嘴的小媳妇们。慢慢长大的我猜想可能是因为长期的守望和陪伴，一生未娶的二爷已将这口水窖视作自己生命的一部分了……

当村庄的最后一家人从窑廊的土窑搬到塬上装有自来水的砖窑里居住时，水窖就没有了用处。二爷也是早几年就去了塬上的新家。我也去了乡里的学校开始了住校生活。我一直不太明白，曾经那么看重水窖的二爷后来却很少去那里，仅仅是因为身体不方便吗？我没问过，二爷也只字不提。倒是我还时常在周末或是放假去水窖上转转。我在一天天长大，水窖却在慢慢地破败，窖口的水泥成片成片地脱落，雨水在场上和水窖周边冲刷出大大小小的沟痕，齐腰高的黄蒿荆棘四处疯长，那棵核桃树更是落叶枯枝遍地……

求学，工作，嫁人，生子。后来，回村庄的时间不多，一年里见二爷也就四五次。那年，离过年就剩两天了，78岁的二爷躺在自己那间烟熏火燎的窑洞里安静地离开了人间。村长说，关上门，过年！年后再发丧。于是，那个年，让人刻骨铭心，门外是突然而至的纷纷扬扬的雪花和明明灭灭的烟火，是结束也是开始；门里是一豆青灯，照着逝去后终于能平平正正端端直直地躺在冰冷的床板上的二爷，是结束是永远……

最近一次去水窖，是万物尚且明媚的初秋。穿过早已建起

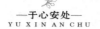

了两层平房的曾经的场子，穿过大片的蒿草，呈现在眼前的水窖已模糊了模样：它从中间坍塌下去，在曾经那条土路的旁边形成一个巨大的沟渠。那棵核桃树也早就不在了，但树根却蛛网一般缠绕在整个沟渠上。树根稍微稀疏的地方是水窖凹进去的半圆形，远远望去，好似一只巨大的眼睛，日日夜夜落寞而伤感地守望着同样坍塌破败的窑廊……

铁钟

铁钟是队里召集大伙儿上工和开会时用的。

父亲说，村庄的铁钟最初是圆形的，悬挂在窑廊一棵老槐树上。

父亲说的铁钟我没有印象。我知道的铁钟是一柄用坏了的犁铧，被一根粗壮的钢丝穿起来，也悬挂在一棵老槐树上，钢丝上还挂着一根大拇指粗细的铁棒。

这棵老槐树位置比较特殊，它屹立在塬上的一个沟畔边，沟畔下面是窑廊。站在老槐树下，往下看，整个窑廊的住户、树木、山崾、家禽等尽收眼底。往后望，则是塬上几孔零星的窑洞，几棵随意生长的枣树和远远近近的田地，以及一条横贯南北的两边长满杨树的通往村外的石子小路。

两口铁钟有一个共同的主人——老村长。父亲说，有住户从窑廓搬到塬上后，原先的铁钟就不再用了。一直想象不来，那时，相对年轻些的老村长敲打窑廓那口铁钟会是什么神态。窑廓是一弯分出好多层次的沟渠，那些年，村庄也就二十来户人家，却散居在沟渠各个层次的土窑洞里，从一层到另一层要绕很远的路，但隔着好几层的住户却能轻松地拉话，谁家小孩哭闹，谁家公鸡打鸣，全村人都听得到。甚至住在上层的老奶奶在自家门前咳嗽一声，隔日就会有下层的婶子关切地询问。想来那铁钟也是被气定神闲地敲，悠悠扬扬地响吧！

　　目睹过很多次老村长敲打塬上铁钟的情形：远远地就看见老村长健步如飞地向老槐树走来，他在树下略加停顿后，伸手迅速取下铁棒，抡起胳膊，急促地敲打起铁钟来，瞬间，耳边似有狂风骤起，又如暴雨大作，更像万马奔腾，那一浪胜似一浪的钟声在塬上、窑廓迅速传播开来。忽而，老村长停止了敲钟，他果断地挂起铁棒，将双手合拢在嘴边，扯开嗓子吼出三五声：打钟叫开会（上工）喽！不多时，乡亲们就纷纷赶来，聚在老槐树下开会，或是扛着农具跟着老村长大步流星地向地里走去。上工敲钟有固定时间，开会敲钟却很不确定。最喜欢在夏日月亮刚刚升起时，看老村长敲钟叫大伙儿开会。那时正好和小伙伴们在离铁钟不远的枣树下玩耍。老村长敲钟时，我会立在原地，静静地看月夜下朝圣一般的他仰着头，执着而有力地敲打铁钟……

上学后，知道了夸父，固执地认为老村长就是我们村的夸父，因为他心中装着江河日月，装着鹏程万里，而为了那些既定的目标，他始终都在追赶着奔跑着。母亲说过多次关于老村长抽水的故事：吃水困难时期，乡亲们曾将一台柴油机安置在沟底一处山泉边，村里的汉子们挨家轮流用它抽来沟底山泉的水供大家饮用。每次轮到老村长抽水时，他不将一机子柴油烧完、不将偌大的水窖抽满是不会回家吃饭的。毫无疑问，干任何农活，老村长都是这样一副拼了命的样子。但生活中的老村长却和那口铁钟一样，沉默寡言。就算是开会，他也是三言两语，点到为止。但他那股认准了的事就要执着地干下去的劲头，一直指引着带动着乡亲们不断向前，向前……从小麦、油菜、玉米，到葵花、烤烟、苹果，让那个曾经贫穷落后的村子，一步步地走向富裕，并率先在全县建成首个省级小康示范村。

后来，村里建起一座两层小楼用作大队部，小楼里配备了高音喇叭，塬上的铁钟就退出了历史舞台。只是，使用高音喇叭的大都是年轻干事，村里人几乎从未在喇叭里听到过老村长那苍凉雄厚的声音，显然，这个现代化设备，老村长不太适应。再后来，老村长也退出了历史舞台。要说的是，老村长这辈子是幸福的，有个懂他的老伴，有一群支持他的儿女。他在位时，老伴儿和孩子们都由着他，他多晚回来，家里就多晚开饭；他离职后，家里的大事小事依然先征求他的意见，老伴儿更是不离左右地陪着他……

可是小时候，时常感觉老村长与乡亲们不太一样。忙完农活，或是开完会后，大伙儿喜欢席地而坐，男男女女高谈阔论。老村长也在附近坐着，但他一言不发，脸上也无任何表情，仔细看时，会发现他一直安静而神情专注地望着远方。那时我猜想可能老村长心里装着更大的梦想，就如村里的孩子们都渴望去乡上上学一样。长大后，渐渐明白对待任何事热忱而执着的老村长是非常热爱那方土地的。那些年，曾有人走南闯北，硬是脱离了"面朝黄土背朝天"的"苦海"，但年轻时的老村长却很少离开村庄。这些年，老村长那个年龄的乡亲们好多都追随儿女生活在了别处，老村长却如村里那些老院子老屋一样，固执而倔强地站成村庄一道苍凉的风景。日渐老去的他，和年轻时一样，始终是一副若即若离的样子，仿佛与这个尘世隔着距离。即使后来老村长被诊断出肺癌，做了手术，一条腿也不怎么灵便，上下台阶需要人搀扶，他依旧是一副风轻云淡干净安然的样子。也许就如雪小禅说的，老村长的寂寞，与生俱来……

前些年，那棵曾悬挂铁钟的老槐树在一次风雨雷电中轰然倒下。附近的几棵枣树也陆续被主人砍伐做了家具。一直不知道，那口铁钟最后去了哪里。父亲说，也许被收破烂的拿去换

钱用了。我却愿意它被老村长收藏。日子，说短也短，说长也长。于老村长来说，此后的岁月，山薄水瘦，树静鸦寒。若是漫漫长夜里，有那曾被自己赋予生命的铁钟的陪伴，老村长也许就不那么孤单……

老院子

一直有一方老院子，如秋日午后的阳光，不耀眼却很明媚地映在心间。

这方老院子依土崖而建，在土崖的下面向里掏出两个一模一样的窑洞。窑洞上安着小格子的木窗户和对开的木门。格子窗上长年贴有已泛白的窗花，木门上也时常张贴着威风凛凛的门神贴画。窑洞里有土炕、被褥、灶台、大锅、木案、水瓮、面罐和木柜、木椅、木凳，以及用来烧火做饭的柴火。家什虽有些破旧，却都安置得当，整个窑洞干净整洁。

窑洞左面有一个四四方方的用栅栏围起来的鸡舍。鸡舍里有几个依土崖而掏出的里面铺着麦秸的鸡窝，有时会有周身洁白的母鸡趴在窝里生蛋或是孵小鸡，有时会有三两个鸡蛋安静地躺在鸡窝里，大多时候只有浅淡的阳光穿过栅栏斜斜地照在鸡窝里。一只有着黄褐色锦衣的大公鸡整日在鸡舍里神气地踱步、打鸣、晒太阳或是追逐一片片在风中飘飞的叶子……

　　鸡舍前方是一棵高大的洋槐树，树下有一个方形的石桌和四五个石凳。距石桌三五步又是一丛低矮的栅栏，围起一方像模像样的园子，园子里琳琅满目地散种着黄瓜、豆角、西红柿、辣椒、韭菜、土豆、倭瓜等。院墙也是用栅栏和半截低矮的土墙围起来的。除了那棵洋槐树，这方老院子里还生长着一棵桃树、一棵苹果树、一棵杏树、一棵核桃树和几棵枣树。枣树靠着土墙生长，枝丫大都斜斜地伸出了院墙。就如萧红笔下祖父的园子一样，这个院子里的所有植物也是随意随性，自由自在，想开花就开花，想结果就结果，都不愿意，就一个花也不开，一个果也不结。而那些蝴蝶、蜻蜓、知了、流萤等夏虫更是来来去去，不亦乐乎。还有那棵洋槐树上的一窝喜鹊，每天大清早就叽叽喳喳地说个不停。引人注目的还有那顺着栅栏攀缘而上的粉白色的打碗碗花和栅栏围墙下面一堆堆一簇簇的马奶子，以及冬日里，挂在木格子窗旁边的一串串红辣椒和黄澄澄的玉米棒子……

　　在当时，这方老院子和村里其他的院子大不一样。那些年，家家都有自留地，不管离家远近，家家基本都在自留地里栽种蔬菜。这些不栽种蔬菜的院子并不显空旷，相反它们拥挤、嘈杂，如闹市，因为这些院子都养着一两头猪、三五只羊和一群鸡，有的院子中还拴着一条狗。每天下地回来后，男人们立即放下肩头的镢头，间或拿起大扫帚清扫院子，间或

喂羊、喂猪、喂狗等，顺带大声斥责猪弄脏了院子，或是给因抢食而打架的羊评评理。女人们时而生火做饭，时而抓起一把玉米，"咕咕咕"地叫着喂鸡，顺手收回鸡窝里温热的鸡蛋，或是抱起脚下缠来缠去的孩子，撩起衣襟给孩子喂奶。这些院子中唯一的树木就是一两棵洋槐树，如守护神一样守着院子中活色生香的烟火生活，当然也守着一院子猪羊鸡狗的污浊之气……

老院子和我家隔着一条土路。母亲说，那里曾居住过几辈人家。从我记事起，老院子里只住着刘氏三兄弟。大哥和二哥共居一室，两人终身未娶。小弟独居一室。母亲说，刘氏小弟曾有过妻室，他的妻子在生小孩时难产而亡，孩子倒是活过来了，但三个老男人实在照管不了那个襁褓中的女婴，便将孩子送与他人。自此，这方老院子里，几乎没有了女人和孩子的气息。妹妹却说，某年那个送给人的女孩曾回来居住过一段时间。妹妹还说，老院子里有两个厕所，男女分开着。这些我都不太记得，我只记得三兄弟都是静默寡言的男子，他们都喜欢穿黑蓝色低领对襟衣衫，都精神矍铄、面容清秀，都清清爽爽干干净净，都喜欢在早上、午后，或是月亮初上时，在石桌旁浅坐，安静地喝一搪瓷杯茶水或是默默地发呆，也都不喜小孩不善与人交往……

小时候，时常和妹妹坐在土路的最高处，满眼羡慕地望着那一院子的花开、果香、蝶飞、鹊叫，或是起身摘栅栏外那野生的香喷喷的马奶子果。农家的孩子很是规矩，也怯于老院子主人的威严，从来不敢去摘矮墙头那玛瑙一样缀满枝丫的枣子，有时即使枣子自己跌落在地上，我们也很少去捡拾。倒是我们姊妹的乖巧，引得老院子的主人时常用衣襟或是草帽兜来桃子、杏子、枣子、核桃等，送与母亲。老院子的大哥和二哥相继去世后，村里的五保户牙牙便搬来老院子与刘氏弟弟一起居住。有时，和大爷闹了矛盾的二爷也会去老院子借宿。但这方院子里一成不变的依然是物什的井然有序和刘氏小弟的安之若素。

后来，村里在塬上新建的院子个个都如老院子一样，瓜果蔬菜树满院、蝶飞虫鸣鹊筑巢。当然，新建的院子也个个都比老院子光鲜亮丽（新建的院子都是砖窑洞、大格子玻璃窗和大木门），可渐渐长大的我依旧喜欢坐在那条土路上远远地望着老院子，喜欢在春日里聆听老院子里花开的声音，喜欢在秋日的午后倾听一颗颗枣子"噗""噗"的一声声跌落在草丛中……老院子的安静，时常让我感觉我那本就不大的村庄依然有些喧嚣和聒噪。渐渐地，美好如初安然如初的老院子伫立成我心中一座有故事的城堡，我甚至固执地认为，老院子里的石桌上刻有楚河汉界，在那些风清月白的日子里，执着地和沧桑、时间对峙。其实，那只不过是一方稍微规整些的石板

而已。

　　再后来，刘氏弟弟、牙牙和二爷相继离世。老院子也衰败零落得不忍直视：那些树木全都枯死了，栅栏、土墙没了影踪，一个窑洞坍塌得看不出本来面目，另一个窑洞虽然还在，却没了门窗，石桌、石凳被泥土和齐腰深的蒿草掩埋……

　　秋日的午后，站在老院子的废墟边，耳边总有朴树沧桑的歌声："那片笑声让我想起我的那些花儿/在我生命每个角落静静为我开着/我曾以为我会永远守在她身旁/今天我们已经离去在人海茫茫……"清凉的风吹过，片片秋叶在风里飞舞，抬头看到村庄升起的缕缕炊烟和晚霞染红的天空，以及不时扑棱棱飞过的鸟儿……忽而觉着我那在土路上张望的童年，那有故事的城堡和城堡里童话一样美好的生活都如旧电影，在脑海里打马而过……

　　　　　　　　　　　　　　　　丙申初秋于村庄

那方秋色

仲秋。微寒。与同事驱车前往万安禅院。

出小城时，薄雾散尽的天空洒下一抹淡淡的朝阳，暖暖地照在车上，顿觉神清气爽。车子在塬上、川道或平坦或颠簸的路上前行时，太阳却躲进云层耍赖，迟迟不现身。望着灰蒙蒙的天空和车窗外一闪即逝的树木、庄稼、山野、路人，内心的雀跃悄然隐没，些许灰暗涌上心头。与同事有一搭没一搭地闲聊，而后沉默、发呆，间或昏昏欲睡，感觉这段熟悉的路途竟是那么遥远。

我们到达目的地时，太阳依然不曾出现。我离开车子，站在禅院脚下那棵老树的旁边放眼望去，只见禅院周边的草木在这秋的凉里好似沙场上等待检阅的士兵一样英姿飒爽。那蓬勃了一夏的野花还似闺中待嫁的女子一般羞答答娇艳艳地妖娆着绽放着。那隔一条公路的庄稼地里更是株株丰腴穗穗饱满颗颗

硕大得让人眼馋口馋心馋。看来,眼前的秋正逢叶落未落花谢未谢之大好时光。

待同事停稳车子,我们一行徒步上山时,太阳拨开云层偷窥,它将那如月光般朦胧的阳光浅浅地映在禅院的门楼上和门里那堵临山的意境悠远的石墙上,让这方院落显得越发恬淡宁静了。站在禅院那古朴庄重的门楼下,抬头仰望门楼上"佛光普照"四个金光闪闪的大字,感觉那终日缠绕在耳边的万千嘈杂声倏忽间消失了,那终日纠结于心的烦躁不安也不见了,一切似乎都回归于生命之初的纯净和安然。于是,信步穿越门楼,沿着干净整洁的石阶一路而上,就见一个洋洋洒洒大大方方的秋渐次呈现。

最先映入眼帘的是满山郁郁葱葱的树木。这些树木中,柏、松居多,冬青次之,还有三三两两开满繁花的景观树。它们中有的和禅院一样有着悠久的历史,有的是近些年随禅院整修工程而栽植的,也不乏老树的籽儿落地生根的。秋风中,这些密匝匝的树木犹如洞察尘世的仙子岿然不动地俯视着攘攘红尘芸芸众生。在淡淡的秋阳的照耀下,树下那积攒了好多年的深黄浅黄浅绿深绿的厚厚的落叶,好似冬日里老家炕头那一摞摞有着阳光味道的被褥,又似青涩年华中那一箧箧未曾打开就被丢在风中的信笺,它们就那样以蜷缩的姿势数年如一日地默守着这方土地,任时光苍凉任岁月微茫……

　　走走停停间，我们已上到禅院院中，这时太阳也端端正正亮亮堂堂地挂在了禅院的上空。在这不耀眼却很明媚的秋阳中，三香柏、龙泉水、放生池、夫妻树、坐化石等，都在端然中平添了些许温润。万安石窟坐落在禅院正中央，它始建于隋唐，落成于宋，重修于金、元、明，有大小石佛千余。石窟依山凿石而成，巧夺天工，是珍贵的历史文化遗产。只可惜，在一次震惊全国的偷盗中，一些佛像受损。还有一些佛像在风雨的侵蚀中已模糊得看不清模样。但是，不管岁月如何流逝、世事如何变迁，这个窄窄长长的石窟中，始终静静地流淌着如水的光阴，任南来北往的朝拜者在洗尽铅华与喧嚣的同时，慢慢地学会心存善念，学会"勘破、放下、自在"；无论你来或者不来，众佛皆默然寂静在这方或明或暗的光影里，任一蓑烟雨沧桑千年……

　　走出石窟，只身登上眺望台，倚着朱红色的木制围栏，看对面山上苍苍茫茫的满山黛绿；看山与山之间一湾曾在某个夏日里发淫威摧毁良田和道路，此刻却静若处子的河流；看山脚下的公路上呼啸而过的车辆；看远处某个树杈上隐约可见的鸟窝；看眼前一棵矮小的松树上饱满的松果，还有眺望台边斜倚的老树上微微泛黄的树叶，以及禅院中那些散落四处的三叶草、模样可人的野菊花、偶尔可见的蝉蜕……显然，这里的秋要比山下的秋浓郁、深远。如果不是空中不时传来几声清脆的

鸟鸣，眼前不时飘飞几片落叶，我一定会觉着眼前的秋该是一幅静美的画作了。

眺望台正对面是一方野草丛生的露台，上面散放着一些残缺的石狗、石碑和兵俑等。一条有着惯看秋月春风般眼神的大黑狗安静地卧在露台边。一个织工细密的蛛网斜斜地挂在露台的一角，几片细碎的叶子和几只蚊虫的躯体被粘在蛛网上，风过时，整个蛛网晃来晃去，蓦地想起故乡那空落的老院子和那满院子寂寂的风声……

秋日里，龙泉和放生池别有一番景致。午后的阳光斜斜地照进龙泉所在的石崖，在湿漉漉的高低不平的石地上碎成无数块光影，再折射在同样湿漉漉的石崖上，加之"叮咚叮咚"的滴水声和慕名前来饮用泉水的游客的喧哗声，一时间这里光影晃动，热闹非凡。而紧挨龙泉的放生池却安静依旧沧桑依旧。池子边石砌的围栏上有日晒和风雨侵蚀后水泥剥落的痕迹，池底那浅浅的水里静静地躺着一汪碧绿的青苔和几片树叶，以及夫妻树的影子。风过时，青苔、叶子和树影在水里轻轻地晃动着，朦朦胧胧婆婆娑娑，一派"禅房花木深"的超凡境界……

我们下山时，落日如虹，秋风习习。几只鸟儿在林中飞起落下，追逐嬉戏，洒下一路婉转的鸣叫。下到山底时，暮色渐渐浓郁，万安禅院再次在秋的微凉中，默然寂静……

甲午仲秋于沮水之滨

画在大山里的秋

小城里季节的步子分明慢了些许。白露已过，可无论是蓝天、云朵、太阳和飞鸟，还是花草、灌木、流水和走兽，皆是一副鲜亮、浓郁、热烈、活泼的夏的模样。

而与小城相隔二十几公里的大山却似运筹帷幄的画师，在夏的最后一轮落日即将沉入地平线时，就支起画板调好颜料，待秋风初起，就应时应景地给山里山外的树木和山头山脚的植被轻着一层浅浅的暖暖的秋的薄衫。这时，大山里的树木也会有三五片尚且葱翠或是略微颓败的叶子应和着徐徐风声悠悠地旋转缓缓地滑落。

大山里有寺，曰紫娥寺，有与之关联的天王殿、大雄宝殿和藏经阁等。那三三两两朝圣的香客和终日袅袅娜娜的香火以及悠悠扬扬的禅乐，让初秋里的大山愈发沉稳厚重又有几分幽远几分禅意。初秋时节，大山上、石崖下、小径旁、溪水边

和草滩里那明黄、亮白、紫蓝的野菊和那纯粹、率真、奔放的格桑花则一路逶迤一路妖娆，洋洋洒洒大大方方，似谦和温良的秋之主人热情满怀地笑迎走进大山踏秋觅幽的各方宾朋。那置身于秋阳里的亭台、栈道、岩石、峡谷、飞岭、石径，都恍若经风沐雨的长者，将世间功利和喧嚣皆拒于红尘之外，一副坦荡从容安之若素的样子。初秋，大山里的太阳也不那么热烈明艳了，而是黄澄澄毛茸茸的，感觉忽而就有了秋之韵味。若是有风轻轻吹过，秋叶、秋花、秋果的味道便在大山的角角落落弥散开来，由浅至深，由淡到浓，让人不由得惊叹：天凉好个秋！

秋，一日一日地推进，大山的色调一日一日地变换，从初秋的清爽恬淡悠然到暮秋的苍凉零落衰败，似乎全在画师的心情。绝大多数时候是一季秋水长天的征程，画师一点一点地着色，一层一层地渲染，画至舒爽时，信手添几缕柔软的山风，几声清越的鸟鸣和几个敏捷的小兽的身姿，于是那有着山的俊朗和水的灵动的五彩斑斓的秋的画卷就渐次呈现。加之，飞龙岭上徐徐而升的太阳，轩辕养生谷里如梦似幻的云海，千年古刹猎猎作响的锦旗，十里松廊风过时落雨一般的松针和悬空栈道上走走停停的游客，让人感觉秋日的大山每一处都诗意盎然、每一景都着色均匀。可有些时候，画师好似毛头小子忽然没了耐心，三下两下就草拟了大山的秋，收笔时不小心又抖落了几滴墨，于是淅淅沥沥的秋雨一场又一场地下着，加之飀飀秋风，以及萦绕在半山腰的浓浓雾气，寒凉忽然铺天盖地，秋叶瞬间零落一地，秋草秋花也潦草地收叶收蕊匆忙躲进尚有余温的大地的帷幔里。画师索性再加几笔风霜，于是大片大片的雪花就在大山上空飘飘洒洒纷纷扬扬，霎时天地清绝涳濛万物纯净素白，这时的大山俨然成了一幅"千峰笋石千株玉，万树松萝万朵银"的意境悠远的水墨画。而那通往紫娥寺的石阶栅栏上飘飞的祈福带，却犹如星星点点的灯火，鲜亮亮红艳艳地在万籁俱寂中燃起憧憬和希望。想那童话中的世界也不过如此！

秋日里，适合约三五个平日里禁锢在小城，忙于烟熏火燎琐碎杂乱的日常或是日复一日按部就班的姐妹去大山里寻找诗与远方，溪水洗倦容、对影理云鬓，清清爽爽闲闲散散悠悠然地做步履如莲的临水照花人。或是偕那个"能让你的心静下来，从此不再剑拔弩张左右突击"的人去大山里虚度时光，择水边林间的木屋而居，看秋从木屋窗下浅浅地缓缓地走来又走去，看秋风起时草木挨挨挤挤窃窃私语，看大山里那飘落在秋日里的雪花一点点地装扮木屋之外的世界，或是盘腿坐在木屋的地板上谈天说地说时光正好，再或者并肩站在木屋门前，一任"草在结它的种子，风在摇它的叶子"。若是只身一人去朝圣，宜下榻依山而建的窗明几净的宾客之家，昼看秋阳穿过树

木在窗台上碎成片片细银，夜看月光在山上岭间洒下万顷清辉。心无杂尘地去紫娥寺拨一曲禅音，听一回晨钟暮鼓；在百药沟、降龙峡、蝴蝶谷，做一回诗仙，迎风而立，任风拨乱头发灌满衣衫……

当然，大山的四季如同人的一生，那暮秋的萧瑟和苍凉容易让人想起生命即将终结而徒生感伤和怆然。走走停停间，人生已至浅秋，终于懂得这一生当有草木之心，繁盛时就看春风十里，衰落时就看大漠孤烟。也始终相信：你若明媚，万物明媚；你若悲戚，万物悲戚。只是，无论持怎样的心境去大山里踏秋，都应留一点念想给来年的秋。譬如曲径通幽处突然滚落在脚下的松果，譬如不经意间映入眼帘的孤零零的鸟窝，譬如悄无声息地出现在面前的模样可人的小狐狸，譬如藏在大山深处的"古代高速公路"秦直道，譬如车窗上一晃而过的伟岸俊美的白桦林……

而我，一直在等大山里那一场为我而落的秋之雪……

庚子暮秋于桥山之麓

关于树的记忆

　　我的故乡不大，那时只有二十来户人家。树却很多，有一个栽满洋槐的林场，有一条两边密植白杨的通往乡里的小路，有一弯柏、松、万年青相伴的坟冢群，还有一个在当时堪称致富之源的像模像样的苹果园。至于村中和农户院中那或三五成群，或两两相望，或一株独秀的枣树、杏树、核桃树、花椒树、梧桐树等，更是不计其数。

　　因为树多，生命中一些快乐的时光便与树有关，譬如枝叶繁茂的林子中的你躲我藏；譬如耳朵里那枚想要孵出"娃娃"的杏仁；譬如某个树洞里松鼠储备的过冬的美食，或是某个树杈上一窝五颜六色的鸟蛋……一些惆怅的时光也与树有关，譬如一场雨后，满地零落成泥的洋槐花；譬如秋风中，缓缓飘落的脉络中尚有一息绿意的叶子；譬如冬日清冷的日子里，蓦然瞥见某棵老树上一个孤零零的鸟巢，还有那遭雷电或是牲畜也

可能是人为破坏的白生生的树桩……

长大后，去过许多地方，但我的记忆总是走不出这个在我籍贯栏里反复出现的地方。我想，一定是我心里装着故乡太多的树，而容不下别的景致了。

枣树

我记忆中如母亲一样朴素却让人感觉温暖的树，是一棵歪脖子枣树。

它立于某个通往大路的巷口的正中央。从站立的位置和曲折拧巴的长势来看，它曾经可能是一枚被抛弃的枣核，却落地生根了。那些年，乡亲们没有谁刻意地去修剪它照料它，也没有因为它给那个巷子里的人带来诸多不便，而去伤害它毁灭它。

一年又一年，它努力地生长着繁茂着，终于成为村子里一道独特的风景。

枣树的枝干有碗口那么粗，在离地约三十厘米处，整个枝干便与土地平行生长，那根欹斜的枝干能并排坐下两个小孩，然后再往上枝干就细了很多，并且分出无数枝丫。枣树的脚下横着一根干枯了的粗壮的树干，农闲时，乡亲们就聚在这里，抽旱烟，纳鞋底，唠嗑，打盹，听村西头那个步履蹒跚的老人讲一出《苏武牧羊》或《薛平贵征西》……农忙时，三两头卸地的老牛便被拴在这里，我时常会在路过时特意拐进去，看老牛一边不住地咀嚼一边烦躁地甩着尾巴驱赶蚊蝇，听老牛的鼻孔一张一翕间发出沉闷的喘气声，有时还可以看到老牛浑浊的眼睛里渗出点点泪水……

枣树下面有一方小小的草坪。每年春天，那些柔柔弱弱的草儿在乍暖还寒的风中探出零零星星的小脑袋左顾右盼，窃窃私语，继而伸胳膊伸腿，欢呼雀跃出一大片鲜活欲滴的春天时，枣树却依然在梦中沉睡。待百花吐艳、万木争春的热闹劲过去了之后，枣树才在春末夏初的明净祥和中慵懒地睁开惺忪的睡眼，它那沉默了一个冬天的枝丫开始撑出一片片小小的叶子，慢慢地会有细小的米粒一样的淡黄色又略显绿色的小花一夜之间开满枝头……只是，在我的记忆中，这棵生长自由的枣树却很少结出枣子。不知，于它来说，是幸，还是不幸？

枣树旁边的院子里住着一户不怎么安分的张姓人家。这家有一个"好事"的婆婆，一个木讷的公公，一个血气方刚却唯母命是从的丈夫，一个怎么努力都不能让婆婆满意的媳妇，还有一个不谙世事的小孩。于是，谩骂，哭闹，毒打，妥协，日复一日。后来，那个一心想要成为木匠的丈夫疯掉了，他将看管他的父亲重重地推倒在地，父亲就此撒手人寰，他自己也在精神病院的出出进进中自缢身亡了。那个命运多舛的媳妇有过逃离，有过背叛，甚至想过一死了之，但终因放不下自己的骨肉而选择继续在那个家中忍受煎熬……如今，那个婆婆的坟头早已青草萋萋，曾经的媳妇也成了鬓角泛白的婆婆。枣树下的这户人家终于和村子里其他的人家一样，过上了安宁幸福的生活。有时，我想，如果当初没有那个小孩，也许一切就不再一样……

枣树是在一轮又一轮的村庄修整和扩建中，被砍掉的。

某次回家，路过那个巷口时，我看到张婶跪在自家的围墙边，用斧头小心地砍着什么。走近看时，发现在砖墙的下面冒出一些柔嫩的枝丫和细小的叶子。张婶笑着说枣树的生命力真强，每年开春都会长出新的枝叶，害怕夯坏围墙，她每年都得"斩尽杀绝"……

望着零落了一地的枣树枝叶，我似乎又看到了那和村庄的儿女一起经历过风雨的枣树，又听到了风过时枣树叶那窸窸窣窣的声响，还有那在我儿时的梦里弥散了好多年的淡淡的枣花的清香……我也明白了：生，是一种本能。世间万物原本都是不想死的，哪怕这个世界待它太苛刻。既然如此，我们活着的人就更应该好好地活着……

杜梨树

在我心中，故乡的那棵杜梨树卓尔不群。

它高八米左右，孤零零地屹立在一方高高耸起的塄上。杜梨树树干笔直，枝丫疏朗，叶子细小，开一簇簇乳白色的小花，结一簇簇小指头般圆而小的赭色的杜梨。只是，杜梨的味道涩中带苦，并不好吃，所以，很少有人问津。

杜梨树下散乱地生长着蒿草、野花，以及枯枝、败叶和一些风干了的杜梨，这些低而杂的物什越发衬托出杜梨树的孤傲和冷寂。记得邻家姐姐曾说，每次凝望杜梨树时，她总是感觉有一股冷冷的风穿发而过。而写这些文字的我却想起了那句：北方有佳人，绝世而独立……

这么安静的树，却处在全村最热闹的地方。

杜梨树的旁边有一个大大的涝池。农闲时，常常有老牛踢踏踢踏地走来，酣畅淋漓地饮水，饶有兴趣地观看点水而过的蜻蜓。大人小孩更不必说，热热闹闹地围在涝池边，洗衣服、洗脚丫，聊家长里短，大半小子则一个猛子扎入水底，再探出头时，手里也许会掬着几尾活蹦乱跳的蝌蚪。农忙时，这里也一样红火，只是节奏都加快了些。夏日的晚上，还可以坐在涝池旁边的麦场上，抬头仰望繁星满天，低头听取蛙声一片……

记得有一次，我自告奋勇去涝池洗衣服，却不小心染花了哥哥新买的白夹克，懊恼的我丢开衣服，爬上土塄，仰面躺在杜梨树下，蓦然看到头顶的天空蓝得那么深邃那么透彻，而那好似镶上去一般一动不动的云朵却白得那么晶莹那么纯粹，就连那直直地刺向天空的杜梨树枝丫也显得那么有质感那么硬朗……后来，我再也没有看到过那样的天空那样的云朵。

干旱时节，涝池也早早就干枯了，乡亲们就聚在这里祈雨。年轻的媳妇们在涝池底部支一口大锅，燃起熊熊大火。年长的婆婆们边做饭边用抹布抽打手端饭碗围在锅边等着吃饭的孩子们，霎时，哭声闹声锅碗声响成一片……小时候的我性格有点孤僻，从来不会参与其中，只是远远地看着羡慕着小伙伴们的假戏真做。现在想来，可能和杜梨树一样，有些热闹并不属于我。

杜梨树的正前方是一片核桃林。夏日的晌午，一帮小子常常爬上核桃树祸害青皮核桃，并时不时地向涝池扔一颗核桃，溅起无数水花，引来一阵笑骂。核桃林的旁边有一条深沟，小时候的我曾笃定地认为沟里一定住着神仙，因为那里有诸如木瓜、水桃、山杏、蛇密果、藕李子等美味，还有能串成项链和手镯的马茹子，能染红脸蛋的山丹丹花，能传来回音的崖娃娃，甚至有时还能捡到几个古旧的玩偶……每次吃着野果玩着马茹子和山丹丹花，再抬头看杜梨树时，会恍惚觉着它好似威严的父亲，在某个转角处眼神里不经意间流露出一抹温软……

如今杜梨树已成为旧时光里的老故事了，涝池也被填平了。那片核桃林和那条沟还在，只是当年缀满核桃的树已大多成了枯树，就是活着的也老态龙钟不再能结出核桃来。沟也不如当年那般神秘了。而童年那些和我一起在杜梨树下洗衣服扑蝴蝶捉蜻蜓的小伙伴们也各自散落在天涯，有的甚至再也没有见到过……

软枣树

"草在结它的种子/风在摇它的叶子/我们站着不说话/就十分美好。"

就如顾城的这首诗一样，故乡有两棵像情侣或似夫妻般美好的软枣树，它们一棵伟岸，一棵娇小，并排长在麦场边的塄畔上，树干之间有一定的距离，枝丫却相互偎依。

软枣树开白色的小花，有淡淡的清香，它们每年春天都会花满树冠，但最美最迷人的时候却是在秋日里。在秋阳的照耀下，软枣树那深绿的椭圆形的叶子显得格外厚重且颇有质感，那老的新的龟裂的鲜嫩的枝丫就如刚刚沐浴过的妇人一样，端庄中又多了几分灵动。秋风微微吹起时，那缀满枝头的青绿色软枣似乎一夜之间就换了妆容，一颗颗饱满的亮黄色的软枣如玛瑙一样璀璨，又如霓虹一样流光溢彩。

　　深秋时节，软枣再次更换妆容，待到它们慢慢地变成了红褐色，也就到了采摘的时节。只是，采摘软枣是个极其残酷极其粗暴的过程。我一直不太明白是因为软枣个儿太小又结果太多，还是因为软枣只能当小零食给家中带不来什么收入，每次采摘软枣时，大人都用斧头将它们连枝砍下，所以每年软枣树都要经历一场折枝断臂的劫难。好在，来年春天，软枣树的枝干上依然会展露出许多幼小的嫩芽，慢慢地有稚嫩的枝条向四周伸展，涅槃般重生、繁茂，开花、结果……

　　初摘的软枣不能食用，得放在屋檐上承受冬日的寒冷和霜冻，待到彻底变成黑褐色并风干得皱皱巴巴时，才能食用。但这只有食指大小的软枣里却会有四五枚小指甲盖大小的月牙形软枣核，所以真正能食用的软枣肉并不多……

　　我们村仅有的这两棵软枣树是我家的。儿时，总是没有多少耐心，感觉吃软枣是相当漫长的煎熬。又因为软枣这般"吝啬"，所以我并没有因为拥有它们而自豪过。倒是记得上小学五年级的那个秋天，我坐在软枣树下，一页一页地翻看从同学家借来的小说《玉娇龙》和《春雪瓶》。头顶一米倾斜的阳光，身旁两棵结满果子的软枣树，手中一场刀光剑影的遇见和一些悠悠散落的时光，就那样陪伴着诱发着一个初懂文字的女孩在爱恨情仇的江湖梦中美好而懵懂地走过……我也记得软枣被搁置在屋檐上的那些个清冷的日子里，我家上空会有三五只长尾巴大鸟逗留片刻后，俯冲而下，衔起软枣一晃而去，引得母亲一阵大呼小叫……

软枣树下住过的两户人家，上演过两场截然不同的爱情。一场是郎骑竹马来的两小无猜，自是有情人终成眷属；一场是千里之隔，一见倾心，历经坎坷和磨难后，终于携手花前月下，却不懂相守，风波频起，这场二十世纪八十年代初曾轰动一时的爱情，最终却落了个"门前迟行迹，一一生绿苔。苔深不能扫，落叶秋风早"。

而这两棵生来就不被人们看重的软枣树，在十几年前，因有人燃烧麦秸秆导致一棵死亡，另一棵苟延残喘，半年后也悄然死去。某年立春的一场大雪中，我路过此处，蓦地想起软枣树那寂寞的花开，那长久的等待，那一生一世的依恋，想起那首苍凉却情意深长的《归去来》：

"那次是你不经意的离开/成为我这许久不变的悲哀/于是淡漠了繁华无法再开怀/于是我守着寂寞不能归来……"

苹果树

故乡一个叫榆咀的峁头上有一块果园，密植着近百株苹果树，是当时村里唯一的一块果园，也是全县为数不多的果园之一。

　　这块果园中，黄元帅、五月红、国光居多，红星、红玉、印度次之，还有甘露、秦冠、青香蕉等。果园除了临沟的那面没有围墙，其他三面都筑起了高高的土墙。果园正面有一个铁闸门，铁闸门的左边是一排泥坯房，供看护果园的人吃住和储存苹果。泥坯房的正前方有一个像模像样的狗窝，一条黑色的凶猛无比的狼狗时常在那里狂吠。

　　果园是队里的，那些年，除了能隔沟远远地望见那一树树粉白的苹果花和一颗颗黄的、红的、青绿的苹果，能闻见空气中那淡淡的苹果的清香之外，几乎吃不到一颗苹果。某年，因为一场大雨，果园里的泥坯房惨遭损毁，队里临时决定将采摘的苹果储藏在离我家不远的某个无人居住的窑洞里。那一年的秋天，是儿时的我感觉最甜蜜最幸福的秋天。记得，每到薄暮时分，队里的拖拉机就"突突突"地从我家窑畔上开过，我急忙拉着腿脚并不利索的二爷来到大门外，痴痴地看着满满的一拖拉机苹果一次又一次地从我们面前缓缓而过。一次在一个转弯处，一颗苹果被抛了出去，我挣脱二爷的手，跑去捡回那颗已被摔烂的苹果，躲在墙角下，小心翼翼地咬了一小口后，递给二爷。二爷也咬了一小口，笑着说真甜，就把剩下的苹果都给了我。那是我今生吃到的第一颗苹果，那个黄昏也因为那颗苹果而显得格外甜蜜格外悠长……

　　后来，果园被以刘叔为主的四户村民承包了，因为刘婶和母亲要好，我家就能时常吃到一些苹果了，当然这些苹果大多是被鸟儿啄伤了，或是自己烂掉了一点，也有极少的完好无损却过早跌落的苹果，只是，完好无损的苹果大都被母亲藏了起来，并且藏着藏着就没了影踪。我一直好奇那为数不多的完好无损的苹果哪儿去了，却从来没有问过母亲。

有苹果吃了，家里也有了自己的土地和粮食，父母也似乎没以前那么忙碌了，日子也就一天天好起来了。但我却发现母亲时常会坐在麦场边，目光呆痴地望向远方，有时望着望着就会泪流满面。我顺着母亲的目光望过去，发现前方只有一沟之隔的苹果园。我不知道，母亲怎么了……

母亲的故乡在陕北的最北方。有一年入冬后，母亲带了妹妹回了自己的故乡，这一去就是两个多月。虽说家里还有父亲、哥哥、二爷和太奶奶等人，但那时只有八九岁的我却觉着日子再也不如母亲在家时那样美好了。有次父亲告诉我，顺着苹果园的方向望过去就是母亲的故乡。于是，想母亲时，我也去母亲坐过的那个麦场边呆坐。我也明白了，那些没了影踪的苹果是被母亲带给外公外婆了……

如今，母亲的故乡已随着外公外婆的离世而沦为记忆中的遥远了。而我的故乡的那块果园还在，但周围的土墙已被推倒，果树也全部换成了新品种，并且村子的四周都栽上了果树，家家都有了自己的果园，苹果当然是多得吃不完了。

只是，身在小城的我时常会想起那些年母亲的眼泪。有人说，故乡有多远，游子的目光就有多远。不知，当年那些如雪如蝶的苹果花能不能理解母亲隔山隔水的牵念？不知，那些傲然而立的苹果树能不能读懂母亲的乡愁？

故乡还有许多需要写的树，譬如我家院子里那棵让三岁的弟弟瞬间长大的桃树，譬如村东头那棵斜倚在某户院落一侧的总有啄木鸟光顾的核桃树，譬如刘婶家墙外那棵结白桑葚的桑葚树……可我却想就此搁笔了。春天了，孕育的在孕育，苏醒的在苏醒，拔节的在拔节，故乡的田间垄头又在上演一个个新的故事，我得回去听鸟语闻花香了……

亲爱的，请预支我一段时光，待我回来后再给你讲述生命中那些关于树的温暖的疼痛的升腾的陨落的故事。或者，如果你愿意，请来我的村庄，我们并肩坐在花满枝丫的树下，泡一壶闲茶，听一曲老歌，任叶落成殇，任流年飞逝，好吗？

甲午初春于村庄

后记

十二月，安妥与温暖同在

一年里的最后一个月，适合静坐。

将自己清零，心无旁骛地听风在树梢奔跑，听雪落下来的声音，听老树上最后一片叶子跌落在雪地上的一声轻叹……

直听得内心寂寂无声，方下意识地回望这一年所走过的坦途和沟壑。

一月的霜寒，四月的倒冷，六月的冰雹，八月的暑热，十月的洪灾，以及大半年里小区改造的嘈杂和一年里疫情的零星反扑到十二月的再次疯狂来袭，似乎都可以原谅。八月亲人离世的疼痛，也终将在风声中渐渐隐匿。十二月的牵挂却在心头成伤，触或不触，皆是焦灼。而一年里潜伏在征途的伤害，则似小兽一样总会在我毫无防备之时有意无意地给予我重重一袭，说内心溃不成军毫不夸张，甚至有那么一刻感觉万念俱灰……

　　这一年，伤口多于花朵。通往一个个崭新的明天的路上，一些新芽长着长着就隐约有了针尖大小的刺，一些草木也慢慢地长成了荆棘的样子，就连偶尔路过的三两声鸟鸣中有时也会夹杂着轻微的叹息。

　　是不是人到中年，日子就只剩负重或负累？

　　显然，不能像蜗牛，躲在壳里，却又缺乏逆风而行的坚忍意志，一年里的绝大多数时间都感觉惶惶不可终日。说好的优雅诗意，说好的眼神清澈内心安静，变得遥不可及……

　　八月初，开始尝试用文字喂养兵荒马乱的内心，虽然只是在旧文字里短暂停歇，却也得到足够的抚慰和安宁。

　　性情孤寂不善言辞的女子，在四十多年的生命历程里，似乎只有文字能安放孤独的身心和灵魂。

　　在文字的疆域里，我或笑或哭，或喜或悲，或神采奕奕或萎靡不振，或所向披靡或溃不成军，都是这七零八落的日常中良善的磊落的诚恳的自己。

　　只是，我如生命一般钟爱的文字，是我的铠甲，也是我的软肋，它常常陷我于泥泞于炼狱。就如这一年里我始终不能组字成章，内心那种无人能懂无处可诉的煎熬犹如切肤割肉，让人痛不欲生。

　　幸好，凡事都易心生怠倦的我，对于虐我无数遍的文字，却一直爱得深沉而执着……

　　而这么多年，我那些散落在光影流年里的陈篇旧章和不断在文档里堆积的新词新句，也始终如一束微光，照引着、慰藉着我，在时光的褶皱里缓缓前行。

　　因为这束光，十二月因疫情从未做过饭的儿子孤身被困在长期无烟火，近乎"家徒四壁"的省城的家，我几度崩溃，却也几度自愈。儿子终究要直面生命里的各种磨难，并成长为自己的勇士。这句话心里明明懂得，但是真正面临之时，却依旧是满满的揪心和焦灼。因为这束光，一年里那些明明暗暗的荆棘、那些深深浅浅的伤痛，也终是在岁末之时淡化成心头一抹若有若无的印记……

这一年的最后一抹阳光即将沉入地平线时，我从文字里抽身，倚在窗台上，看暮色渐渐爬上远方的山峦，看眼前的一切渐渐被黑暗笼罩，看一盏又一盏的灯火亮了起来……

　　那一刻，内心是久违的安妥和温暖！

　　感谢文字，让我在人生这场孤独的修行中，不那么落寞和孤寂，也不显仓促和狼狈。

　　感谢清风明月之人，给予我文字上的关切和激励，以及尽其所能的帮助。这是我文字之幸，更是我自己之幸。

白东梅

辛丑暮岁于小城黄陵